i

为了人与书的相遇

MAY
2016

2

正午
NOONSTORY

此地不宜久留

写给正午的话 — 张北海：五台山下金岗库
特写 — 郭玉洁：时间的工匠
特写 — 叶三：失败者之歌
随笔 — 韩松：我与科幻世界
随笔 — 赋格：东北无战事

台海出版社　正午故事 NoonStory

一个执拗的低音

《正午》创办的时候，媒体正四处唱着哀歌。在政治、资本的意志下，纸媒关闭、紧缩，新媒体看似时髦却总是焦虑于盈利模式，媒体人纷纷转型，更常见的词是，创业。频繁变动的年代，人们已经习惯了一种临时状态：走一步，看一步。如今这种状态更为焦灼。在这样的氛围中，《正午》存活下来，并赢得好评，实在很难说清多大程度上是读者厌倦了喧哗，因此辨认出了一个"执拗的低音"？

创办《正午》的几个编辑、记者，之所以留在媒体的逆流，除了别无所长，还因为我们都着迷于非虚构叙事这门技艺——在现实生活、作者和读者之间，制造出一个文字的场，三者互相牵引，紧张又优美。这一制造的过程，从发现选题、采访、研究、写作、编辑到面对读者，现实感和创造性融于一体，很有挑战，也很有乐趣。

由此产生的文体，我们简单地称为非虚构，而不再缠绕于此前的纷繁命名，纪实、特稿，等等。这意味着，只要没有事实层面的虚构，只要是好的写作，不拘任何形式。说到底，最重要的是你为读者讲述了什么，是否言之有物，又是否寻找到了合适的形式。而情书、墓志铭、学术散文、一次谈话、一段口述，都可能是充满理解力、感受力，在宽广层面的非虚构写作。

这种命名也解放了媒体逐渐建立起来的选题等级：官员、商人和热点优先，成功者的故事优先。有时，我们会捡起其他媒体弃而不用的选题，它们或者是普通人的故事，"不够重要"，或者是"不像新闻"。尽管这是我们可以感知的现实，尽管写作者对题材充满感情，但是因为不"主流"，就有不被讲述、进而被遗忘的危险。历史的书写，从来如此。

德国作家君特·格拉斯曾经讲述自己为什么写作，一个重要的原因是，母亲的表弟曾经顽强地抵抗纳粹突击队，坚持到最后一刻，失败后，他和其他抵抗的民众"在行刑队面前消失了"，他的名字再也没有人提起，成了一个不存在的人。格拉斯决心让他活在自己的写作里，在他作品的碎片中，到处长眠着母亲心爱的表弟。

世界仍然生活在故事当中，以遗忘、抹灭大多数故事为代价。今天中国最主要的故事，是马云的故事（以及千千万万个变种）。为了抵御这种单一，我们应该学习讲故事。长久地凝视现实，让被遗忘的复活，赋予普通人尊严，以配得上丰富、变幻的中国。

本书所收录的，就是这些尝试的例证。

《正午》郭玉洁

目录

写给《正午》的话	五台山下金岗库三十年后	003
特写	时间的工匠	017
	失败者之歌	029
	沮丧的法官	046
	疯子遇见佛陀 小河的"音乐肖像"	062
随笔	東北无战事	081
	外婆,以及远去的世界	097
	县城人生	109
	我与科幻世界	121

玩物	沉默的竹夫人	**139**
	我，机器人	**142**
	此地不宜久留	**145**
个人史	饭来张口去青海	**155**
视觉	十三个摄影师的旅途瞬间	**173**
访谈	张北海 只愿侠梦不要醒	**203**
	吴靖 互联网越发达，言论越少	**216**
故事	一个山西青年的任逍遥	**235**
	环球邮轮 六百余中国人的"甜蜜生活"	**252**
	风雪聂拉木	**268**

写给《正午》的话

天下人与事,都因岁月而物换星移
——张北海

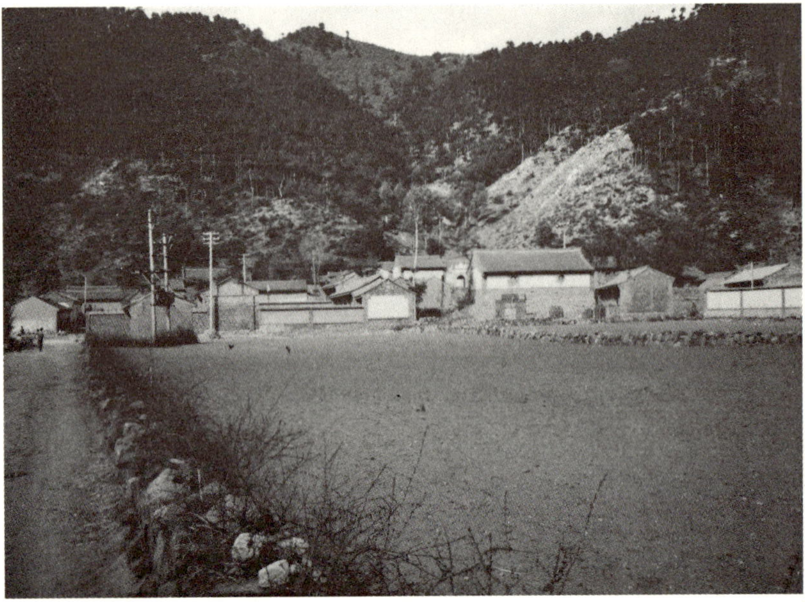

五台山下金岗库
三十年后

文_张北海

"祖籍山西五台，可是生长在北平的我……从未去过家乡。去年（1986），奉我加州老母之命，去看了一次五台老家。"

上面几句话摘自1987年我的一篇《五台山上，五台山下》前言。那次探乡，只是我们夫妇二人，导游及驾驶，只停留了小半天。2015年11月初，我又去了一趟，这回却是我主动发起。

我这一代是海外张氏家族的长辈，现在下面又有了两代子孙，但只有我去过老家，山西省五台县金岗库村。我不止一次建议侄子侄女们，你们这一代也应该有人去看看。我尤其希望先带我大哥二哥的几位子女去探访他们的祖父和两位老爸出生之地之家。

我大哥的两个女儿（艾维，艾达）都住在美国，但是一个不懂中文，另一个也只能中文交谈，二哥的两女一子，则分别住在曼谷（艾玲），洛杉矶（啸虎）和香港（艾嘉），都能说能写能看中文，可是多年前一两次安排都未能成行，不是这个有事，就是那个有事。

过去十几年，我大约每两年蜻蜓点水似的跑一趟北京，上海，香港和台北。去年秋天出发之前，我电邮小妹张艾嘉，给了我的行程，说如果她在那段期间抽得出两天时间，那不论当时我在哪个城，我们就可以先在太原会合，再去金岗库。最好还能约上曼谷的姐姐张艾玲，我觉得起码先带下一辈一两个人去，而只有她们二人比较近便。

10月中，我刚抵达北京就收到小妹儿的电邮说，这次真有可能。她11月2日回去太原，为贾樟柯新片《山河故人》次日首映作宣传。等我10月底到了上海，又收到她的电话说，贾樟柯知道了我在国内，也邀我去，而且由他来安排探访金岗库的一切。这还不说，小妹儿先生王靖雄（但亲友都叫他Billy）也去，姐姐艾玲也去。

我无法想象今天的金岗库变成了什么样子，更不敢想象祖宅是否还在。事隔三十年，我开始担心我的期望可能落空。

《五台山上，五台山下》记载了我1986年首次探访老家的印象。那次我们一行四人下了五台山，在老公路上没开多久就看见正前方一个小村落。驾驶说，"你老家到了，那就是金岗库"。

"我们慢慢往前开……路两边的界线是很整齐地堆起来的石头，界线的两边就是田，刚耕好可是还没种的田。一片黄土。路左边的田再过去就是那条溪，路右边的田再过去就是金岗库村。一幢幢的白墙灰瓦或砖墙灰瓦的民房，虽然没有什么格局，可是看起来还蛮舒服……"

"远远地看，金岗库确实相当美，甚至可以说是我沿路看到的一个个小村庄之中最漂亮的一个。上山之前和下山之后所看到的，都是在黄土岗子附近，有那么十几二十几幢零零落落的泥墙、砖墙、瓦房、水泥房，还有三三两两的窑洞，聚在一起。四周是几乎寸草不生的山岗，一堆堆乱石。偶尔有那么窄窄的一片田，这里，那里，有那么一点绿色，看不到水，有山的话也多半是没有树的秃山。这应该是武松打虎的所在……"

"你必须要先了解到这一带的苦、这一带的穷，两千多年下来靠天吃饭、靠地穿衣，一个个小村子四周的山不明，有水的话也不秀，你才能明白我们金岗库村之美。从我在两百公尺之外望过去。坐西向东的金岗库背山面水，而且后面那座并不算高的山还长满了树。村子前面不远就是那条曾经是主要通道的老黄土路，再往前十来步就是那条水少的时候是小溪、水涨的时候可以变成一两百英尺宽的大河。我那天清早大约不到9点，太阳早已从山那边冒出来，站在路边看到的是一条小溪。

溪的两岸有一些三三两两在水边石头上洗衣服的姑娘。再往远看，还有一头头在溪边饮水的牛羊。我的老天！我在惊叹的同时又拜托它，此时此刻千万别给我走过来一个骑在牛背上吹笛的牧童！"

我不知道近几十年来国内的大拆大建，有没有延伸波及到金岗库。三十年前，这个穷乡僻野的小村，连个杂货店都没有。今天，我在飞机上一直胡思乱想，或许有了些面馆酒馆，老黄土路上铺上了水泥柏油……

走进太原机场等候厅，我开始找熟面孔，没有，倒是看见一个人举了个牌子，上面写着"张叔叔"。

我跟着他上了车，直奔酒店，叫"万达文华"。很新，也很漂亮。大厅内等候我的那位女士自我介绍叫刘燕，给了我名片，要了我的护照。我后来才知道贾樟柯安排去金岗库和五台山的一切事项都由她经手。她说，贾导和张姐他们出席记者会，下午为我们和媒体放映《山河故人》，晚上导演设宴，第二天一早出发，先去我老家，再上五台山……

我和艾玲看完电影之后就赶回酒店直接去了餐厅，一张极大的圆桌坐满了人，总有二十多位，我这才见到贾樟柯和赵涛，还有董子健。贾赵二人是多年前他们来纽约宣传《天注定》的时候认识的。小董也是两年前来纽约拍片才首次见面，刚看完电影，我才明白为什么小董也在场，他和张艾嘉有场戏。

晚宴是丰富的山西酒席，小妹先给我倒了一小杯白酒，说这是导演特别为我准备的老汾酒，我们才吃了几道菜，所有和电影有关的人全都离桌去出席当晚的首映，怪不得他们要先开动吃。

席散之后，我想去看看一个有如此规模酒店的酒吧。结果，根本没有，只是在大厅后方隔出一个不小的空间，有几组小沙发和桌椅，墙上几排架子，摆着可怜兮兮的几瓶酒。我真不明白，一个如此像样子的国际大酒店，竟然没有一个像样子的酒吧，更没有像样子的威士忌。

我们第二天11月3号一早出发，上车之前，我才发现有这么多人去。除了艾玲艾嘉Billy和我之外，还有贾樟柯，赵涛，小董。另外还有刘燕和电影工作组，总有十好几个人，分坐了一部休闲车和一部房车。

离开太原没多久，人烟开始渐渐稀少。公路两边的景色和三十年前差不多，山岗子附近有一些房舍，一些窑洞，乱石山丘。不知走了多久，突然一闪之间，我瞄见一个路牌——"金岗库"。老天！小村子上了公路图了！

又何止有了村牌，金岗库现在是五台山风景游览区的一个主要关口。不远前方是座蛮大的建筑，游客在此下车进去买票步行入境，车辆则走旁边的车行道。佛教圣地五台山一直是国家重点文物保护区，尽管"文革"期间，众多庙宇遭受严重破坏，现在显然受到国家的重点保护。可是还有一项大改进，三十年前，我就写道，"庙的实质变了。光是入佛门要先买入场券就又打破了一个幻觉。我并不是反对收票，古迹需要保护，保护需要经费，可是我情愿在入山的时候，或之前交钱"。

至少这一点，政府也终于做到了。

重新上车之后没多久就开进了一个完全陌生的金岗库。公路两边都是一两层高的店铺，好像都跟吃喝玩乐住宿有关。一眼望过去，看不见老胡同，老房子，也没见小溪和洗衣的姑娘，也没见溪边饮水的牛羊。

三十年前,我没几分钟就找到了从未去过的祖宅,现在我反而不知道该如何去找老家的房子了。

贾樟柯查问了之后说,老胡同和老房子就在这几排新建店铺的后面。我立刻带了艾玲艾嘉绕了过去,同来的人也跟了我们走。

不到十分钟我就感到眼熟。老胡同没怎么变,还是泥土路。我越走越有把握,反正就在这里了。没错,三十年前,"车子一转进那条巷子,十来步的前方就正面迎来一座开着的大门。大门屋檐下一颗红星,大门里面一座白色砖屏……我知道这就是了"。

我顺着一条胡同走,右边有条短巷。我转头看,几乎像上次那么突然,祖宅就在眼前。我叫艾玲艾嘉,"This is it! Right here!"

她们二人赶了过来,这时我才注意到巷口立着一个石碑:"省级重点文物保护单位,晋察冀军区司令部旧址。山西省人民政府,一九八六年八月十八日公布。五台县人民政府立。"

三十年前,我虽然是初次探访,可是知道那座宅院大概的样子:两进四合院,后院左侧一座小楼。我父亲老早就跟我们说过,抗战初期,中共中央曾在五台县设立了一个司令部,总部不但在金岗库,根本就在我们的老家,这个司令部是"七七事变"之后,国共第二次合作抗日期间,中共中央于1937年11月7日正式成立的"晋察冀军区"的司令部,任命聂荣臻为司令兼政治委员,聂帅也就在这座宅院起居工作指挥。

现在看那个石碑,我才注意到祖宅就在我初次探访之后没多久,公布设立了一个纪念馆。

老家大门上着锁,不知道是谁去找有关单位开大门,我们借这个机会从外面看祖宅,小巷子铺上了砖,门墙都很新——

"文艺叔叔!"突然听见有人叫我,还叫我本名!我们都一惊,转头去看。

三十年前,我就听说老家在解放初期是五台县政府所在地。没多久,县政府移到五台县城,老家改为县卫生局。那次,卫生局一位同志找来了一位说是和我们张家有点关系的老乡。

"那位中年人也姓张……一代一代名字追问上去,我发现他的祖辈和我父亲同辈,他可以算是我八竿子打得到的远方侄子,但是我没好意思让他叫我叔叔。"

我们现在看见的是一位白发老头儿,抱着一个小女孩。我脑子急转,他应该就是那年我见过的那位远方侄子。几句话之后,一点不错,果然是他。

我先给他介绍艾玲和艾嘉,从他的面部表情,很难说他是惊讶还是惊喜。两个侄女的反应是惊奇,意想不到。至于贾樟柯和赵涛,我觉得他们觉得这也未免太戏剧化了。

我这位远侄叫张金槐。不久,他的兄弟张金德也赶到了,还给了我一份《金岗库张氏族谱》。这时,大门的锁给打开了。

1986年,当我第一次迈进祖宅大门,绕过石屏,走进老家前院,我在《五台山上,五台山下》中写道:"因为现在用来办公,保持得还可以,玻璃窗,纸窗,都好好的,只是院子地上的水磨砖有不少地方有点损坏。竹子和梁大概很久没漆了。屋子墙上看得出来曾经写过不少口号,但是现在只是隐隐约约地可以看出'勤俭建国'四个字。其他的字大概是'文革'时期的口号,已经都给涂掉了……进了后院,第一眼看到的是晒的衣服毛巾,同时也立刻发现后院左右厢房和正房全都空着,门上着锁,纸窗上全是洞。后院和前院一样大小,我们沿着四周绕了一圈,红色的柱子也不太红了,蓝色的大梁也不太蓝了,还有些木头也开始坏了,油漆到处都有剥落……这个时候我才有点伤感。"

那是老家三十年前的样子,这次迈进了大门,真是面貌一新,前院后院都种上了树,还有花,门窗柱梁也都上了新漆,庭院砖地也都完整了。但整个感觉不像是个住家,而确实符合其当前身份,像个供人参观的纪念馆。

前院主要是展览室,占了一整排房间,里面墙上呈列着地图和黑白照片,都与聂司令在此接见部下,商讨战事有关。室内的摆设像是恢复了当年的样子,办公桌,会议桌,几组座椅,档案柜等等。后院东西和北屋则难明显看出是在显示什么,不过收拾得干净整齐,北方左侧小楼上那几间小房是当年我大哥二哥的卧室,现在布置的也像是,我只在门外瞄了几眼。

这时,很多人都在拍照,个人的,一组一组的。我是张家老大,不时也凑上一份。在他们还在拍的时候,我把《金岗库张氏族谱》摊在地上翻看,远侄也蹲下来解释。

《族谱》只是初稿,非常简略,没有几年,也没有生死年月日,只列举了一些姓名配偶子女和辈分。虽分世代,但也只追述至大约清朝乾隆年间。我算是金岗库张氏家族第七世,远侄说他们不清楚海外张家后代情况,请我回去替他们补齐。

个把钟头之后,大家也都看的拍的差不多了,远侄和我走出了大门,他指着隔壁几幢宅院说,那是我父亲两个兄长的家。接着他带了我们张家三人找了个地方喝茶,才比较含蓄地概略透露,解放后,因为有海外关系,金岗库张家族人吃了点苦,但没说是什么样子的苦,我也没追问。"文革"之后好了许多,

他还是像上一次那样一直不提这几十年他们兄弟在干什么，如何生活，也没请我们三人去看看他们的家，当然，我也没要求，只是以海外张家长辈的身份，感谢他们的努力，和山西省政府的合作，把我们这家故居改为纪念馆。

不过我当时及事后都一直在想，当年有十大元帅，不知道其中还有哪位元帅享有他自己的纪念馆。当然，金岗库的"晋察冀军区司令部旧址"，并非纪念聂荣臻的一生功勋，而只是纪念他在抗战期间那段历史。即便如此，政府还是没忘过去，为纪念聂帅的抗战功劳，在他的金岗库司令部设立了这个纪念馆，而这个纪念馆又恰好是张家祖宅，老家房子也就因此而受到了政府的重点保护。

我在上车之前，站在公路边，再看金岗库今天的市容，这才看出公路两侧的新建筑，一边是在以前老公路到村子前方那片田上，另一边是老公路到小溪之间那片田上盖起来的，因此老胡同和一些老宅院才没有给拆毁,至于那条小溪,多半改道了。

如果你问我金岗库三十年前和今天的差别是什么,我只能说,三十年前,金岗库穷可是美,今天的金岗库游人区和老胡同是两个世界,村民多半不那么穷了,可是金岗库也不那么美了。

贾樟柯在催,他老早就约定好去五台山拜见一位修行很高,但极少接见外人的老和尚。他叫我一起上山,先拜见老和尚,再住几天逛庙。我实在无法,必须当晚赶回上海,可是金岗库叫不到计程车,只好跟他们上山,好在不远,到了老和尚庙前,他才又派车送我回太原。

在回程路上,我问驾驶时间够不够我在太原找个地方吃碗西红柿炸酱面,他说不够,就这样,我只好直奔机场。

回上海的飞机上,我一直在想这次重访老家。当然,此行如此顺利得感谢贾樟柯的安排,我也高兴两个侄女因此而终于看到她们父亲和祖父出生的房子,以后下一两辈人谁有此愿望,也只能靠她们带路了。三十年前我老母交待我的,我终于在三十年后交待了下一代。可是我立刻觉得可笑,还带什么路?谁有兴趣,就自己去金岗库参观"晋察冀军区司令部旧址"就是了。那所宅院就是你们祖先的故居。

开始写这篇文章的时候,《山河故人》刚好也在纽约上映,现在电影下片了,我的金岗库故事也讲完了。

可是如果有谁问我还有什么诉求,那我就多半会说,希望山西省人民政府,在纪念馆前石碑上那句"晋察冀军区司令部旧址"下面,另加一行字:"原张氏家族故居"。

特写

唯一能够了解的道路是创造一个自己的世界。

——史蒂文斯

时间的工匠

文_郭玉洁

一

李方乐个子瘦小，脑袋比起身子来，大了一号，脑门尤其大，前额鼓出一块，在灯光下发亮，两侧是半寸长的白发。虽然已经72岁，但是走惯长路，行动十分敏捷。说话时有点不好意思似的，他并不直视，但是上海口音的普通话，条理清晰，一样一样，按照顺序折好了放在脑子里。年轻时，他必定是个聪明伶俐的工人。

都说上海人门槛精，李方乐表现出的是上海人的另一面：极有分寸。每次见面之前，一定会电话确认，提前五分钟到。热情，却也绝不过分。有时也会礼貌地露出小心思："现在也不兴问女士的年龄了……"然后歪着脑袋等我回答。

李方乐不抽烟不打麻将，生活过得简单。除了去同事的公司兼职，赚一份应酬零花的收入，他最大的娱乐，就是看展览。

每年年初，李方乐请经理上网，把全年的展览找出来，他挑出自己喜欢的，打印出来，依次去看。这些展览大部分跟机械有关，机床、模具、太阳能、自行车……一般免费，只有一次，李方乐花一百块，看了一场游艇展。同事见他喜欢，送了他一张三千块的赛车票，是主席台附近的位子。但是，他看着车以极高的速度在场内转来转去，觉得很没意思。2014年轰动上海的莫奈展，李方乐也看了。抽象画么，他觉得自己不大喜欢。

2014年，李方乐看得最过瘾的一场展览，是卡地亚的钟表展"瞬息·永恒"。

十年前，李方乐曾在上海博物馆看过一场卡地亚的展览。那场展览以珠宝为主，钟表很少，只占一个橱窗。李方乐看到一座钟，形似大门，钟盘两边是两根白色圆柱，撑起底座和门檐。看标识，这座钟叫做"门廊"。让李方乐奇怪的是，一般来说，时针分针背后，总能看到机芯，因为机芯带动指针的转动，但是在这座全然透明的钟盘之中，他只看到两根针腾空旋转，后面空无一物。随便李方乐怎么找，就是找不到机芯在哪里。

仔细读橱窗边的说明，李方乐才知道，这是卡地亚著名的"神秘钟"。这座钟的奥妙在于：它打破了指针与机芯相连的技术惯例，把指针固定在水晶表盘上，成为整体，当机芯连接表盘，带动表盘整体转动，也就带动了分针和秒针。

1912年，工匠莫里斯·库埃（Maurice Coüet）制造出第一座神秘钟。当时，欧洲的贵族像一百年后上海的退休工人李方乐一样，围着神秘钟，想要找出这一魔术的谜底。神秘钟从此成为卡地亚钟表的象征。很长时间内，卡地亚严守这一工艺的秘密，就像可口可乐的秘方一样，让悬念成为神话的一部分。

一百年后,李方乐在这个悬念前徘徊不去。到底技术上如何完成呢?橱窗边的说明无法令他满足。他每天琢磨这个问题,连看了三天展览。

2014年,卡地亚钟表展宣传册的封面,就是李方乐十年前看过的神秘钟。不用说,他是一定要去的了。

这年夏天并不很热,霾却比往年严重。卡地亚的展览选在黄浦江东岸的上海当代博物馆,这里原本是一座电厂,至今仍留着高耸的烟囱,作为标志。世博会期间,电厂改建为法国馆。世博会结束,荒废了两年之后,改建为上海当代艺术博物馆。这年晚些时候,蔡国强将在黄浦江上放烟火,与此相关的展览"九级浪"就在上海当代艺术博物馆展出。

这次展览,单是"神秘钟"就来了十座。李方乐进了珍宝库,眼睛都要不够用了。更让他惊喜的是,每隔一两个礼拜,会有一个工匠从瑞士飞来,在展览现场演示制表工艺。演示的环节共有四个:宝石镶嵌、倒角、机芯组装、珐琅。其中,宝石镶嵌、珐琅都是装饰性的技艺,李方乐并不十分欣赏,机芯组装也还好,只有倒角,李方乐最感兴趣。

倒角,简单来讲,就是打磨机器零件。它看似一项微末的技艺,却是高档和低档钟表的重要区别之一。高档钟表,零件无论大小,全部精心打磨,表面像一面镜子,边缘像一道光。这样,无论从正面,还是从透明后盖看进去,机械与美呈现一体,价格自然也上去了。这道工艺虽有机器,却由手工操作,全凭耐心和经验。李方乐在国内从未见过,他想,未来也许用得到。

梁玮是现场的法语翻译,她对李方乐印象很深。因为演示结束后，一般观众都问：这块表能卖多少钱？做这样的表要多长时间？但是李方乐上来就问：这用的是什么工具？能不能让我看看？

梁玮记得，李方乐穿白色条纹短袖衬衫，身型瘦小，他说自己是个退休工人，钟表爱好者。梁玮倒觉得，李方乐很有知识分子气质，很有礼貌，总说谢谢，也总担心打扰别人。如果现场人多，李方乐会说，小梁，你们先忙，我等人少的时候再来。但是他对技术的痴迷，千真万确属于工人。

演示倒角的工匠只有二十多岁，他来自瑞士制表重镇拉绍德封，十多岁开始学习制表。相对于"这块表多少钱"一类的问题，他更乐于和李方乐交谈。他教李方乐如何使用工具，应该用什么手势。傍晚6点半，一天的展览要结束了，李方乐把不懂的问题都记在了小本上。

第二天，李方乐不仅带来了问题，还带来了一个塑料袋。他从塑料袋里拿出自己做的零件，请工匠示范，然后自己打磨，再请工匠帮他修改。三天下来，工匠说，所有的技法，李方乐都已经学会了，只需要再熟练些。

这次展览，李方乐去了11次，常常等展览关门才离开。他学会了倒角、得到瑞士工匠的肯定，更加有了自信。但是他没有告诉工匠，这门技术，他要用在自己的机芯上。

二

最早，李方乐感兴趣的并不是钟表。

李方乐八岁跟父亲到上海，那时新中国刚刚成立。20岁，他高中毕业，分配到百货公司系统，做过营业员，仓库保管员。后来进入文具厂，专门生产圆规。1979年，上海百货公司将部分钟表修理作坊组成钟表零件厂，统一承接零件加工业务。李方乐也调到了零件厂。

上海开埠以来，就是一切时髦事物的入口。就在"神秘钟"系列在欧洲问世的时候，上海有了亨达利、亨得利，大量进口瑞士钟表，浪琴、劳力士、欧米茄……通过上海，销往徐州、天津、北平等地。钟，尚可购买零件组装，但表是一种不可思议的精密机械，是欧洲工匠几个世纪的智慧累积而成，当时的中国没有能力生产，只能进口。

1949年之后，进口之路几乎断了。新中国的领导人指示，要"填补空白"，制造中国自己的手表。但是，当时的工业基础非常薄弱，没有图纸，没有加工机器，工人们以洋伞骨、绣花针、自行车钢丝为原材料，进行研制。在这样的条件下，1955年，天津制造出"五星"牌手表，1958年，上海制造出"上海"牌手表。之后，这两座城市分别成为钟表制造的南北中心。

李方乐进入零件厂时，中国的钟表行业正在进入最好的时代。"文革"结束，人心有期待。生产力和消费力都在释放，人们结婚要三大件：自行车，缝纫机和手表。一块上海牌手表120块，是工人三四个月的工资——昂贵又够得着的奢侈品。到1990年，上海钟表行业已连续九年每年生产手表一千万支以上，有24家工厂，一个研究所，20个经销部门，一所职工大学，一个运输队，两家合资企业，全行业在编职工31720人。

零件厂一时壮大，有三百多人。厂里的工人主要有两类：

一类是1960年代以来钟表技校的毕业生，他们好比唱戏的科班出身；另一类是1949年之前就在钟表行工作的老工人，他们熟悉进口表的结构，能够仿制大部分零件。在《上海地方志》里记载了一件事：一位少数民族著名人士，外宾送给他一只刻有沙特阿拉伯国王头像的手表，不慎损坏，别的地方无法修理。钟表零件厂受理后，指派技师画稿制版，翻新表面，重刻头像，整旧如新，使他非常满意，赞扬该厂是一家"钟表医院"。

李方乐不是钟表修理工，他是金属加工车间的机修工。当时，尽管手表可以国产，机芯、齿轮、游丝[1]都可以国产，但是制造手表的关键机器全部是瑞士进口。李方乐负责维护、修理机器，也常常去其他钟表厂，参观生产线上的瑞士设备。他觉得钟表修配没什么，机器，才是最复杂最现代的工作。相反，厂里那些六七十岁的老师傅，还在用十几岁学徒时的机器，手摇操作，制造零件。他边看边想，这实在太土了。

1990年代，钟表业的好日子结束了。市场的盖子一旦打开，暴风雨就会到来。原来在隔绝和保护下生长的工业体系，很快被冲垮了。一方面，广州、深圳等地进口零件，组装廉价的石英表；另一方面，昂贵的进口表、真正的奢侈品终于又来了。作为实用物件，市场已经饱和了。作为奢侈品、装饰物，上海手表没有竞争力。

1998年，钟表零件厂关门。在那前后，钟表制造厂、纺织厂、仪表厂、热水瓶厂……纷纷关闭。上海曾经是中国的轻工业基地，是好质量的象征，这一页沉重地翻过去了，页面上是一百多万下岗工人，和社会主义工业的历史。上海新的野心，将是成为中国的金融中心。

和所有的下岗工人一样,李方乐过了一段蛮讨厌的日子。55岁的他,每月拿325块补贴,这是上海最低生活水平。妻子在街道工作,收入不高,他们还要供女儿读书。同事们各寻出路,有的去名表维修店,有的下海做买卖。李方乐靠修理音像设备,撑过了许多年。

尽管如此,他对机械、机床仍然有很大的兴趣。2000年之后,女儿大学毕业,家里经济好转,但仍有债务。这时,李方乐在朋友的厂房看到一台别人存放待售的机床。他一眼看出,这是瑞士著名车床"肖别林"。他请朋友留一留,先不要卖。他四处借钱,凑足了7000块,加上运费、请客,8000块,车床到手。李方乐立即动手拆解车床,再重新安装。在关键部位反复了无数次,花了一两年,才完整装好。拆装的过程中,他无数次感叹,这部车床零件加工之精细,对精度考量的缜密,国产机器根本无法相比,中国要成为制造强国,实在还有很长的路要走。

零件厂里,有一位比李方乐年轻十多岁的同事小董,毕业于钟表技校,长得五大三粗,李方乐觉得他像山东人,不像上海人。他的手指放在零件旁边,像拿棍棒的拿着绣花针。但这位同事却是同一批技校生里最聪明、技术最好的。下岗后,小董什么都做,修表、卖鞋、倒卖水货钟表……一年能赚三十多万,但是他不甘心,想研发陀飞轮——这是当时最复杂的钟表技术之一。小董找来李方乐,帮他做加工设备。

一天,小董叫李方乐去他家。他说,我让你看样东西。他拿出一座钟,透明的表面之内,机芯排成狭长的一条。这是老牌厂家积家的钟。李方乐从来没有见过这样的机芯——机芯由一百多个、甚至数百个零件组成,关系复杂。圆形最适宜摆放,所以一般来讲,机芯都做成圆形,中国的钟表制造也一律如此,温饱而已,从未有过这样特别的设计。李方乐想:原来钟表也可以这样玩,那么,我也可以试一试。

2007年,他决心动手。

第一步,画图纸。他不懂用电脑,画图全靠手工。他也没有设计的经验,只能参考原来厂里的资料,再做改进。在一张工程图纸上,为了能画出合适的弧形,李方乐拿出早年的功夫,自制了一支一米长的圆规。

第二步,他在旧货市场以十块一支的价格,买了许多上海手表,把机芯零件拆下来,能用则用,不能用的,再逐一加工。他有一些加工设备,又曾有金属加工的经验,但是仍然有些零件,需要花钱去宁波订制。他存够钱,就去;没有,就停一停。停停做做,花了一年。机芯做好了,但是没有走动。

2009年,李方乐再次试验,做出了第二款机芯。形状不错,一条长形的夹板上,布置了大大小小的齿轮、游丝、摆轮。但是上完发条,仍然没有动静。这时他才后悔,当年没有跟老师傅学习手艺。尽管各类加工他得心应手,但是调试、寻找故障,都是他的短板。李方乐受到了挫折。

就在那几年,同事小董患癌症去世了。他没能做成陀飞轮。他和李方乐所做的,原本应由整个工业体系来支持,最后却成了孤独的徒劳。

2013年春节,李方乐待在家里左右不是,最后下了决心。大年初三,他到公司,搬出设备闷头搞起来。同事看他已经忙活了好几年,问道,老李,怎么还没搞好?李方乐呵呵笑道，完成之后，一定请你们吃酒。心里想的是，这次如果搞不出来，也就不要搞了。他重新研究图纸，四处找数据，发现原来是齿轮的中心距不对，所以两只齿轮咬住了不转。必须要重新制作齿轮。生平第一次，他用上一代师傅留下的"土"机器，手工操作，做了两只像指甲一样大小的齿轮，每只齿轮有84齿。

李方乐的第三个机芯，转动了。他实现了自己的许诺，请同事们吃了一顿饭。

三

按照北方话，李方乐会被称为"李大爷"。他连声说："不不不，不要叫我李大爷。""叫我老李。"他说。最后我们折中为社会主义时期的称呼："李师傅"。

李师傅穿着朴素，同事送的羽绒服，冬天也不舍得穿，矿泉水瓶子里泡好了茶，塑料袋里装了他所有的宝贝：机芯、图纸、眼镜……他说，他没有别的兴趣，只喜欢这个：钟表。

李师傅关于钟表的知识，大部分是从展览和杂志中来。

1990年代初，他带女儿去上海商城看了一次钟表展，看到一件瑞士博物馆的藏品，其中有一只摆轮作360°旋转，这是他第一次见到陀飞轮。

1999年，他在书报亭看到一本杂志《名表之苑》，在杂志里，他知道了最好的手表不只是劳力士、欧米茄。之后，他又看到《名表论坛》，这本杂志由香港"表王"钟泳麟创办。钟泳麟是物质富足时代的玩家，他懂酒懂美食，名车名笔样样都能写，写得最多的是腕表。每只表他都能够讲出机芯、机构、历史……他说，一个男人必须要有三块手表：日常佩戴、运动款和适合正式场合的华丽腕表。而钟泳麟本人则收藏了四百多块名表。每天一块，一年不会重复。

这些表没有一块是李师傅买得起的。李师傅讲了一个故事，香港汇丰银行的一个大班，无意中在仓库里看到一批古董钟表，迷住了。他退休后，在世界各地收集钟表。有钱，此事也不难。可是有一次，在拍卖会上竞拍时，他最后差一口气，心爱的腕表给人买走了。大班生了一场大病，幡然醒悟，连开两场拍卖会，把所有的收藏都拍卖掉了。李师傅说："彻底解脱了。再也不动这个念头了。"

月薪两千多块的退休工人，谈着香港大亨、名表藏家，却丝毫不令人觉得心酸。在第一次世界大战之前，怀表、腕表一直是有钱人的财产，阔太太小姐的首饰。"一战"后，尽管腕表普及，但是高档腕表有各式奇技淫巧、珐琅、镶钻，向来不是一般人能够拥有的。李师傅却用这个故事，想说明名钟名表背后财富的虚无，没有也罢。他最在乎的是：这些机械到底是如何运转的？从钟表爱好者，李师傅最终走向了制造者。

李师傅决定做机芯之后，很少告诉别人。他藏起了自己的"野心"，怕别人笑话。你也能行吗？他怕别人这样问。尽管第三只机芯走动了，但走了几天，又停了。有时甩一下，又走了。同事笑他，人家是劳力士，你这是甩力士。

好在一次一次，他更有把握了。他决定再拿出一年时间，慢慢修改，一定可以做成。

李师傅也清楚，自己的机芯，只是个人的玩具。把机芯改变形状，重新排列，在钟表行业，也只是简单的、已成型的工艺。至于更复杂的功能，只能望洋兴叹了。在卡地亚的展览上，尽管他感激瑞士工匠，但是对着满室的名钟名表，他觉得自己的机芯，好比丑媳妇，难见公婆。

然而谈论这些复杂的工艺，仍然是李师傅最开心的事。比如积家的"空气钟"，利用温度变化，热胀冷缩，作为动力的来源。"相当于永动机了。"他赞叹。

还有"三问"。何为"三问"？报时，报刻，报分。李师傅翻开一本砖头厚的杂志，大半本杂志包着一个"三问"的简易机芯，机芯旁边写着12∶59——一天中数字最多的时刻。他从塑料袋里拿出一个钥匙扣电池，小心地放进去，压上开关。

"叮，叮，叮……"杂志的小洞里传来了12下声响。12点。

"叮咚，叮咚，叮咚。"李师傅伸出三个手指，示意这是三刻。

"叮，叮，叮……"报分的声音与报时相同，却要高八度，听起来很急促，又有些尖利。

安静的办公室里，我们身后是一排排电脑。通常，我们往屏幕的右上角、或右下角斜一眼，或是打开手机，看阿拉伯数字显示的时间。人类曾经努力将时间实体化，在小小的表壳内玩弄炫目的把戏，穷尽了心思。以至于今天，钟表已难以再有技术创新，只能把一百年前的花样重玩一遍。更重要的是，我们已经不再看表，更不问表了。

如果晚五十年出生，或许李师傅就是这个时代的IT宅男。不懂电脑，让他在制表时很吃亏，现在学，也来不及了。李师傅说，时间已经在倒数了。不过，他也曾在自己的时代，自己的世界，成为主人翁。

"叮！"高音停了。耳朵靠在杂志边一直凝神在听的李师傅抬起头，说："这是 12 点 59 分。"

编者注：
[1] 钟表里的弹性元件，用以控制摆轮做等时往复运动。

失败者之歌

文 _ 叶三

一

2015年6月,李霄峰又找出了黑泽明的自传《蛤蟆的油》。这是一本他读了无数遍的书。翻开扉页,那句影响过千万文艺青年的名言扑面而来:"不要怕丢脸。"

几天后,他的第一部导演作品《少女哪吒》将上映。这段时间,他越来越清楚地意识到,"其实拍摄完成以后,我才真正学着做导演。我开始在现实生活中面对别人了"。

李霄峰的熟人会发现,他的微信朋友圈完全变了风格。在私人领地宣传自己的作品,过去对他来说是不可想象的事情:"搞得跟安利似的,我还是安利的总头目。"以前,李霄峰的朋友圈是标准的高冷文青范儿:时不时甩一句令人费解的隽语,发个酷图片,心情波动时随机删,不经意间让世界感到此人骄傲……现在李霄峰每天平均发15条消息,每条都是《少女哪吒》的宣传。

6月24日深夜将近12点，李霄峰发了这天的最后一条朋友圈：为《哪吒》拉选票的小视频。贴完视频，他郑重地对766位好友打上一行字："……请病毒传播这条视频，谢谢你们！"——"不要怕丢脸"，他对自己说。

李霄峰今年36岁。十几年前，他是著名的影评人，笔名LIAR，以文风犀利著称。后来合作过的许多导演和朋友当年都被他狠狠骂过。当了导演后，李霄峰翻出那些文章重读，"当年骂人家的这些缺点，好像现在我都有。"出了一身冷汗。随后某一天，他逛网偶得，黑泽明曾在1971年自杀过一次，未遂。那年黑泽明61岁。李霄峰觉得自己被黑泽明生生骗了一场，"你不是说不要怕丢脸吗？你那么大岁数了还自杀！"然后他慢慢想，慢慢明白，"其实，哪个导演不脆弱？"

李霄峰生就一副文艺青年命运多舛的样子。不高，一丝脂肪也没有的精干身材，发型是极短的短寸；一副眼镜上框是黑色的，镜片直接融入脸色；笑时薄嘴唇扯开，嘴角羞涩，眼神狡黠，而眉头微倒挂，略显悲怆。头骨明明线条流畅，不知为何却让人觉得到处反骨。整体看上去，像是用密度极高的材料制成，放到水中便会直沉到底的一个人。

"那天我在想啊，从《哪吒》这个电影，我能看到我小时候，我难道是又把小时候的路重新走了一遍吗？"中学时因为"到处反骨"，李霄峰常被老师孤立，因为老师孤立，同学也就不敢理他。李霄峰父母都算是学理工的知识分子，希望他大学别学文科，结果他考入中国农业大学，读"市场与广告"。上到大二，他退学，去了比利时学电影。在比利时上完两年基础课，他又跑了回来。

不止一个李霄峰的朋友这样形容他："比较蹉跎……他是

有点那种一条道走到黑的劲头。"

上个世纪90年代后期，中国迎来第一次互联网热潮。1998年左右，一个搞IT的程序员"边城浪子"建了网站"电影红茶坊"，李霄峰常去那里逛，聊天，看文章也写文章，结识了一批热爱电影的同龄人，其中包括后来的著名编剧顾小白以及《少女哪吒》的制片之一冯睿。后来李霄峰又摸到了新浪论坛，"像疯狗一样四处乱窜"，参加各种线下聚会。最后，这批人进驻当时规模最大的电影论坛"西祠胡同—后窗看电影"。

2001年，李霄峰出版了电影随笔集《天亮说晚安》，署名LIAR。

2002年年底，李霄峰进了陆川《可可西里》剧组，担任纪录片导演。这是他接受的第一次专业电影训练，他自认从中获益良多。两年后，《可可西里》完工，李霄峰累坏了，他想不如找个工作，试试上班吧。

那一年，李霄峰用LIAR的笔名写了最后一篇影评，批评了顾长卫的《孔雀》。当时LIAR撰写的影评可以拿到一个字一块钱的专栏稿费，出去行走江湖也能"吃香的喝辣的"。但是李霄峰决定停止写影评，从此当一个真正的电影创作者。因为"不喜欢给自己留后路"，他还决定以后再不用"LIAR"这个名字。"那时候我很年轻，写的影评其实就是观后感，不属于评论范围。不写了，对我来说有什么损失呢？当想要抒发自己的时候，难道不借助别人的作品我就不能发光了吗？"

他给许多电影公司发了简历，把以前写影评写专栏的经历一概去掉，名字只署"李霄峰"。接到第一份OFFER，职位是策划，月薪1500。"我第一反应是受到了侮辱，后来再想，这是正常的，人家凭什么啊？我有什么经历呀，我不就是进一剧组，当了一个文学策划和纪录片导演吗？"后来他去了另一家电影公司做策划和发行，月薪3000。

2005年，当初被LIAR骂过的导演张元正在寻找年轻人一起合作。在带《看上去很美》奔赴威尼斯的航班上，他读了李霄峰的两个故事。从威尼斯回来，张元去找李霄峰，说："下一部戏，我们合作"。当时李霄峰正百无聊赖，浑身力气没有使出的地方，又有杂志找他写影评，他刚有点心动，张元告诉他，霄峰你真的不能再写影评了，"这是俩方向"。

李霄峰觉得张元说得对。接下去，他开始查资料，实地考察，写剧本。一年多后，新剧本出来了，讲述某地一群不满18岁的少年团伙犯罪的故事，取材真人真事。李霄峰给剧本起名《无法无天》，也没想到应该改个名就送了审。审查意见发下来："不批准拍摄"。

李霄峰心灰意冷。他去工作室找张元，打算再喝一顿酒，就"拜拜"。张元穿着大拖鞋，大T恤，晃晃悠悠地进来，把手里的酒杯递给李霄峰，说："来一口。"

那天晚上张元和李霄峰喝着酒聊了一夜，又聊出一个电影剧本，就是后来由李霄峰出演男主角的《达达》。

《达达》拍了50天。拍完之后，李霄峰有些厌倦几年来的电影生涯："觉得没希望，对自己也绝望，这难道就是电影人的生活吗？就是每天聚在一起，胡吃海喝？跟那些商人打交道？拜这个大哥拜那个大姐？"对于电影，李霄峰的感触是编剧太没有掌控权，"做导演有掌控权吗？有，但也不多"。他想，不如自己开个公司算了。

李霄峰忽然想起来，他以前是学广告的。管别人借了笔钱，他跑去上海，开了个广告公司。公司开完再次忽然想起来，这是盘生意，应该先做市场调研。调研了半年，结论是没有客户。

李霄峰在上海度过了人生中状态最差的一段时光。每天，他宿醉起来，到楼下的罗森超市买一小瓶芝华士，再上楼，喝到人事不省。直到2009年《达达》公映李霄峰搬回北京，那几年他说自己是"写什么剧本什么被毙，干什么项目什么黄"，除了写作，就是喝酒。希区柯克有篇小说叫《醉鬼》，讲一个人酒后杀了自己的老婆，自己却全然不知，"我那时候就那状态，喝完以后完全不知道自己在干什么。在国贸桥上车开着，我把门一开，要跳下去"。

严重酗酒的问题困扰了李霄峰很久。"但有的时候，我突然一醒过来，会比清醒的人更清醒。我会清晰地看到世间的正在发生的一切和身边的人，心里很清楚自己到底在干吗。"2012年，他出版短文集《失败者之歌》，在扉页上写着"真正的失败来自情感"。"这共鸣让我不安，像久旱的土地掠过风"——导演贾樟柯在序言中说。

2015年，《少女哪吒》杀青后的那个春节，李霄峰彻底戒了酒。

《哪吒》的第一笔启动资金是李霄峰管母亲借的。"借给你拍电影，还不如买理财，你也不给我利息……"母亲唠叨几句把钱打了过来。李霄峰说，这些年他的生活还是要靠父母接济。"说白了，温室里的一代，所以才会有这样那样的毛病。"李霄峰的父亲说他，最大的问题就是"一直没在一个固定的平台上干过活，一直漂着"。

失败者之歌

在人生最低谷的那段时间，李霄峰曾给父亲打过一个电话，说自己想改个名。"李霄峰这仨字儿特别冷，你说你本来有一山峰吧，跑到云霄里干吗呀，能不能让人看得着啊？我觉得这名儿不平和，给人感觉特别傲慢。"父亲想了想，跟他说，别改了，"你就长这样，改也没用"。

二

1998年12月，卫西谛在BBS"西祠胡同"创建了"后窗看电影"版块。

卫西谛出生于1973年，比他在"后窗"结识的LIAR、顾小白、绿妖等人要大上一截。但是关于电影，他们的经验很相似：大都在小城市出生长大，大学里学理工科，观影经历是以录像厅中大量的港片为启蒙，经由好莱坞，来到欧洲艺术电影大师；热爱电影的同时，他们都喜欢写作，渴望表达，但在现实中缺乏能够交流的同类。

回忆起在"后窗"的时光，顾小白说："那是一个解渴的氛围，就像得到了源头。"顾小白2000年写的影评《等待是一生最初苍老》曾高悬于"后窗"首页很长时间，被无数网友满怀激情地阅读和转发。

2001年，在武汉上大学的绿妖即将毕业。武汉当时有电影爱好者自己组织的观影活动，放阿巴斯、侯孝贤等导演的作品，放映地点一般是旧电影院或录像厅。那时候的周末，绿妖经常早上6点起床，坐7点钟的公共汽车从武昌到汉口去，刚好赶上9点钟的放映。

在公交车上，她会昏昏沉沉地睡过去，头磕在玻璃上，又醒过来。

看完两部电影，绿妖再坐两个小时的车回到学校，然后写文章，发到"后窗"。她记得，那时候的放映员偶尔去北京淘碟，带回从小西天、新街口淘来的VCD刻录碟片，都是用牛皮纸口袋装着，碟片上手写着片名。"那就是我们下一周的精神食粮，"绿妖说，"那时候的心情就像朝圣。"

毕业后没多久，绿妖来到了"圣地"北京。那一阵，"后窗"正是最鼎盛的时期。除了这批年轻的民间影评人，一些就读或毕业于艺术院校的专业人士也活跃其中，如史航，张献民，程青松和陆川……还有当时最出名的"饭局通知"版主、资深文青老六。顾小白记得，那时候北京的聚会频繁到几乎一周一次，一伙网上结识的朋友们吃喝、玩闹、聊天、淘碟，也赶各种各样的电影放映。

2002年，"后窗"爆发了建版以来最大的一次论战。

当时，LIAR受《21世纪环球报道》之约采访贾樟柯，期间谈及王超导演的《安阳婴儿》。后来LIAR将两万多字的访谈原文贴到了"后窗"。"结果呢，"当时的LIAR、现在的李霄峰说，"就引起了一帮所谓的独立电影界人士的愤怒，还有学院派的愤怒——两边都得罪了。"

论战的起因，李霄峰回忆是"因为贾樟柯批了一句《安阳婴儿》，我原原本本把这话给写出来了，然后还附和了一句。他们就揪出我这一句话，上纲上线说我诋毁独立电影"。不知为何，争论的点又迅速转移为"电影是否与政治有关"，一周内，每天都有数万字的长篇大论发布到论坛，各种注册小马甲出现，许多潜水ID浮出水面，更有人撕破ID以真身亮相，各种立场、利益、派别、关系错综复杂。

关于这场论战，不同的当事人说法各不相同。有说是电影理念之争，有说是年轻的民间影评人与学院派之争，整个过程，张献民曾评论："像希区柯克的电影一样惊悚。"据说，那时候的网民还比较有要求，想人身攻击，也还先发一篇说理讲事的长贴，然后在下面用马甲开骂……LIAR就读的学校和原名很快被"人肉"出来贴上了网，李霄峰说"那是最早的人肉搜索"。绿妖则记得自己懵懵懂懂地被拉去帮战，听见顾小白在电话里问李霄峰："你那边还需要多少人？"

现在回忆，顾小白把它总结为"长者和不愿意被束缚的年轻人"之间的论战。这场空前绝后的论战之后，LIAR及一批民间影评人出走，另辟版面，"后窗"步入式微。

2005年，"后窗"的精华文章结集出版为《后窗看电影》，内容简介中写着："'后窗看电影'成立的这六年，正是网络影评崛起、发展、成其规模的六年。而后窗网友这些文字，基本代表了这些年来的民间电影评论的正果。"

那个时候，BBS已盛况不再，曾活跃于论坛的民间影评人大多被吸纳入传统媒体。顾小白离开供职五年的铁道部机房，去《精品购物指南》当电影记者，同时写剧本。绿妖则早已开始更为严肃的纯文学创作。

除了《后窗看电影》，"后窗"的"遗产"还有老六编撰出版的《独立精神》、《家卫森林》等一批电影文化书籍。顾小白2005年出版的随笔集也仍命名为《等待是一生最初苍老》。

北京爆发"非典"那一年，"后窗看电影"的创始人卫西谛从京城回到了南京，养狗，写文章，过起独立撰稿人淡泊的生活。说起"后窗"，卫西谛说："回头看我自己那时候写的，也就是认真而已。这是因为无知。大家知道的都很少，然后又很敢写。然后，更多的是那种交流的渴望。"

2013年5月开始，卫西谛和两三个年轻朋友合作，以南京为起点，在全国十几个城市发起了每年一度的"后窗放映"项目——每个城市找一到两家电影院谈合作，放映一些小众的艺术影片，以国产作品为主。

卫西谛说，他厌倦了以前独立电影那种在咖啡馆和大学里放映的状态，"后窗放映"要的是标准的影院放映，"因为他们本身拍的就是电影"。北上广等大城市已存在所谓的艺术影院，电影节也不少见，"后窗放映"关注的多是二三线城市。项目做了几年，许多媒体都有过报道，发展势头比较稳定。"这算是我做的比较符合影评人身份的一点事情吧。"卫西谛淡淡地说。

卫西谛的家离高铁南京南站不远，是个幽静的小区，楼房旁边种着大丛竹子。他的书架上放着自出版的摄影集 Way Away，那是2013年夏天他在美国66号公路14天旅程的影像日记。照片是用胶片相机拍摄的。

除了 Way Away、"后窗放映"的小宣传册，卫西谛的书架上还有他历年来出版的电影文集：世界电影评论年鉴《电影＋》系列丛书（2002年起）、《为希区柯克尖叫》、《未删的文档》、《华语电影2005》……也有《后窗看电影》。每年的"十大榜单"他仍然在做，但是他说，对写影评已经没有什么感觉。"中国电影吧，我没有太多评价欲望。但是一个中国影评人老写外国片，不太靠谱，在媒体和大众其实也没市场。还有，即使是世界范围内的电影，也不像我们当时刚喜欢电影的那个时候，因为有好多大师没有看过，看到会刺激，会兴奋。电影的黄金时代差不多，2000年以后，我觉得看到的好电影越来越少。然后，剩下的就是自己的一些电影品位了吧？我觉得我越来越狭隘……每年我都会做一个小东西，就是年度十大，结果每年都很像，还是那几个导演的新作品。我觉很无聊了，写来写去总是那些……虽然我还是一个电影爱好者。"

夏天过去后，卫西谛计划去欧洲，也许会再出一本影集，也许写一些小说一样的东西。他没考虑过做导演，他说自己"进入一个圈子的那种想法一向就很弱"。

这些年来，卫西谛与李霄峰几乎没有联系。《失败者之歌》出版那年，他们在杭州正好碰上，两人都挺高兴。那之后，卫西谛去北京也会专门找李霄峰聊一聊。李霄峰最终当了导演在他看来是件挺顺理成章的事。他说，李霄峰要拍电影，是好多年了吧？

《少女哪吒》的原著是篇一万多字的短篇小说，作者绿妖。那个"剔骨还母，彻彻底底把自己再生育一回"的少女哪吒晓冰，是以绿妖少年时的一个伙伴为原型，"写完后，作为一个年少时拼命想要离开家乡的人，"绿妖说，"感觉自己无意中投射了情感。"和李霄峰一样，绿妖也出于"难道不借助别人的作品我就不能发光了"的质疑，逐渐脱离了影评写作。但是当导演，哪怕编剧，对于绿妖来说根本不在考虑范围内，"那太复杂了"。

2012年11月，李霄峰第一次读到《少女哪吒》原著。读完小说，他说："我看到这俩少女，当场就已经活灵活现地戳在这儿了。再加上人物关系非常紧密，这种紧密是从内到外的，是在心灵深处建立的关系。这已经解决了一个电影最重要的问题。"他当即决定，放下手头已经改到第九版的另一个剧本，筹拍《少女哪吒》。

李霄峰找到绿妖购买五年的小说改编权时，绿妖问他："你想好了？真的要拍？"

在一分钱投资都没有的情况下，李霄峰开始为《少女哪吒》看景。所有人都劝他说李霄峰你不要发神经病，你是不是疯了？恰在此时，《哪吒》的第一稿梗概在上海电影节的创投单元拿到了最具创意项目奖。"我就知道，这个事儿可以做，没有什么退路了。"李霄峰说，"有一个瞬间，我感觉到四面八方的空气呀，正在向我聚拢。"

三

2002年，李霄峰从比利时逃学回到北京，一时不敢告诉家人，也就没地方住。他找到了在"电影红茶坊"结识的老朋友冯睿。当时冯睿住在东直门的回迁房，一个月房租1800。李霄峰就在他的房间里打地铺。有天晚上两人喝酒谈心，冯睿说："李霄峰有一天你做导演，我来给你当制片人。"

那时候冯睿的工作是《新京报》的电影记者，为一篇调查报道，冯睿把整个中国电影产业的底子摸了一遍，报道发表后得罪了不少人。因为对真实的限度产生了质疑，冯睿后来离开《新京报》，彻底进入电影业，做宣发和制片，自己接一些项目。他说："说是站着挣钱趴着挣钱还是躺着挣钱，但是一定程度上，我觉得我是撅着挣钱，挺痛苦的。"

2014年春节,《少女哪吒》的试拍、建组、谈演员都已经完成,李霄峰忽然发现,管母亲借的40万快花光了。就像刚从比利时回来那天一样,他又找到了冯睿。冯睿想了想,建议他"停,先止损"。

但是冯睿知道,李霄峰是一个嘴上答应"好的好的,对对对",但是绝对不听建议的人。根据冯睿在电影业的经验,《少女哪吒》有融资的先天缺陷:不够商业,新导演,没有明星——李霄峰坚持用符合角色设定的新人主演。冯睿告诉他:"你弄这么一个东西目的一定要明确。第一次拍电影,你是想要作品成立还是想要卖大钱?口碑和票房你可能只能选一个,这个片子它先天不具备票房的潜质,那我们干脆就放弃,就一心来扑口碑。多少导演第一部拍完就籍籍无名了,与其这样不如用作品来把你抬出来。"

"这些都是我,一个制片人的嘴脸,"冯睿说,"制片人会比较功利,比较现实。"

实际上,冯睿当时手上正进行着一个自己的项目。考虑一周后,他决定卖掉手头的项目,将钱挪过来投进《少女哪吒》。"第一,李霄峰是我朋友,还是投友谊嘛;第二有个承诺在那儿摆着——虽然是酒后的。"2014年初,冯睿正式进了《少女哪吒》剧组。

之后,就是无数人的钱在滚来滚去,拆了东墙补西墙,"今天找这个借40万,明天找那个借30万,先把前面这个还上"。最惨的时候账上没钱,而冯睿卖项目的资金一时还没到,他觉得快完蛋了,"如果停机的话,李霄峰会损失,因为他前面自己垫了100多万,我要给他停掉的话,这100多万就打水漂了,怎么办呢？——我就哭。"哭完，又有朋友的钱刚好到账，然后冯睿项目的买主也通情达理地打来了尾款。《少女哪吒》就是这样在2014年5月18日杀青。杀青后半年，所有资金才到位，投资方共计9名。

愉悦的创作过程告一段落之后，真正焦虑的阶段就在眼前。

作为独立制作的《少女哪吒》，9个出品方里面没有一个懂发行。2015年春节，李霄峰拿出家藏的好酒，专门请发行界大佬们来吃饭，取经。大佬听完情况，有的说："霄峰，你这个片先搁一阵吧，我给你举个例子啊，什么什么片，拍完以后搁了三年，现在发，成了！"还有的说，你们走节展啊，"长了一副得奖相儿"。李霄峰急了，整个项目开始了两年，拍完都快一年了，"我必须得有个交代"。

在冯睿看来，饭等于白请，好酒也是浪费，"还不如给我喝了。"但他也承认，这情况正常。"李霄峰是用最难的办法，办了一件最难的事儿。"看过样片的大发行公司直接跟李霄峰说："我觉得你这电影不错，你下一部戏想拍什么？我愿意跟进，剧本给我看啊，行，再见。"

最后，《少女哪吒》的发行交给了上海的"鑫岳"，一家小型发行公司，老板是冯睿的朋友。冯睿找到他的时候，他说："发行了那么多恐怖片，也该为真正的电影还还债了。"

更改了无数次发行策略，走了无数弯路后，《少女哪吒》的上映日期最终定在2015年7月11日，正处于"国产片保护月"。冯睿预见到票房很可能不佳是在上映前的两个月，但是真正感觉"要完蛋"，是在7月6日。

7月2日到19日，冯睿与李霄峰正在跑全国的院线，一家一家影院考察环境，见排片经理谈排期。7月6日，冯睿在重庆见到了7月10号的排片：《小时代》48场，从早上10点排到晚上11点，7个电影院全部如此。"我就知道完蛋了。"

冯睿说，这与他两三年前做第一部电影发行的时候，完全是两个世界。"那个时候你还能影响到影院经理的排片，那时候片源少，哪怕是暑期档也没这么多的大鲨鱼……现在是一个死结，最终话语权在影院。"

在合肥的左岸影城，李霄峰走进排片经理的办公室，亲眼见到了挂在墙上的大图表，每周、每月的票房清清楚楚写在上面，影院经理直接对票房负责，他们的收入和影院绩效也直接挂钩。"他们的压力很大，权力也很大——他愿意为你做点什么的时候，权力就会大，如果不愿意，他就是正正常常的一个影院经理。"

这家影城的排片经理告诉李霄峰，他们特别向总部申请了《少女哪吒》，一天排一场，包括周末。"我觉得我们作为电影人，应该为电影做点什么。"听见经理这么说，李霄峰差点从沙发上跳起来，"什么情况？一个排片经理跟我说他是电影人？我当时惊诧莫名，特别感动。这个行业的很多人都不把自己当电影人，一个经理说他是电影人，把自己看成整个电影行业里的一部分，把自己的事业看成比自己高的一个东西。"

当然，李霄峰也知道，这样的人是沙里淘金，少之又少。他和冯睿都很清楚，跑院线，见经理，其实不会得到任何正式有效的承诺——哪怕得到了也没用。冯睿的目标和出发只是，让李霄峰从一个不想跟观众交流的人，变得能够将同样的话在一个晚上面对不同的观众，在不同的影院说三遍。"我觉得他在成长。他知道和观众的关系是怎么样的,也会看到只有三四个人的一个场,这也是影院给的。他会明白在终端,面临的生态是怎样残酷。"

在《小时代》和《栀子花开》的夹击下,《少女哪吒》公布的排片率是百分之0.12,据冯睿说,实际排片率更低。首映那天,《哪吒》排了104场,而发出的拷贝是2012份。

李霄峰说,所有人都在告诉他,要研究市场,要尊重市场。"我不认为这是个健康的市场。把这些事儿都说透了,就是金钱可以操纵一切,可以践踏一切。"

《少女哪吒》的总投资超过900万,票房在100万左右,加上卖版权等收入,总共亏损20%—30%。李霄峰说,9个投资人对他的要求都是"别亏太多"——所以,还凑合。但这与冯睿"打平"的期许有差距。目前他们在操作第二轮放映,准备进大学校园,尽量让投资人"再少亏一些"。同时,李霄峰重新开始修改筹拍《哪吒》时放下的剧本,那将是一部接近类型片的犯罪电影,制片人仍是冯睿。开拍日期初步设定在2016年4月,"这取决于资金"。

顾小白和卫西谛都表示,这样的结果已算是不错。"品相很好。"卫西谛这样评价《少女哪吒》。新晋导演的处女作往往是小制作艺术片,能够做到品相好,业内有口碑,下一部的资金压力相对就会减小,"之后,也许会逐渐融入一些类型片元素,慢慢探索艺术和商业的平衡,也是常见的情况"。

《少女哪吒》讲述了两个少女的故事。在影片中,一个女孩妥协于世俗生活,另一个选择自毁,点题的话由这个十几岁的女孩说出:"这个世上只有一种活法,那就是诚实地活着。"

像当年的 LIAR 一样,许多看完《少女哪吒》的电影爱好者写了观后感。李霄峰收到很多邮件,有些人告诉他,被这部电影打动到落泪,也有人感到恐惧,还有人讨厌它,甚至表示仇恨。回想为这部电影经历的一切,李霄峰承认,有些时候,他会"轻微地厌恶自己",也有些时候,"我在想,可能都是我当年骂过的,这事现在要报应在我们身上了,挺有意思的。"

在杭州的一次免费放映会上,李霄峰遇到了一名主动发言的女观众。她盯着李霄峰说:"你给我讲讲,白马到底是什么意思?你这电影,我没看懂。"李霄峰回答,你看不懂正常。女观众很生气,站起来拎着包走了。

事后很多朋友批评李霄峰处理得不好,劝他以后别这么直接,"多讲讲你创作的艰辛"。李霄峰说:"我是很真诚的,我是真的觉得没看懂特别正常,为什么一定要看懂呢?"

几天后,《少女哪吒》的一名文学策划给李霄峰发来一条微信说:"你本身就拍了一个不为世人所理解的人,不要指望别人会接受你。"

"白马"这个意象来自于李霄峰的另一名文学策划。那个女孩本是山东胜利油田一个造油厂的会计,生活在东营一个县城中。她读了《失败者之歌》,给李霄峰写邮件,李霄峰被她的文笔和文学素养吓着了。有一天,这个女孩早上 8 点钟骑一辆破自行车去上班,县城的主干道上全是拉煤的大货车,尘土飞扬。骑着骑着,她突然看见马路对面有一匹白马,就栓在电线杆子上。她停下车,看了很长时间,然后骑着车又走了。回到办公室她给李霄峰写了封信,描述那匹白马,诉说心中的难过。她写:"我很后悔,为什么没有上前去把它放了。"李霄峰回信,告诉她:"你是看到了生活中的奇迹。"

"在普通平常的生活,日复一日的枯燥里,忽然看到一个活灵活现的东西,而且还美,这不是奇迹吗?"李霄峰说,"所以很多人问我白马是什么东西,我说你管。你看到它,不就够了吗?还要怎么样,难道你非要看到它撒欢着跑才高兴吗?"

在《少女哪吒》的结尾,终于有一个女孩走上前,解开了那条缰绳。

沮丧的法官

文 _ 陈晓舒

一

田丽丽是个黑白分明的摩羯座,她把世间万物划分为正确的和错误的两类,永远坚持自己认定的正确。但命运有时候阴错阳差,考大学那年,田丽丽报考了她认定正确的新闻专业,却被调剂到了法学。

我不了解田丽丽在得知这个消息后是否重新做出了判断,总之,她成了我的同班同学。她和我说起她人生的第二个原则:做了选择就不再去后悔。

田丽丽毫不犹豫开始重新安排人生。本科毕业她考了法学研究生。几乎每个周末,田丽丽会搭乘北京731公交车,穿过小半个城市来找我打牌,她会住上一两晚,赶在周一上课前回学校。

我想田丽丽在顶尖的法学学校里每日并未头悬梁锥刺股,她每周和我讲的学校趣闻,大多是班级里又开展了哪几场80分升级比赛,女生寝室又赢了男生寝室。给我的感觉,在校研生们的主线是打牌，辅线才是学习。

直到田丽丽毕业时，我才知道她的学习并未落下，她的毕业论文拿了奖，连她帮别人写的论文都得了奖。她拿着奖金请我们吃了顿麻辣香锅。她并不太发愁自己的工作，摆在她面前最明确的两个选择是：考公务员和做律师。对于法学专业的学生来说，除了那些有极其明确目标的人，绝大部分毕业生在找工作时都是怀抱着能录取哪个是哪个的心态。

田丽丽参加了两场公务员考试，一场报考了北京中级法院，一场报考深圳基层法院。最后，她被深圳法院录取。两个负责政审的公务员来到田丽丽的学校，审阅她的档案，和她的同学访谈。向田丽丽介绍了她即将工作的地方刚建成了新办公楼，那将是全亚洲最现代化的法院，拥有最现代化的法庭。

田丽丽很是期待。她开始一遍遍规划要做一个好法官，再一步步做成大法官。她匆匆和我们告别，离开她生活七年的北京，在2010年的七夕情人节落地深圳。

深圳对田丽丽而言是个完全陌生的城市，她清楚地记得，去法院报道的第一天因为不认路早下车了一站地，只好步行前往。一站地的距离，田丽丽越走越心凉，道路两旁都像是临时搭盖的房屋，充斥着各种五金店和小卖部，她边走边问自己："这就是我以后要生活的地方？"

走到法院门口，一个中年妇女坐在大门边的花坛上唠唠叨叨，咒骂案子如何不公。田丽丽隔着三四米听了好一会儿，她犹豫着要不要进去报到。

很多年后，田丽丽还记得那一刻的纠结。最后她还是进去了。新人报到后，最先进行的是职业培训。新进公务员的职业起点是法官助理,培训就围绕着怎么做好这个职位——请了资深的法官教导工作流程,也进行政治教育课,提醒不能枉法裁判,不能司法腐败。

培训结束后,田丽丽被分到距离院本部仅一公里的派出法庭。那是个独立院子,一共七层楼,和博物馆共用办公室。一楼有接待大厅、调解室、监控室。审判区和办公区用玻璃幕墙隔开,四个审判庭,每个办公室容纳一到两人,法官独立一间。

田丽丽所在的法院是深圳最早的司法改革试点单位,目的是实现法官精英化。法院给每个新人都安排了一个师傅,师傅是稍有资历的法官。田丽丽分到一个快50岁的资深法官。第一天,师傅交给田丽丽一个刚审完的交通案件的案卷,师傅很腼腆,并未多说,只是让她试着写写判决书。他似乎也没指望新人能写出完整的判决。

那是一起非常普通的交通案,但作为法院新人,田丽丽根本不知道该怎么办。交通案件的地域性很强,需要判多少钱与当地工资水平有关。田丽丽只知道法理怎么判,却不知道判多少。上班第一天,她在法院案库里按照案由检索,查看最近的交通案子,看了大约七八十宗案卷,了解这一类型要判赔多少项目,每个项目怎么计算,务工费、伤残赔偿金、精神赔偿、被抚养人生活费等等,以及保险公司的责任分担。

第二天早上,田丽丽按照正常上班时间9点到达法院,打开电脑开始写判决书。这个案子她写了一天半,写了十几页。田丽丽把判决书交给师傅,他看完后挺满意,大概修改了一下,算是大概了解了徒弟的水平。接下来,就是徒弟学师傅。

田丽丽仔细观察后发现,师傅每天会提前半小时到达法院,在日常工作中，一周要开十多个庭，短的一小时，长的需要一整天。师傅每周五和周六就会开始阅读下周要开庭的案卷，他会用铅笔在纸上写下开庭要问的问题，夹在卷里。因此，每周六他会到办公室加班一天，从不间断。

田丽丽所在的派出法庭，每年需要审结1300到1500宗案子，分到每个法官头上，一人一年需要审理两三百个案子。田丽丽一开始觉得这个工作量实在无法承受，几乎每个工作日都要写出一个判决，还得庭审和处理其他事务。

普通程序案件的合议庭，多由一个法官和两名人民陪审员组成。人民陪审员是从陪审员名册中选出来的，他们基本上都是公务员、老师、医生和退休人员，每次陪审的报酬是50块钱。人民陪审员在庭上很少会提问，庭后的讨论也只是个人观感："这个人太差劲了，连自己孩子都不养。"人民陪审员从不左右判决的结果，但由于法官人手不足，缺了这两个人民陪审员，普通程序的案子就没办法开庭。

师傅庭审很仔细，问题总是问得很细，遇到情绪激动的当事人，在法庭上控制不住老说重复的话，师傅也很耐心地让对方说下去，常常一个庭审会没完没了地开上一天。

开完庭后，师傅一般都会得出结论，是支持原告还是被告。如果田丽丽的意见和他相左，两人就会仔细讨论。田丽丽是法官助理，不需要参加开庭，她根据师傅庭审的案卷写判决。

她从上班写到下班，平均两天写三个判决。我们那时都觉得，用不了多久，田丽丽就会按照她所规划的那样，成为一个优秀的大法官。

二

2012年，我到深圳看田丽丽。她的宿舍楼在一个老旧民宅里，三个同事共用不到100平米的房子，每人一个房间。楼上楼下都住着她的同事，大家一起坐班车，一起上班下班，三餐都在一起吃，饭桌上讨论的都是案子，和学生时代并没有太多差别。

田丽丽正忙着全国法院的征文比赛，前一年她选了民事审判的题目，这一年她在写一个银行卡盗刷的案例研究。我发现田丽丽工作起来得心应手，而且很有规律。每周五下午是她自己规定的学习时间，那个下午她不写判决，会学习最新的法规和判例，总结审理过的案子。她发现自己审的银行卡盗刷案都没有被改判，说明思路和上级法院是一致的。她认真研究每个案子，总结出银行卡盗刷的重点是举证责任的分配，就此写了篇论文。

但田丽丽开始有了抱怨，经常唠叨工作中的琐碎。她遇到了一个交通案，肇事人是个外地打工的年轻人，他的面包车在红绿灯路口撞了人。田丽丽对他的第一印象是善良老实，伤残事故的赔偿近十万，年轻人没有上交强险，又是外来务工者，这笔费用着实不小。

田丽丽在内心是有偏向的，她希望能帮年轻人调解，或者争取少判点钱。但在法庭上，年轻人要求调取监控录像，这时距离他撞人已经超过半年，而此前他对交通认定书并没有异议。田丽丽向他解释："第一，你没有在法定期限内提出调查取证，第二，你提出的取证对我们没有意义，我们不能去修改责任认定书。"还有一点，田丽丽没说出来，法院调查取证很难得到配合，他们根本调取不到这个录像。

年轻人不听，又要求重新做伤残鉴定。"他要求患者完全痊愈后重新做鉴定,这不符合法医学的意见。"田丽丽向我抱怨。

不管田丽丽怎么向他解释都没用，年轻人非常激动，甚至说法院偏向原告，这让田丽丽很受伤。事情发展到后来，年轻人天天带着他七八十岁的母亲来法院闹，在开庭过程中冲撞书记员，还打了书记员。田丽丽最后秉公判决了这个案子，年轻人上诉后，上级法院维持原判。

法院前辈们给田丽丽的意见是："案子不能投入太多，每个人你都会觉得很可怜，但其实并不值得可怜。久而久之，你见怪不怪，变得麻木就好了。"

我想，田丽丽并不希望变成这样。她告诉我，她想回北京。

她开始到处托人在北京找工作。问及原因，她说："基层法官并不是一个有尊严的职业。"她讲了她遇到的另一个劳动争议案子，当事人是个IT公司的员工，在公司的国外驻地打架被调回国，他开始闹事，公司就把他开除了。案子到田丽丽的法院，判了这家公司违法解除。这名员工又回去上班，但他同时提出一个劳动争议案件，要求公司补发他被开除后的工资，法院支持了他。员工胜诉后，在博客上天天辱骂公司领导，公司受不了了，与他谈了协商解除劳动合同的协议，赔偿他60多万元，让他离开。

但他签完协议就后悔了，又到法院起诉，要求认定这份协议无效。这一次，法院并没有支持他。他开始在博客上辱骂法官和书记员，跑到法院又立了一堆案，包括要求公司公开道歉。

最后，这名员工跑到法院大闹，骂哭书记员，在电梯里辱骂田丽丽的师傅。师傅的脾气是出了名的好，也忍不住写了申

沮丧的法官

请，希望以扰乱法庭秩序的名义拘留这名员工。院长没批，副院长接待了员工，谈了两次，要求他删除攻击语言。他却变本加厉到法院闹，师傅再次提出申请拘留他，院长还是没同意。

"太失望了，对这种人不能让步，这个时候院长没有维护审判人员的尊严，整个庭都非常泄气，我们都觉得，遇到事情，根本没有人会为我们撑腰，"田丽丽抱怨，"在求稳这件事情上，我们吃了很多闷亏。我觉得只要案子是站得住脚的，经得起检查的，就不应该让步。"另有一次，一个河南打工者在深圳被车撞死，政府赔了死者父母八九十万，结果钱拿回老家被儿媳妇占了，老两口又跑回深圳法院，躺在法院门口，要求帮他们主持公道。法官们出来解释："你们应该回河南打继承官司。"但他们说，河南的法官不会管的。正好那年赶上大运会，法院赶紧给老两口安排了住处，只要他们出门吃饭，就得派人跟在后面买单。

"到最后，就好像是我们干了什么伤天害理的事情。"田丽丽说。

三

对我来说，法官这个职业是最近五六年才逐渐清晰起来的。我的奶奶曾经是名人民法官，印象中，她永远是一身蓝色制服，头发梳得一丝不苟，说话理直气壮。奶奶的原则性很强，很多时候，她的脸上就刻着"不可侵犯"四个字。在她60多岁时，还保持着每天早上起来诵读法条的习惯。

小时候，我曾去过奶奶的法庭，那是一个极其普通的房间，木质的旧椅子，有些小喧闹。我读了法学专业，在奶奶看来，是继承了她的衣钵。我也曾经想象过成为一名法官,但我想象中的画面,大多是外国电影和港剧里的法官角色。而我第一次正式参观法庭,是在大学,老师带我们去旁听法院的庭审。

那是位于北京的朝阳法院,方方正正的大楼和高悬的国徽让我感觉肃穆威严,同学们都屏住了呼吸,小心翼翼。法庭给我的最初感觉,并不像是个打官司的地方,更像个神坛,而其中最显目的就是法官。每次在法庭里,我都会有种错觉,认为法官们的身躯都异常庞大,他们似乎比正常人高大许多。我猜那是椅子的缘故,或者是法袍的缘故。

大学毕业后,决定选择法官职业的同学都报考了研究生。我不想再读书,便开始工作。我很难在学生时代把那些准备做法官的同学们,和这份职业联系在一起,对很多法学学生而言,法官太神圣了。

我的法官朋友们,大多是女生。她(他)们并没有比正常人更高大的身躯,彼此也并不相似,有普通人身上所有的毛病,也常常脑子不清楚,有时候辩论起来,说话总是没逻辑。

有时候,我会询问她们一些热门法律问题,比如某个法律修正案什么时候出台?她们一脸怒气:"这我上哪儿知道?"我拿报纸上的热门案例请教她们,得到的答复往往是:"我也不清楚啊,知道的和你一样。"但我们一聊起某个离婚八卦,她们分析起财产分割和抚养权总是头头是道。

法官朋友们总是很穷。起初我不相信,因为她们衣食住行基本都是单位负责,根本没有花钱的时间和地方。法官朋友们总是在加班,晚上在加班,周末也在加班,她们好像比任何职业都忙。

每次聚会,她们总会鸡毛蒜皮地讲一些琐事,都是工作中遇到的小事，用法言法语的表达方式，让人一头雾水。当我身边的法官朋友越来越多时，我觉得这真是个怨气很重的职业。她们似乎无时无刻不在抱怨，似乎每个人都干不下去了。

四

王箫是田丽丽研究生时期最要好的同学，也就成了我的朋友。我有时候会想，她们真是截然相反的两个人。田丽丽渴望成功，王箫安于生活，田丽丽不谈恋爱不结婚不生娃也没有这些计划，王箫大学一毕业就按部就班开始解决这些人生难题，而且非常热心地帮助别人去解决这些难题。

王箫进入法院工作，并没有太出乎大家的意料。她和老一辈人的想法一样，认为女孩子应该去做公务员，有保障又稳定，钱的事情让男人去愁。

刚入法院的头两年，王箫谈得最多的是分房。这也是我的法官朋友们最热衷谈论的事情，从他们进入这个系统的第一天起，就翘首盼望能够分到一套房子。2010年，和王箫同一批进入北京某基层法院的有近70人，他们住在法院的公租房里，两居的租金是4500元，一居租金大约2700元，据说这是周边房租的八折。法官们需要一次缴完一年租金，而刚进法院的硕士生，每个月工资只有3600元左右。

法院朋友们的聊天话题，总是围绕"大概什么时候会分房？"。不幸的是，王箫所在的法院在2008年已经分过一次房，2005年之后入院的公务员都没有资格享受。而他们所在的区域寸土寸金。我去过王箫的办公室，六个人挤在一间不到20平米的房间里，每人除了一张办公室，还配有一个案卷柜，平时走路都要侧着身。

很快，王箫的话题转变为"还会不会分房？"每次提及，她都一脸沮丧唉声叹气。在法院的第三年，王箫终于等不及了。她和家人在距离法院一个小时路程的地方买了房，开始准备进入人生的另一个阶段：生孩子。

我从田丽丽口中得知，王箫的新阶段并不太顺利。后来我还听说，这两年，基层法院的很多适龄女法官在怀第一个孩子时，都会流产。大家私底下议论猜测，这也许和工作压力太大有关。

王箫的工作状态是，每天早晨七点半出门，九点换好制服开始上班。案多庭少，法庭不够用，王箫需要和其他法官合用一个法庭，她的庭审时间都排在了下午。整个上午，王箫都在写判决书，大多数案子光证据就有二三十份，她都要仔细阅读。她还要见缝插针地打调解电话，听听各方意见和诉求，帮着分析利弊。

好几次，我在工作日的中午去找王箫吃饭。她坐下之后第一个动作就是喝水，一口气喝上两三杯："一上午忙得水都没时间喝一口。"这完全颠覆了我对公务员们"喝茶看报"的想象。

王箫午饭的时间很短，她总是急着回办公室阅卷。下午一点半，开第一个庭，她把第二个庭排在三点，但实际上每个庭审都会多用一些时间。等到所有的庭都开完，也已经快要下班了，许多同事会选择在法院吃饭，再加班。但王箫需要赶回家做饭，晚上再加班写判决。

经常加班，并不是因为王箫的工作效率有问题，她是一个办事极其利落的姑娘，她所在法庭要求每人每月的任务量是25到30件案子。自从2015年5月立案登记制实施后，要求"有案必立，有诉必应"，法院的案子一下子呈爆炸状，尤其在民商庭，每人每年要结完400多件案子，还会遗留300多件未结案。

为此，北京一些基层法院的规定是，每年9月份开始，每周二、四加班到8点半，一直加到12月30日。有些法院则规定，周六上班，正常打卡，不上班的通报批评。

即便如此，案子还是审不完判不完，当事人便常常打电话来催促，问题大多是："为什么还没有结案？""为什么这么慢？"王箫不得不一个个解释："这案子也有个先来后到，您再等等。"等久了，当事人总是不放心，一而再再而三来询问。有些法官受不了，工作时间每分每秒被电话轰炸，直接就拔了电话线，或者拿件衣服盖住电话。找不到法官，当事人更急了，便开始投诉法官。田丽丽问过王箫："遇到这种投诉，你们院会怎么办？"王箫说，会有相关部门去接待，不会反映到我们这里。

但在深圳，田丽丽的司法改革试点法院，投诉的渠道五花八门。田丽丽形容说，她所在的法院就像个餐厅，是个服务机构。信访办就设立在立案大厅旁边，全院脾气最好的两个人坐在那里，一周五天工作。他们接待完投诉人，把投诉内容抄送所有与被投诉人相关的领导和工作人员，这条投诉信息会出现在被投诉人的OA办公系统的待办事项里——如果你不处理，它就会随时跳出提醒。

投诉人还可以去区政府、司法局、街道办、检察院、中级法院，几乎到哪里都能投诉到田丽丽。深圳市中级法院还研发出一个便民措施，直接拨打投诉热线，热线电话将自动生成一条短信发送到被投诉人的手机。如果收不到被投诉人的书面回复，就不断发送短信提醒。

在北京，王箫的法院，有时候当事人找不到法官，便跑到法院门口，大喊法官的名字，后面再加上一句"枉法裁判，不公正"，法官们就能直接犯焦虑症。

整个2015年，王箫身边人心浮动，许多同事都想辞职。进入法院工作要签订一个五年的合同，合同期满才能辞职。每年的7月，就是辞职高峰。2015年，王箫这一届的法官入职刚满五年，一下子就有17个人提出辞职。但北京基层法院的人手实在太紧缺，有些法院不批准辞职，有些则会压到年底才批。

同事们离开的时候，王箫正在休产假，她的这一胎终于顺利分娩了。我去看她，她抱着孩子，还在担心法院的工作。在我看来，王箫显然是很适合法官这个职业的，她没有太多的欲望和需求，但我不知道，这份忙碌的工作是否会挤占她未来的人生。

五

在深圳，田丽丽也谋思着她的辞职。基层法院的工作其实是平凡普通的，但她发现自己最终记住的，都是那些伤害她的案子。起初她还好言好语，给当事人普法，时间长了，耐心也渐渐失去。而且，这些还只是外部矛盾。在法院内部，围绕着分工和晋升，又有数不清的矛盾。

进入法院之前，田丽丽对我说，她期待有个途径能够晋升到高院，多做研究型工作。但进入系统一两年就发现，除了重新考试、进行遴选，根本没有这个可能。整个法院晋升的体系极其不健全——以前法官们靠熬年头还可以晋升，现在连熬年头都不行了。

田丽丽所在的法院，司法改革员额制试点得稍早。所谓员额制，极大程度地削减了法官队伍，要求法官员额不高于法院工作人员的39%。这意味着，田丽丽这个法官助理晋升为法官，需要更长的时间。而她在其他法院的同学们，工作两年就已经是法官。

考核法官的标准也让田丽丽不服气，其中之一就是上诉改判率。田丽丽说，在法院内部有个说法是"做多错多"——"审得多的人肯定错得多。不干活的人，判决书永远不会出错，他们更容易晋升。"田丽丽的师傅兢兢业业，直到快50岁才混了一个正科级。田丽丽后来改做法院领导的法官助理，对方的审判风格是每个庭审十分钟完事，什么问题都不问，让写判决的田丽丽去发补充询问，书面再了解。

每年评法院先进，是田丽丽最受挫的时刻。头两年，她都是法庭同事们认可的先进人选，但领导一句"再考虑考虑"，就能直接把她淘汰，"不是说你是干得最好的那个，就能得到一个公平的待遇，很多时候，你还要和领导的关系够好。"

有一年，田丽丽来北京出差，提及法院辞职的前辈："有个法官审理拆迁，两次都没能通过审判管理委员会，领导让他再回去想想，后来他要求调离岗位，最后辞职了，这就是因为他的良心不能接受，但也有人就忍气吞声了。"

我了解田丽丽黑白分明的性格，即便遇到领导打了招呼的案子，她肯定还是秉公办理。她说："我遇到的也就几次，领导把我叫到办公室，意思是尽可能支持'他们'，我能做的就是对领导请托的人态度好点，多给他们一些建议。"

2014年，田丽丽终于辞了职，她决定回北京做律师。在提出辞职之后，她和第一个师傅长谈了一番，聊到现状和遇到的事情，两人都很失望。在那次 IT 公司员工闹访的案子之后，师傅调离了审判岗位，从事法院行政工作。

在北京，我和田丽丽又恢复了学生时期的热络来往。她常常会提及自己那几年的法官生涯，但没有一刻后悔离职。

六

自从 2007 年毕业以来，我那些做法官的朋友们如今大多已辞职。理由大多相似：没钱、忙、没有上升空间、没有职业尊严。

陈靖忠辞职后，发了疯似的想赚钱，他需要养家，孩子要上学，老婆要买新衣服。在法院工作的那五年，他去超市只挑带黄色标签的特价品，从来没有离开北京旅行，不是没时间，是真的没钱。他老骂自己的老婆，不工作还这么败家，其实她只是偶尔去动物园批发市场买几件衣服。他告诉我，他每月工资 4200 元，每 3 个月发 1500 块钱奖金，年底有 1 万元奖金。光是法院给他租的房子，每月就要 3000 多元房租。他展望了一下未来，即便熬到庭长，每个月也就 7000 多元工资，哪怕院长也就 1 万多元。

宋纯峰是在 2014 年从北京海淀区法院辞职的，他选择去大公司做法务。他看上去比实际年龄大很多，他开玩笑说，刚进法院时，庭长语重心长说，你们好好干，我们这里成长得非常快。五年后，一照镜子，果然成长得快。外面世界的诱惑很大，工作满五年的法官找个年收入二三十万的工作并不难。

宋纯峰也试图寻找过法院内部的上升空间,"但中国的现实是,判决书好坏换不来法官的声誉,更别提经济利益。"法院内唯一的上升通道,就是官职的变化,几乎所有还有职业追求的人,都在竞争副庭长,一个庭配备两到三个副庭长,海淀法院不超过15个庭。但即便竞争上了副庭长,从副庭长到庭长这段路,95%的人走一辈子到达不了。

这些离职的法官们,有人成为公司法务,也有去做律师。法官圈里把法院称为"北京律师培训学校"。尽管法官转行做律师,有一定的从业限制,但并没有让这些辞职者畏难。

"即使后来做了律师,在法庭上被法官呼来喝去,会想起自己曾经也在这么一个审判岗位,和台上坐着的人曾经一起战斗过,但理性想想,也不会后悔。"宋纯峰说。法官圈里,还流传着一句话:"辞职了的法官没有一个是后悔的。"

但在这股辞职风潮中,我的法官朋友李君则选择了另一种需要秘密进行的解决方案:他开始学佛并皈依。最初的原因是工作压力和感情不顺,后来他告诉我,他发觉佛法高级多了。

"佛法要求破我执,原来很多东西我放不下,现在就可以放下了,原来我会觉得我要努力去做,每年拿优秀,往上走,当专家型法官。现在我不会把这些东西看得太重,"李君说,"我说不清楚这是学佛的原因,还是我权衡利弊之后做出的选择。"

我想起他最初做法官之时,总是半开玩笑展露自己的野心,"我要做个公正无私的好法官","我想当院长"。他那时总在寻找正当向上的路径,遴选高院或者最高院,竞聘岗位,但最后都发现此路不通。

在法院,常常有各种关系户来打招呼,方式千奇百怪,有领导私聊，也有领导在卷宗里夹纸条要求偏袒的。时间长了，连普通同事都会来打招呼。李君起初置之不理，然后开始困惑。在同学聚会上，他严肃地问我们：这该怎么办？大家开玩笑让他守住底线。

但法官们也说，许多案子都是可左可右的，法院内也不是每个人都能守住底线。法院的老前辈会告诫新法官，碰到这种困惑，"帮人不害人"。李君为了守住底线，似乎已经断送了领导的信任。

2016年，中国开始全面推行法院司法改革的员额制，要求法官员额不高于法院工作人员的39%。每个地区根据不同情况调配具体比例。在上海的试点是，法官人数不超过法院人数的33%。这个规定出台后，许多法官将被降级为法官助理，没有审理案子的资格。李君也开始担心，他将失去法官这个岗位。

王箫听说在基层法院内部，只有2013年之前成为法官的人，才有资格去参加这个考试。"我都有点灰心，考了估计也是炮灰。"她说。

在北京，离职的法官们组建了一个微信群，取名"守望的距离"，已经快有500人。这些前法官们在群里面每天进行业务探讨，有群员把大家每天的聊天记录整理出来，分成各个章节，分别是：股份回购，户口迁移，合同诈骗，案件的民事保全问题，等等。这些从不后悔离开法院的法官们，似乎只是换了一个身份，继续守望着法庭。

应受访者要求，田丽丽、王箫、李君，皆为化名。本文提到的其他法官，皆为真名。

疯子遇见佛陀
小河的"音乐肖像"

文_李纯

一

小河今年41岁了。他看起来既年轻又苍老。苍老的是头发，他少白头，头发像一簇雪花。但他的面孔很年轻，有时会突然拿起一副玩具眼镜扮鬼脸。他穿衣服总是破破烂烂的，由于身板过于精瘦，衣服晃来晃去，走起路来像个出身山野的浪荡闲人。他说话柔声细语，碰上熟悉的朋友，会叫"亲爱的"、"宝贝"。

十年前，如果你在北京的无名高地或者新豪运酒吧遇见小河，他也许身上贴满饭盒，正眼也不瞧你，只盯着吉他上的琴弦，然后突然一句嘶吼把你震慑；又或者某个夜晚，在北京的地铁上，你看见一个人，画着京剧脸谱，穿着奇怪，正趴在座椅上睡觉，你走过去推他一把，那个人可能就是小河。

那时候的小河，有人说他是个天才，有人说他是个疯子，但他们都会告诉你："操，这哥们，就是为音乐而生的。"

关于他的疯狂，大多数和喝酒有关。而他喝酒干的事，可以写成一本荒诞故事集。有一次，小河喝完酒和桌上所有人舌吻了一遍；冬天，他和朋友们喝完酒，带着所有人把衣服脱光，出去裸奔，回来身上冻得青一块紫一块；有一次，他从饭桌突然跑到街上，拦了一辆出租车，把司机拉下来，要和司机跳舞，司机急了要和他打架；还有一次，他突然消失了，后来大伙在饭馆后面的草坪上找到了他，"小河你在干吗？""别吵，我在和小草对话呢。"

他的天才，当然是关于音乐。

小河总这样介绍自己："小河，原名何国锋，1975年生于河北邯郸，是田巧云和何萍所生的第三个儿子。"1995年，何国锋在部队当了三年兵之后，和战友跑到了北京，组乐队搞音乐。那时候别人开始叫他"小何"，后来变成了"小河"。小河的音乐难以归类，民谣、实验、摇滚、噪音……什么都有，又什么都不是。他对自己身上的各种标签不以为然，常常有意地打破界限，尝试各种可能，音乐在他身上，像无比认真又无比癫狂的游戏。

很多人是在三里屯南街的河酒吧认识小河的。在舞台上，小河有一种天赋的掌控力。有时，他先清唱，低低地念，手一伸，喊"一、二、三"。观众知道，这个时候乐器要进，大伙就特别high。High了一会儿，他突然停住，又开始念。于是所有人都被调动了起来，沉浸在一种很神奇的快乐当中。有时，他歌唱一个县城青年的街头生活，"野孩子"乐队的手风琴手张玮玮说："他几乎能把那条街的氛围唱出来，你能感到那天空气的温度、气味、心情，甚至你那天穿的衣服——你对自己的形象很满意。"

二

2010年，小河开始了一项计划，叫"音乐肖像"。每个月，他去全国各地见一个陌生人，和他（她）相处一两天，然后为这个陌生人写一首歌。

"音乐肖像"的初衷，是小河希望寻找另一种创作音乐的方式。他感到自己正在遭遇创作的困境，大部分时候，他等待灵感来临。有时，他在梦中写歌，梦里面，歌词像钢蹦一样一个个蹦出来，醒来以后，他赶紧把歌词记下来。他想，要是永远这么等，估计会"疯了"，"抑郁症不就这么得的吗？"

"音乐肖像"是另一回事。遇见一个陌生人，就要完成一首歌。创作的方式从被动变成了主动，小河说："你必须要写这个歌，无论你喜不喜欢他，你都要写歌。"

他在豆瓣上发了一个活动邀请，很快接到许多邮件申请。2010年1月，他来到安徽颍上，见了第一个陌生人——一名叫王刚的乡村教师。

王刚是个80后，教语文，爱好文艺，敏感又多情。他听过小河的第一张专辑《飞不高的鸟不落在跑不快的牛背上》，很奇怪专辑名字怎么这么长。他最喜欢的歌手是周云蓬和左小祖咒，能见到小河，使他感到离偶像的距离一下子变近了。

临见小河前，他把这事告诉了村里的人。"小河？没听过。""这个人上过鲁豫有约。""噢，鲁豫，知道。"

初次见面，有点生分，但距离感很快消失了。小河一点儿也没有他想象中歌手的"范儿"——留长发，穿皮衣，带金属链子。相反，他穿了一件军大衣，看着和县城青年没什么两样。

他们一块抽烟，小河掏出一盒白沙，王刚挺奇怪："你们北京的文艺青年不都抽中南海吗？"

王刚带小河去学校听他上课，中午坐在院子里聊天晒太阳，晚上，一块去县城吃大排档，王刚执意叫上两个女老师："有女老师陪气氛好。"吃完饭，他们去KTV唱歌。

那晚，俩人都喝醉了。他们合唱了一首《女儿情》，唱完情绪激动，互相拥抱。王刚对小河诉说了县城的苦闷无聊。大学毕业后，为担起抚养年迈父母的责任，他回到家乡做了一名乡村教师。他说："有一天，我和一个同事走在街上，不知怎么搞的，我们聊到了岩井俊二，这是我知道这个人以来第一次有人跟我提他，我觉得挺好的。小河，我们俩生活在不同的地方，我特别想把你当成普通朋友看待，你会不会有一天想到我？还是我只是你作品里的一个元素？"

"我怎么才能忘掉你呢？这是一个问题。"小河说。

回到北京之后，小河又见了一些人：失聪的想当模特的女设计师、在丽江开咖啡馆的老板、矿工、女同性恋和行为艺术家。每个月，他"从自己的小花园走出来，走进别人的小花园看一看"，很多场景让他意外。

4月，他去山西阳泉见了一名叫侯存栓的矿工。侯存栓有一身西装，在从租住的窑洞到工厂的更衣室这十几分钟的路上，每天他都认真整齐地穿上它。小河想："不知道是不是因为考虑到，假设有一天走出这门就再也没机会回来？"

到6月份，小河发现自己是带着一种"猎奇的心理"在选择人物，以至于几个"肖像"或者代表了某一社会阶层，或者有某些不同于众人的明显特征，而小河最初的设想，是给一个

"普通人"写歌。他发觉自己下意识地把普通人"分了等级",觉得边缘化的人才是普通人,这"很可怕"。

因此在8月,他从来信里选出了王若珊,一个看上去很"普通"的年轻人。

王若珊1991年出生在北京,是中国传媒大学动画系的大二学生,喜欢参加快闪,随身携带速写本画画。她热爱动画,总会冒出很多稀奇古怪的想法,比如人为什么悲伤的时候会流眼泪,什么使心脏在跳什么又使心脏不跳了。她皮肤黑黑的,有些婴儿肥,说话声音是北方女孩特有的高亢。让她变得显眼的,是两条乌黑油亮的长辫,梳得高高的扎在脑瓜两边,酷似动漫里美少女的造型。

王若珊和小河见面的时候,才19岁。她吓了一跳。小河挂了一副拐杖,走路一瘸一拐。她心想:"这大爷,怎么是个残疾人啊。"

三

小河的脚后跟是在演出中摔碎的。

那次,小河和乐评人颜峻一起办了一次装置展览。展览期间,主办方邀请小河进行音乐表演。演出中,小河爬上两米高的台子,背着吉他,打算往下跳——那段时间,富士康工人跳楼事件正是社会关注的热点。临跳前,他问观众:"你猜,跳楼的人在起跳后脑子里想的是什么?一会儿在空中我就会唱我想到的。"他开始起跳,时间太短,他只顾着弹吉他、唱歌,忘了膝盖打弯,一下子重重地摔在了地面上,好久没爬起来——两只脚的脚后跟粉碎性骨折。观众边鼓掌边评论:"看,装得好像。"

小河在空中唱的那句话是:"我后悔了,我后悔了。"

事实上,小河很少乖乖地演唱一首歌。他最喜欢琢磨的就是如何别出心裁地演奏同一首歌曲。1999年,小河组了乐队"美好药店",自己作为主唱。他引用了尼采的一句话来解释这支乐队:"我们想成为自身的实验和被实验的动物。"2000年,萨克斯手李铁桥加入乐队。他和小河第一次见面时说:"要做一种更自由的实验的即兴的音乐。"小河说,他也是这么想的。

一个月之后,"美好药店"开始演出。演出前,大伙很兴奋,强烈的表演欲望堵在五脏六腑,等着发泄。上了台,李铁桥开始大段地即兴solo,跟排练的时候差别很大。演完,李铁桥很不好意思。小河说,没事没事。过几天,颜峻在《通俗歌曲》杂志上发表了一篇文章,"噪音合作三杰,'木推瓜'、'废墟'和'美好药店',新加入的'美好药店'萨克斯手大段即兴solo。"李铁桥感到挺意外的:"第一次演很激动,没想到被夸了一下。"

在"美好药店"阶段,小河乖戾、怪诞,每次演出都像在做实验。他把头发剃了,只在发际线前边留了一圈头发,眉毛剃了右边留了左边,胡子则留了另一边,右边耳朵上挂了一个自行车交税的税牌,整个人乍一看有点说不出的拧巴。他着迷于生活中的戏剧性,并把这种戏剧性带来的张力加入音乐中。"美好药店"和他一样,看上去十分不对劲。有时,他们穿病号服坐在马桶上演,又或者每个人头上戴了一个纸糊的鸟笼。有一次,在杭州,乐队每个人买了一个绍兴的毡帽,五个人用毡帽把脸全部套住,蒙面演了一整场。"美好药店"的演出,没有一场是重复的。

这些把戏都是小河想出来的。"美好药店一直在创新，包括所有形式上，野心显而易见，就是区别于所有的风格从而载入史册。"小河说。乐评人张晓舟在一篇文章中这样评价："把民谣玩得不太像民谣，把摇滚玩得不太像摇滚，把音乐玩得不太像音乐……这不是严格意义的实验音乐，是一种妙趣横生的实验精神，一种'不一样'、'更好玩'的惊奇和魅惑……不同于一般摇滚乐手在舞台上发泄式的演出，小河很早形成了一种自觉的表演意识和对在舞台上对观众的掌控。"

"他是一个很伟大的表演者。我认为这是一个好的音乐家应该具备的，不是假的装模作样，而是如何在舞台上把自己最好的东西传达出去。他从很早就知道这个东西很重要，很多乐手包括木推瓜，只专注在音乐本身这块，但在表演上是缺乏的。"宋雨喆说。2000年，他组了一个叫"木推瓜"的另类摇滚乐队，和"美好药店"是兄弟乐队，他喜欢在歌词中编织一些政治隐喻的元素，相对于美好药店，木推瓜则摆出了更为直接的反抗姿态。

在一首叫《走神》的歌里，小河讽刺了那种程式化的主流摇滚乐手："有个老的摇滚乐队的主唱，每次唱完一句就要突然离开话筒，然后整个身体都像散掉一样在舞台上疯狂地甩……他的贝司手有一点走神，这让我觉得他的技术非常的好，我也应该让我的贝司手走点神，因为他走神的时候，看上去像一个，活着的人。"

小河后来解释，很多人先模仿西方的形式，然后把自己的情绪贴上去，但对他来说，这样的音乐不是从骨子里生长出来的,"你会觉得害臊、遗憾,我就想我要抛弃之前的我知道的所有束缚和形式,看看能不能有一种音乐是从自己的感觉里创造出来的,哪怕很生硬,很怪诞。"

2001年,在五道口的开心乐园,"痛苦的信仰"乐队的高虎撺掇了几个乐队一起演出,有"美好药店"、"舌头"、"木推瓜"、"废墟"等。那是一个溜冰场改造的简陋酒吧,需要穿过一道铁路和一条巷子才能找到。巷子口砌了一排平房,稀稀落落站着一些小姐。酒吧老板是个有风情的中年女人,喜欢和小伙子们打情骂俏。演出前,李铁桥喝了啤酒,想上厕所,小河把他拽住:"别尿,咱们演出的时候在台上尿。"

"你要干吗?"

"今天我要在台上拉屎,你就在台上尿吧。"

"你真的假的。"

"我当然是真的了。你就这样,憋住。"小河说。

开场,颜峻先登了台。他对着麦克风,念了一段新出台的演出管理条例:演出过程当中不准有裸体、黄色的行为……小河站在旁边,把裤子脱了下来。

李铁桥想,第一次当众撒尿,可能会紧张尿不出来。他找人借了一副墨镜把眼睛遮住。小河对着一个啤酒瓶先尿,随后麦子接过啤酒瓶把尿喝了下去。接着,小河展开一张画布,蹲在画布上拉屎。拉完以后,用手指在画布上开始作画。李铁桥也被带动,决定接续小河的表演。那次他们身上套了一个麻袋作为演出服,于是他一手拿着萨克斯一手撩起麻袋,开始撒尿。瞬间,很多闪光灯对着他咔咔咔,他想反正戴着墨镜,于是两眼一闭,继续尿,时长一分钟。

这些看上去有些粗俗的举动，当晚看起来一点儿也不违和。2000年左右，北京的地下音乐暗流涌动，各种风格开始出现，朋克、重金属、实验摇滚、噪音。这些乐队基本没有大型演出的机会，只能在北京几个固定的酒吧演出，票价一般不超三十，大部分免费观看，演出的设备很差，但现场氛围热烈，像一场集体的释放。这些乐手大多是70后出生的外地年轻人，从四面八方来到北京，有太多的情绪和想法需要通过音乐表达。

2005年，李铁桥离开中国，去了奥斯陆。拉手风琴的张玮玮加入乐队。小河和他聊天："人一定要解放。不光解放自己的思想、观念，还要解放自己的身体。"

四

2010年夏天的那个早上，当王若珊见到小河时，小河就因为解放身体而"残疾"了。

"你是写歌的吗？"王若珊问。

"是。"

"你有乐队吗？"

"有啊，叫美好药店。"

"你脚怎么弄的？"

"哎呀，太激动了，从楼上跳下来了。"

那天的大部分时间，是王若珊在聊自己的故事。她的父母很早就离婚了，她和妈妈姥姥姥爷一起生活，她最近正忙于给喜欢的男生做一个Flash，作为他的生日礼物。她发愁很多事情：前几天，姥爷走路歪倒，把盆骨摔碎了；她不是个漂亮女孩，跟男生表白总被拒绝，一辈子嫁不出去怎么办呢？更重要的是动画，她的偶像是画《三个和尚》的阿达，她想，有一天她也可以画出那种单纯、简单、能让全世界看懂的动画片。小河在旁边听得呵呵笑。

和小河见面半年后，王若珊被送进了精神病院。

沉迷在创作中的王若珊，有一天觉得自己悟到了动画的奥秘："动画是在创造生命……就像鲤鱼跳龙门一样，一下子，你就进化了。"她的举止变得异常，走在路上突然开始唱歌，有时半夜跑出家大叫。妈妈把她送到安定医院，医生诊断她是"双向感情障碍"。

她在医院待了三周。没有手机、没有速写本，只能带一本书。每天早晨起床，吃饭，接着去做无抽搐电击。午饭之后吃药，护士会检查她的舌头底下有没有藏药片，吃完药她就犯困，没有力气。她想逃出去，发现门被锁得死死的，她害怕极了，开始大哭。医生就用绳子把她绑在床上。一段时间之后，她慢慢懂得怎么应答医生的问题，她觉得自己会演戏了。三周之后，她被放了出来，她回家照镜子，看到自己变得又丑又胖。

临出院前，医生对她说："王若珊，你记住，我知道你是做动画的，你做的片子很好看。但是人都有个框框，你出了这个框框要么来我们这儿，要么去警察局，所以你一定要小心。"

大四那年，王若珊开始准备自己的毕业设计。每天早上10点到晚上9点，她雷打不动地出现在工作室，每天不停地画画，最多的时候一天能画四百多张。一年下来居然画了一万多张。她做了一部时长7分钟的动画片，叫《电梯口》，讲了一个女孩想坐电梯回家，却因为太善良、不停给人让路，一直没有坐上电梯。片子的结尾,她决定爬楼梯,她想总有一个阶段是需要爬爬楼梯的。

那个女孩是王若珊送给自己的自画像。

毕业之后,王若珊进了一家游戏创业公司。在那儿,她遇见了一个做程序员的四川男孩,他们谈起了恋爱。几个月后,男孩向她求婚了。

到了2015年,有一天,一个叫麻油叶的人微信她:"你好,你还记得五年前要给你写歌的小河吗?现在我是给你写歌的人。"接着,"麻油叶"问了她这几年的状况。几天之后,王若珊很意外地发现,这个人是她非常喜欢的民谣歌手马頔。

王若珊告诉马頔,自从2010年那次见面,五年了,她一直没有见过小河,几乎快忘了这件事。她说:"请你转告小河,我已经长大了。"

五

从看台上摔下来之后,小河找了一位老中医疗伤。他在医院躺了二十天,回家躺了四十天,从六月卧床到九月,脚伤才痊愈。他被困在家里的沙发床上,由于长久躺卧,沙发中间凹陷了下去。

经过制作"音乐肖像"的大半年,他的内心发生了很多变化。刚开始他把自己当作一个艺术家去创作,后来,当他和陌生人聊天,一起喝酒称兄道弟,他开始试着理解别人的生活。"当你被他们感动的时候,你发现,你也是普通人。"小河的个人生活也发生了一些变化,这年仿佛是一个转机,让他开始观察周围的事物,感知身体和内心的情绪。

在床上,他用苹果电脑录了12首歌,全部是简单的木吉他伴奏,内容大多关于爱情。他将12首歌混成了一张专辑,起名《傻瓜的情歌》。这是一张低保真的专辑,风格和从前的小河相比,完全变了模样。从前,小河是不屑于歌唱爱情的。他读尼采、萨特的哲学,读波德莱尔的诗歌、马尔克斯的小说,脑子里装的总是一些宏大的命题,比如生命、死亡、人类和平。二十多岁本该是个喜好浪漫的年纪,他不肯谈恋爱,"没出息的人才谈论爱情,我心目中的男人是不需要爱情的,是为了人类、生命的问题每天苦思的人"。

10月,小河可以走路了。他前往瑞士给一个现代舞团做配乐,在苏黎世市郊的一栋别墅里住了一个多月。每天早晨,他花两三个小时去附近的山上散步。秋天的苏黎世美得令人心碎,山上,树叶随着风轻轻坠落,五颜六色地散落在泥地上。有一天,小河捡起一片树叶,树叶是刚落下来的,还平展着,有点绿。他端详树叶的纹理,上面有几个被虫子咬过的洞,"仿佛它的一生都在上面"。

之后每次散步,他就带一片没见过的树叶回家,用水彩笔描摹。一共画了12片叶子,正好搭配12首"傻瓜的情歌"。在专辑的扉页上,小河写了一句话:"现在,更像是个开始,如同我拥有的这双脚。"

一年之后,12个人见完了,12首歌也完成了。小河想把这些歌录成唱片。但后续的资金没有跟上,想法就搁置了下来。

2012年,小河去甘肃演出的时候结识了一位上师,从此正式入了佛门。他戒烟、戒酒、吃素,整个人仿佛脱胎换骨了一般。

2015年，小河去重庆做专场音乐会，认识了一个叫谢江川的朋友，他从2006年开始卖打口带，后来做独立厂牌，帮小河发行过一张唱片。5月他们在山西碰见，又讨论起五年前的项目。这次，小河想了更多。制作"音乐肖像"那一年的经历对他的改变很大，他开始理解他人的生活，从而关注生命中很细小的情感。可能关于隐秘的爱情，也可能关于平庸的日常。

"年轻的时候总是想很宏大的东西。标新立异，想创造历史。我是创造天地的人，我要把所有的东西破坏掉，我要建立新风格建立新世界。哪怕别人觉得很怪诞，我还是要创造。但遥远的东西都会显得过于悲壮和沉重，反而生活是很生动的。"小河说。在学习佛法的过程中，他也发现，通过行为得到的经验比光听一个道理有用得多。他想，如果能让其他歌手感受到这些，是一件多有意思的事。

他和谢江川决定把"音乐肖像"从个人行为扩展成一个项目，邀请其他的音乐人一起尝试。他们找了12个音乐人唱小河之前写的歌。随后，他们打算每个月邀请一位音乐人，像小河那样去接触陌生人，给陌生人写歌。甚至，小河希望建一个实体的音乐肖像档案馆，把每年每个音乐人和普通人接触的影像、写出的作品做成一个展览，形成档案。他为这个项目起了一个slogan——"用歌唱去记录"。

2015年7月，马頔给王若珊录歌，喊她过来玩。小河也去了。五年不见，王若珊成了个大女孩，她的长辫不见了，留了一头利落的短发，化了淡妆，看起来神采奕奕。她是和男朋友一起出现在小河面前的，两人牵着手，如果仔细看，可以看见无名指套着一枚戒指。小河的脚也早已痊愈了，这几年他念经，吃素，修行，反而精壮了许多。他们坐在录音室外的沙发上聊着彼此的境况。马頔从录音室走出来，问王若珊，"满意吗？"

王若珊说："挺好的，跟做梦一样。"

六

现在，小河大部分的时间都花在了"音乐肖像"上。对他来说，这又是一个逐渐打开自己的过程。项目开始前，小河找罗永浩取经——罗永浩是小河在酒吧唱歌时的粉丝，老打车去听他唱歌。罗永浩问他，"微博有吗？""没有。""微信呢？""也没有。""那你别做了。"回去以后，小河开了微博，微信，朋友们很吃惊，以前他从不屑于玩这些。

他耐住性子和不同的人解释"音乐肖像"，每天能发五封以上的邮件，因为他打字极慢，五封邮件已是极限。这些事放在从前，他早就"撂挑子了"，他将这些转变归结为学佛，他说："佛陀就像一个好老师。"

小河的变化让很多人惊异。

2014年10月，野孩子乐队在北京演出纪念小索，小索是"野孩子"以前的吉他手，2004年得了胃癌去世。圈里该来的都来演了。结束后，照老规矩，大家都要聚一聚。饭桌自动分成了两桌，一桌喝酒的一桌戒酒的。"野孩子"乐队的全喝酒，一人来几两非常热闹。另一桌，坐了小河、万晓利、宋雨喆、吴吞和李铁桥，"野孩子"过去敬酒，桌上一人一杯酸梅汁。张玮玮笑说："你们就是一桌酗酒康复协会，跟你们有什么可聊的，你们也别过去找我们，我们也别过去找你们，各过各的吧。"

但是在张玮玮看来,小河的转变又在情理之中:"他是这样的人。动不动就给自己的生活一刀切断,扔掉。唱歌是这样,玩音乐也是这样,有的歌说不唱再也不唱了。他不会沉浸在美好里面,他总说,千万不要被掌声和鲜花迷惑了。"

这样的变化并不是只发生在小河身上,"人到中年,过了青春期,最年富力强的时候也快过去了,面对身体和思想的纠葛,见了好多人和事儿,有些责任要承担了,很容易思考,自己究竟在干吗,为什么干这个,值不值得这么干。尤其是做艺术的人,这是早晚要面对的问题。"宋雨喆说。2002 年他把"木推瓜"解散,飘荡在西北搜集民间音乐。2009 年,他回到北京,成立了一支名为"大忘杠"的乐队,探索不同类型和背景下的音乐的融合。和小河一样,远离了摇滚乐时期的那些暴躁、荒诞和反叛。

七

没有演出的周末,小河就从北京东面的通州坐车到门头沟香峪村上的"呼噜山庄"。这是一座隐藏在山里的不起眼的农家院落,有人说,这是小河禅修的地方。

2015 年 8 月,在"呼噜山庄"的一个周末,小河早上 6 点多便起床了。他抱了一块军绿色坐垫,一条碎花薄被,拆了一块白色的枕头套,又带上两条寄养在山庄的狗,往山腰上走。穿过一片齐胸的杂草丛,那里隐藏着一块水泥砌成的露台,这是小河的秘密领地。

小河坐在露台上打坐。太阳的轮廓渐渐清楚,阳光随之猛烈,树影从他的身上往后移。于是他拾起薄被,盖在头顶遮太阳。他突然想起了一幅熟悉的画面——这是他打小就开始做的一个梦。在梦里,一头倔强的狮子离开了群居的伙伴和生活的那片丛林,它已经对群体的生活感到无聊,于是决定离开,一个人去一个地方。小河看到了那头狮子的背影,不是垂头丧气,相反,它带着骄傲的姿态离开了。

"每年,这个梦像电影闪回一样,脑袋会啪一下插入一个画面。没有任何所指和影射,好像是个暗示。"小河说。阳光更猛烈了,树影已经完全消失。他起身,把枕头套当做帽子套在头上,赶着两只狗,朝山下走去。

随笔

这才知道我全部的努力,不过是完成了普通的生活。

——穆旦

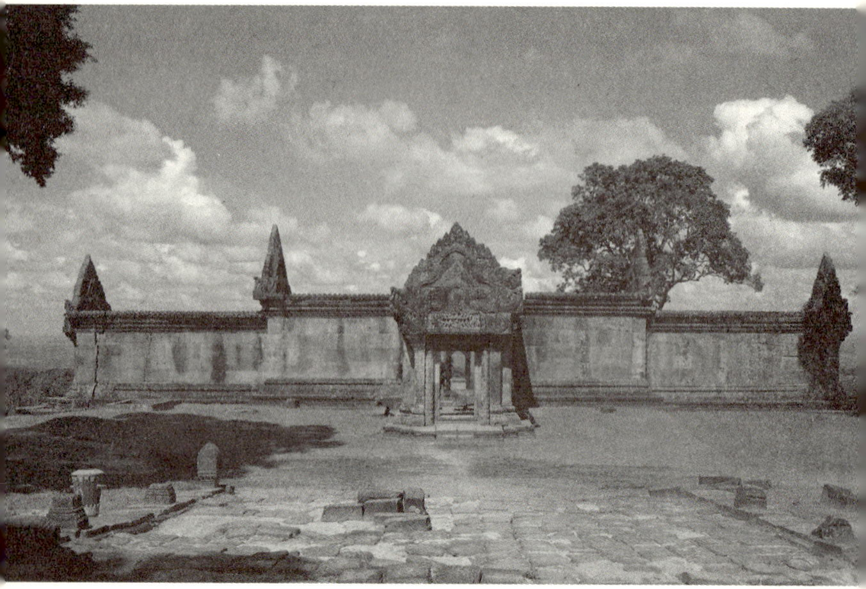

柬北无战事

文 _ 赋格

一

临时起意去柏威夏寺,是因为在暹粒意外地看到"柏威夏寺一日游"的广告。"Preah Vihear"淹没在一堆吴哥遗址名字中,很不起眼,却使我条件反射般地想到几年前的新闻标题,"泰柬在柏威夏寺附近又起冲突","世界遗产遭炮弹袭击",或"联合国敦促泰柬武装撤出柏威夏寺非军事区"。2012年以来这类新闻不再听到,意味着泰国和柬埔寨有一段时间没交火了,难怪柏威夏寺对游客亮起绿灯。

"很安全,"旅行社工作人员微笑着对我说,"50美元。"

这座千年古寺,2008年被联合国评为世界遗产之前我连名字都没听说过。如果说进入柬埔寨的游客99%是奔着吴哥而来,那么恐怕只有不到1%的人会把柏威夏寺列入行程。位置偏远、交通不便是主要原因,但细究起来又别有玄机。

从卫星地图可以看出柏威夏寺地形有多特别。北纬

柬埔寨2000瑞尔的纸币，柏威夏寺。

14°23′18″东经104°41′02″，恰好位于泰柬边界的扁担山脉，是从北边的泰国伸进柬埔寨的一个倒三角高地，寺庙位于制高点，再往南就是落差500多米的悬崖峭壁。当年泰国与法属印度支那签订条约划分边界时，地图是法国人测绘的，故意让分界线在寺庙附近绕过分水岭，便于把柏威夏寺划归印度支那，种下日后泰柬领土争端的祸根。

等高线图上看得更清楚，泰国一侧的呵叻高原与柏威夏寺自然相连，落差不大，而柬埔寨一侧是低地平原。这也是为什么柏威夏寺虽然被划入柬埔寨却更容易从泰国一侧到达的原因。在1998—2008年间的和平时期，游览柏威夏寺最便捷的路径是从曼谷乘汽车或火车到泰国东北省会城市四色菊府，再坐两小时"双条"（皮卡改造的简易客车）便可抵达边境。据说路况良好，公路几乎直达柏威夏寺入口。游客无需办理柬埔寨签证，把护照扣押在边检站（必须当日取回，返回泰国，不可留在柬埔寨境内过夜）即可步行进入柬埔寨，登上162级石阶

（约120米高）后，山顶就是柏威夏寺。

从柬埔寨这边过去要麻烦得多。通往边境地区的道路只有在11月到次年5月的旱季能够通车，雨季泥泞不堪。用拼出租车的方式需要一整天才能从金边或暹粒到达离寺庙9公里的斯拉恩小镇（Sra'aem），然后搭摩托车走完这9公里土路抵达柏威夏寺山脚下，最后还要爬上500多米高的绝壁。相比泰国那边轻轻松松过来一日游的人们，走这条路的肯定是喜欢自虐的少数派。

但情况在2008年柏威夏寺申遗成功后发生了戏剧性变化。申遗这件事突然揭开了泰国人的历史伤疤，与政府敌对的政治派系看见了一个可以借此煽动民族主义情绪为己造势、打击对手的良机，一时间，呼吁柬埔寨将柏威夏寺"归还"泰国，就成了无比政治正确的声音。两国争端升级为武装冲突后，泰国一侧去往寺庙的通道就被切断。好在柬埔寨近年道路状况大有改善，现在从暹粒出发只需三个多小时就能到达山下，只不过最后一段攀登500多米高的悬崖还像从前一样艰难，要么花两小时步行登上2000级台阶，要么另雇摩的或四驱越野车沿着极陡的坡道（坡度达到令人汗毛直竖的35º）硬冲上去，此外别无选择。

二

评估此行风险与困难，主要有三点：

一、局势。从新闻报道得知，2008年泰柬首次因柏威夏寺归属问题爆发军事冲突，以2011年的几次交锋最为激烈，双方出动了重型武器。其后英拉政府上台，火药味淡化，双方不再动武。2013年11月，海牙国际法庭维持1962年原判，再次裁定柏威夏寺及周边4.6平方公里争议土地主权归属柬埔寨，也未激起泰国军方反弹。2014年泰国军事政变，英拉下台，而边境依然平静。当然，双方仍未结束对峙状态，两国政局走向、军方策略及国内民族主义情绪都是随时可变的参数，只能说柏威夏寺目前是座休眠火山，远未彻底熄火。不过，我敢说近日内发生局势突变的可能性也不大，去柬北前线当战地记者估计是小概率事件。

二、地雷。1970—1998年柬埔寨内战期间，尤其是红色高棉控制时期，地雷和未爆爆炸物（简称UXO，包括炮弹、空投炸弹等）泛滥，而柏威夏寺曾被红色高棉占据多年。查阅联合国网站得知，截至2007年申遗前夕，寺庙周边探明雷区面积4334844平方米，埋着中国、苏联、越南和德国制造的11种地雷及游击队土制地雷。"拆弹部队"排雷多年，已扫清寺庙核心区域，但附近山谷仍然存在数量不明的未爆地雷和其他爆炸物。我在阿富汗内战期间有过行走雷区的经验，最根本的一点是严禁脱离主路，只在确认无雷的地带行走。相信柏威夏寺景区已是零地雷状态，只要不越出景区范围就没有问题。实际上游客也不会有迈出景区的可能性，像柏威夏寺这样的军事重地，乱走一步都会被军人喝止的。

三、路况。从暹粒经安隆汶（红色高棉头目布尔波特的葬身之地）到景区管理处的公路90%以上已铺设路面，参加旅行社组织的一日游可以不必操心交通问题。我没有想到的是，从景区管理处到山顶那最后5公里路段异常惊险，摩托车铆足了劲才冲上坡顶，我心里一边佩服摩的司机车技了得，一边心有余悸地想：下山俯冲岂不更惊悚？果然，下山后，惊魂未定之时，见一位日本游客坐着另一辆摩托车下来，她紧紧抱住司机，脸色都变了，不停地说："可怕！可怕！"

因此，去柏威夏寺不算冒险，但也不是胆小者轻易能去的。战争和地雷已经不构成威胁，倒是这段"敢死队"式的摩托车路让人心惊胆战。要在中国，早该修索道了。

一上山，未看到寺庙，迎面只见一块蓝底白字柬英对照的大标语牌："生为高棉人我感到骄傲"。

从摩托车下车处到柏威夏寺还需步行一小段土路。转过弯去，烈日下出现一座半坍的石砌建筑，基座上东倒西歪地架着柱子和门楣，檐角上翘，如昂起的龙头，风格很像早期吴哥建筑班迭斯雷寺（Banteay Srei，又称女王宫）。不过，班迭斯雷寺的材质是红色粘土，柏威夏寺是黑乎乎的砂岩。

废墟中走出一个戴迷彩军帽的年轻士兵，友好地向我点头微笑。这里活动着不少军人，简易营房和掩体沙袋暴露在游客视线里，但没有人拿枪。确是和平时期，感觉不到前线的紧张气氛。

绕到废墟另一边，看到通向泰国的下行阶梯，才明白刚才上山走的不是正道，摩托车是从侧面，也就是西边接近寺庙。眼前的废墟也只是柏威夏寺的起始部分——它的五座回廊中最外围、也是最北的一座。专业地讲，这叫第五回廊。从这里往南，依次进入第四、第三、第二回廊，最后是第一回廊，廊内就是核心殿堂。不得不说，寺庙的方位和结构太奇特了。它位于险峻的"鹰喙"式山崖之巅，"嘴尖"直指柬埔寨平原，"喙

2008年，泰柬两国围绕柏威夏寺的争端持续升级。7月15日，一群柬埔寨边防军士兵在浓雾中的柏威夏寺巡逻。图东方IC。

根"则朝向泰国高原。正常的参观路线应该自泰国一侧的"喙根"处起步，登临162级石阶，到达第五回廊后继续往南，走向断崖边的"喙尖"。

围绕中央殿堂的第一回廊只在朝向泰国的北侧凿有窗洞，其他三面封得严严实实的。可以说，柏威夏寺面朝泰国，把背影给了柬埔寨。

"柏威夏寺是我们的寺庙"，又一次适时出现的爱国宣传标语使我觉得，没有比柏威夏寺更讲政治的世界遗产地了。

三

柏威夏寺是谁的寺庙？正确答案：柬埔寨认为是柬埔寨的，

泰国认为是泰国的,而海牙国际法庭支持柬埔寨。

与其纠缠这个问题,不如考量更基本的问题:柏威夏寺为什么出现在这个地方,这里又如何成了泰柬边界。

暹粒附近方圆20公里的平原上,分布着吴哥窟、班迭斯雷寺、巴戎寺(Bayon)等一大批与柏威夏寺同属吴哥时期的印度教、佛教寺庙。这片区域就是著名的吴哥遗址,柬埔寨的第一个世界文化遗产。柏威夏寺不与吴哥窟们为伍,孤悬北方,其实并不奇怪。我到过泰国境内的帕侬荣寺(Phanom Rung)和老挝境内的瓦普寺(Vat Phou),这两座吴哥遗址位置更北,也都是世界遗产。柏威夏寺始建于9世纪初吴哥王朝开国君主阇耶跋摩二世时期,主体建筑是在苏利耶跋摩一世(约1006—1050在位)和苏利耶跋摩二世(约1113—1150在位)两个时期建成的。苏利耶跋摩一世的吴哥王朝,疆域跨过扁担山脉、豆蔻山脉,拓展到今日泰国、老挝和缅甸,这正是为什么泰国境内也有多处高棉古迹的原因。

柏威夏寺的建造年代相当于中国唐朝到南宋年间,那时候泰国的前身阿瑜陀耶王朝(西方人称之为暹罗)还没有出现在中南半岛。泰民族大批地从云南南下,与湄南河、湄公河流域的孟族、高棉人争夺地盘,是1253年大理国被蒙古所灭以后的事。阿瑜陀耶王朝1350年立国,第二年就发兵远征吴哥,1351—1431年的80年里,吴哥城三次被攻占、洗劫,终于在1431年废弃。柬埔寨与泰国的历史积怨必须追溯到这个时期,可以说是泰国终结了柬埔寨历史上最辉煌的吴哥王朝,使高棉变成暹罗的附庸国。

吴哥沦为废墟后,柏威夏寺也随之荒废,退出柬埔寨人和

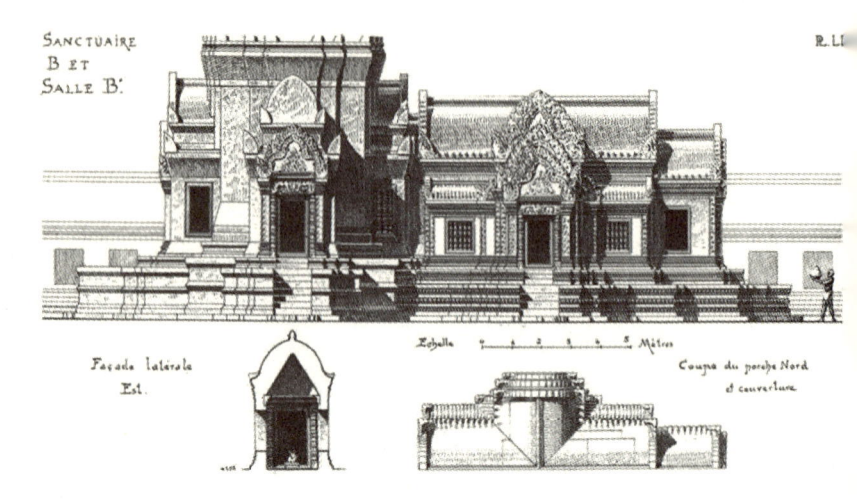

法属印度支那时期，法国考古学家帕门蒂埃绘制的帕威夏寺复原草图，图为中央殿堂。

泰国人的共同记忆。19世纪的暹罗地图涵盖呵叻高原（现泰国东北部）到占巴塞（现属老挝，Champasak）的大片原吴哥王朝疆土，也标出了扁担山脉的一些细节，但既没有标出柏威夏寺也没有清晰的国界，可见柏威夏寺对暹罗没有什么地理和政治上的重要性，被淡忘了。

在这里必须注意，国界和领土主权是现代概念，像暹罗和高棉这样的古代王国其实没有这种意识，国与国的边界是模糊、游移的，这一切要等到西方殖民主义者到来才被改变。

19世纪下半叶，一个比暹罗更强大的外来者——法国进入中南半岛。柬埔寨先是成为法国的保护国，后又正式成为法国殖民地。1907年，法国向暹罗施压，用签订条约的办法迫使暹罗割让马德望、诗梳风、暹粒三省。

百年之后,泰国人对"法暹1907条约"的普遍看法是,西方殖民者迫使暹罗接受不平等条约,屈辱地"丧失"大片国土。柬埔寨人的看法正好反过来:柬埔寨"收复"了几百年前被暹罗侵占的部分领土——只是部分,因为还有大片应属柬埔寨的土地至今仍被泰国占着。两种无法调和的观点,若干年后聚焦到柏威夏寺那4.6平方公里的归属问题上。

也正是在1907年,柏威夏寺悄然重返历史——以一种令人意想不到的方式。

为了精确划分暹罗和法属印度支那的分界线,法国人引入地图测绘技术。负责勘定泰柬边界的法方专员是贝尔纳中校,泰方专员由于不具备绘制地图的知识,只能听凭贝尔纳中校去绘制。

法暹按分水岭和山脊线的原则划分边境,可是柏威夏寺给画到了柬埔寨一边。若按分水线走向来划分,理应归属泰国。在1907年的暹罗,没有人注意到这一错误(或者说,作弊),更没有人提出异议,当时的内务大臣还感谢法国印制地图并多要了15份用作官方地图。

四

中南半岛的板门店、中南半岛的锡亚琴冰川、中南半岛的联合国绿线,所有这些都可以用来比喻柏威夏寺。最贴切的,或许是"中南半岛的麦克马洪线"。引发中印、中缅领土争议的根源也是一纸地图、一条貌似"科学"实则无情无理的边界线,也同样单方面出自殖民者之手。法属印度支那的贝尔纳中校，其作为可与英属印度的麦克马洪爵士相媲美。

殖民主义把领土主权的概念引入东方。原本疆界模糊的古老王国被赋予明晰的边境线，国家从此变得像形状固定的盒子一样，每一平方公里领土领海都成了锱铢必较的国财。泰柬领土归属问题在殖民时代反映的是西方国家在中南半岛的权力分配。这个出发点在后殖民时代不再存在，但其后果依然存在，是一份不易消化的殖民遗产。

在地图绘制这件事上吃了哑巴亏的泰国人，1935年才发现分水岭的错误，但慑于法国的强势，没有立即提出修改地图重划边界的要求。泰国历史学者姆·耳·马尼奇·琼赛在《泰国与柬埔寨史》里记述，泰国教育部1939年时印行过一份泰国历史古迹地图，柏威夏寺出现在图上。泰国所有的学校都在用这份地图，柏威夏寺被默认位于泰国境内。事实上它也像真的属于泰国一样，因为从柬埔寨一侧太难到达，除非架起一道云梯。

1953年柬埔寨取得独立，柏威夏寺问题终于浮出水面。这时发生了一起"入侵"事件。泰国官方的说法是，那几名出现在柏威夏寺的泰国军警是以私人名义前往参观，他们不过是游客。但柬埔寨的西哈努克亲王认为事件的性质是泰国军事占领。刚刚独立的柬埔寨需要建立民族国家的国民认同，民族主义是领导人可资利用获得大众支持的一种得力工具。在泰国，民族主义同样受独裁者銮披汶·颂堪青睐，因为大讲暹罗昔日的荣耀及割让领土的屈辱历史有助于维护军政府的合法性。这种情况在2008年后再次上演，如果没有政客的炒作和挑拨，柏威夏寺问题本来不是个严重问题，游客和边民可以继续安心地游览、和平地生活。与其说柏威夏寺是泰国和柬埔寨民族自尊心的象征物，不如说它是曼谷和金边政坛游戏的温度计。

柏威夏寺被小题大做，两国都宣称对该寺拥有主权，它成了上世纪50年代末泰柬无线电广播骂战的关键话题。1959年和1961年泰柬甚至两度为此断交。最后，西哈努克把争议提交海牙国际法庭寻求国际仲裁，泰国政府则动员每个公民捐一铢钱给国家支付法庭费用。

国际法庭以9票对3票裁定柏威夏寺归属柬埔寨。被法国人做了手脚的地图并未成为有利于泰国的依据，海牙方面的说辞是，泰国在1907年后的几十年里保持沉默，没有异议就等于默认。

尽管泰国输掉了1962年的这场国际官司，裁决结果却内有奥妙：柬埔寨得到的只是寺庙本身加周边一小块土地，泰国仍然占据通往寺庙最方便的入口。因此，前往柏威夏寺的最快路径还是取道泰国。

1970年，失势的西哈努克流亡北京，朗诺政府上台，泰柬恢复外交。柬埔寨内战随即爆发，红色高棉在5年后大获全胜，柏威夏寺因地势险要在1975年成为政府军覆没之前的最后阵营。（历史往往出现"惊人相似的一幕"，时间快进到1998年，柏威夏寺又成为红色高棉最后的据点和受降地。）

这座千年古寺目睹了太多本应与它无关的历史风云。如果寺庙也有记忆，它最难忘的一刻肯定是那场被联合国难民署称为"史上最恶劣难民遣返事件"的人间惨剧。

越南1978年入侵柬埔寨与红色高棉作战，大批难民涌入

1962年，柏威夏寺被国际法庭裁决归属柬埔寨。1963年1月5日，在举办升旗仪式后，柬埔寨国家领导人西哈努克亲王率领佛教徒拜谒柏威夏寺。图东方IC。

泰国。1979年6月12日,泰国军政府突然通知曼谷的各国使馆,泰国准备驱逐一批柬埔寨难民,美国、法国和澳大利亚被特许收留引渡1200名难民,其余的都将立即遣返柬埔寨。美、法、澳外交官闻讯仓促赶往泰柬边境沙缴府的一处难民营,连夜从数千名难民中选出1200人带走,剩下的人下落不明。

他们的去向后来才被曝光——柏威夏寺。羁押在泰柬边境多个难民营的大约42000名难民(这个数字是一位美国外交官估算出的,他躲在通向柏威夏寺的公路边记下运送难民车辆的数目)被泰国军人带到柏威夏寺,推上山去,推到悬崖边,再推下去,活生生掉进柬埔寨。没摔死的用身体去测试红色高棉布下的几公里雷区,活人踩着炸死的尸体突围到越南侵略军控制区。泰国用如此冷血的方式告诉国际社会,泰国不想收容柬埔寨难民。

五

我喜欢这样的世界遗产地:当地人比游客多,"遗产"不是死物,保留着博物馆以外的文化功能。在柏威夏寺,除了军警和僧人,我还遇到一拨拨朝山的香客,男女老少,撑着花布洋伞带着午饭来寺庙草地上野餐,然后去佛前进香、献花。我跟着人们从第五回廊走向中央殿堂,看着他们手举莲花在苏利耶跋摩二世时期开凿的水池边绕行许愿,再进殿烧香。千百年前,来这里朝山的高棉人走的也是同一条道,大概也是一样的身披素衣手持莲花。只不过,在早期及古典时期的吴哥王朝,这里祭祀的不是佛像,是印度教的神祇。

2011年，泰柬停止在柏威夏寺地区互相炮击，近年来寺庙已恢复开放游览，但仍有柬埔寨士兵在寺庙逡巡。图为2015年，摄影赋格。

苏利耶跋摩二世因修建著名的吴哥窟而被后人铭记。吴哥王朝的众多印度教神庙在结构上都很相似,有着金字塔式的空间布局,往往是几层高的基坛之上耸立五座按照梅花形排列的塔形神殿,和吴哥窟相仿,正中间那座神殿最高,整座寺庙远看就像一座宝山,近看则每座塔上装饰繁复。这类神庙有"寺山"之名,既是寺庙,又象征性地模仿印度教宇宙观里众神的居所须弥山(或称妙高山)。我在吴哥遗址见到的寺庙大多遵循坐西朝东的惯例,迎着太阳升起的方向,背对落日。最大、最壮观的吴哥窟却反过来,面朝西方冥界,被认为是苏利耶跋摩二世的陵庙。

柏威夏寺的结构与众不同,不是从平原上建起的寺山,它的"基座"已经是一座高高的山崖,这是一;其二,寺庙的门脸既不朝东也不朝西,而是坐南朝北(泰国方向);第三,进入核心殿堂之前要通过五道回廊,虽然回廊是吴哥古典时期寺庙建筑共有的特色,但这里的回廊不像其他寺庙那样呈同心嵌套的"回"字形,而是由南到北一字排开,从中央殿堂到第五回廊的距离长达 800 米。

第四回廊南门的山形墙上刻有一座浮雕,乍看像在描绘拔河比赛的情景,无疑是印度教经典神话场景"乳海翻腾"。第三回廊呈十字形结构,北门上有取自《摩诃婆罗多》情节的浮雕,表现湿婆与阿朱那斗法;南门山形墙上刻有骑着水牛的冥神(夜摩天)。这些雕刻都不及吴哥窟和班迭斯雷寺的精美,让我觉得柏威夏寺在雕刻艺术上的吸引力比不过建筑的气势及地理环境,特别是寺庙南端那一道直落深渊的断崖。从第五回廊一路走来,整个参观过程就是在 800 米长的中轴线上步步行进、景观在眼前渐次展开的过程,有一种节奏感、韵律美。最终,一切都在悬崖边戛然而止,像一个完美的休止符。

就是这道断崖,在 1907 年它本来有希望成为泰柬分界线,然而阴差阳错,它在红色高棉时期不幸充当了 42000 名难民的鬼门关。

悬崖边上,我被一个柬埔寨士兵拉住练习英语口语:"你叫什么名字?你从哪里来?"

我问他这里能不能看到泰国。

他把我带到第三回廊外,空地上支着一座三脚架,一台望远镜,镜头对准山下某个地方。他指指望远镜:"泰国。"

俯身贴近镜筒,一个有点模糊的画面突然跳出来,近在眼前。我看到一栋建筑,像是个观景台,旗杆上飘着红白蓝三色的泰国国旗。一个手握望远镜的人正朝这边看,他衣服的颜色是绿色的,大概也是游客。

这么近——那么远。我想那个人也一定能看得清我身上衣服的颜色。

外婆,以及远去的世界

文 _ 曹海丽

今年春节过后,我和母亲、姐姐去杭州,接外婆来上海小住。外婆属狗,已经93周岁了。

大概从几年前开始,她的神智、记忆都出现明显的衰退。去年,她的精神状况似乎恶化了。那是在三姨家住的时候,三姨和她一屋分床而睡——三姨夫几年前过世了。有一天晚上,外婆在睡梦中高喊追杀,还从床沿俯下身用两手套到鞋里,噼啪噼啪拍打地面做追赶状,吓得三姨当场夺门而出。

这是母亲今年告诉我的。母亲说,这个事情之后,外婆就越来越说胡话,而且开始害怕一个人睡觉。回到娘舅家住后,她经常半夜敲舅舅、舅妈的卧室门,要和他们一起睡,但都没被同意。

外婆共有六个孩子——五个女儿,一个儿子。我妈排行老二。除了母亲定居在上海,其余的都在浙江。大姨和舅舅(排行老五)在杭州,三姨、四姨和小姨则仍生活在嵊州(以前叫嵊县,隶属于绍兴地区,后来改成县级市易名嵊州市)老家的农村。

外公1990年去世后,家里便只剩下外婆一人了。但她始终不愿完全离开那块她辛苦劳作了一辈子、也习惯了的土地——直到85岁那年,她终于挑不动水了,才不情愿地彻底放弃农田,放弃那幢用黄土夯起来的老屋,轮流在六个子女家中寄居。

那天晚上,我们在杭州过夜,妈妈陪外婆在舅舅家睡觉。我和姐姐则在附近找了家宾馆。第二天,母亲用她那惯常高昂的音调讲述前晚外婆和她的"夜半对话":她迷迷糊糊睡着,外婆拍着她的腿(她们一头一脚地睡)问:你是谁啊?妈妈回答:我是湘娟,你的女儿。外婆"哦"了一声,又问:你住在哪里啊?妈妈又如实回答。如此这般几个来回,妈妈说她一晚上几乎没睡着。

回到上海的那个晚上,妈妈为外婆准备好了卧室,但外婆说可以跟我睡,她指着我睡的双人床说,睡得下的。我有些不忍,便说可以让外婆跟我一起睡。但母亲不同意,她说外婆晚上会说胡话,会拍我的腿,我晚上会睡不好觉。而且我后天就要回北京了,到时外婆还是得一个人睡。我没再坚持,心里隐隐松了口气。

我忽然感到内疚起来。我小时候被外婆带过三年,一直很亲,但成年后我和外婆的沟通越来越少,见面的时间也越来越少。虽然她每年春天会被接到上海父母家小住一两个月,但我总是不在家。只有过年有时间去看她——外婆一般在杭州舅舅家过年。

但大多数时候,我也是和亲戚们在一起闲聊,并没有机会和外婆多说话。大家在一起聊天,外婆也插不上话,唯有一个劲往大家手里塞吃的东西——这是她表达情感的一种方式；但大家常常不愿意被塞，外婆就会噘嘴皱皱眉，一番推来推去之后，她会默默地坐到墙角的木头沙发上。她那样安静地坐着，发着呆，好像沉浸在自己的世界里，带着农村人少有的优雅——她总是穿着整洁，一头齐耳银发整齐地用一个发箍箍着，时不时地用手捋一下。大家高声笑谈，并不特别留意她，我便感到她内心深刻的孤独。这孤独似乎难以用言语来表达，也难以安慰。我常常觉得无话可说，只能走过去和她依偎在一起。她高兴起来，但我知道这并不能减轻她的孤独。

记忆中，成年后，我很少和外婆有过真正的交流，甚至对她的过去，她所经历的那些年代，都没有仔细问过，似乎没有什么值得特别细究或回忆的。更糟糕的是，我的乡音渐失，外婆的听力变弱后，我们的交流就更费劲了。

这次我有时间在父母家多待两天，我想应该花些时间和外婆在一起，陪她说说话。我和母亲一起坐下来跟她聊天，我经常需要母亲大声重复我那蹩脚的老家话，外婆才能听懂。

外婆的神情又开始恍惚起来。她对着妈妈说："我该回去了，在这已经住了好长时间了。"她指回舅舅家。知道外婆又犯糊涂了，妈妈用略带嗔嗲的语气大声说："你什么时候来的呀？昨天才来呀。"

"昨天才来呀，"外婆轻轻重复了一遍，点点头，并不理会，兀自说道，"这么我也该走了。昨晚上做梦，阎王爷说，我该回去了，他说他不会为难我的，因为我做了很多好事……我死了，你们不用哭，只要叫我几声就可以了，叫多了会把我叫回来的。"

"你看看，又说胡话了。"妈妈对着我说。我沉默着。心中掠过一阵难过,却并不强烈。

那天外婆又提出来要跟我一床而睡。她几乎是用恳求的语气说,她睡觉很安静,不会打扰我的,也不用占很大地方。我的心像被电着一样。其实我已经打定主意在离开前的那晚要跟她同睡,无论我会怎样地睡不着。

* * *

三岁那年,我被放到外公外婆家寄养。我的父亲高中毕业时正值三年自然灾害时期,虽然他的高考成绩很好——用他自己的话说是上清华也没问题,但他选择了参军,因为在部队里可以解决吃饭问题。他先后在不同的地方服役,最后被调到上海东海舰队后勤部,母亲带着比我大五岁的姐姐到上海先和父亲团聚;我因年幼被留在老家,那时,我的爷爷奶奶已经过世。

外公外婆的家在一座深山里。我一直不知道那山叫什么名字,而且似乎也不在乎它的名字。我后来问过家人,他们也说不出个所以然来。那是一座绵延不绝的山脉,盘山公路蜿蜒陡峭,常有险峻之处令人摒息。途中会经过南山水库,景色秀美。外婆的家便在这座深山里的一个小村,名叫石头岭村。

那个村子非常小,小到大概只有不到10户人家。它在一个开阔的山坳里,从外婆家的窗户望出去,可以看到远山和梯田。紧挨着村子底下有一个池塘,是全村人洗米、洗衣服、洗马桶,甚至夏天游泳的地方。小时候我喜欢做的事情之一是看日落,我会趴在小表舅房间的窗口呆呆地看着夕阳在远处的山峰一点一点地沉下去,直至全无——天忽然就黑了,炊烟升起了。

我的童年记忆是从石头岭村开始的。那时，四姨、小姨还没出嫁，舅舅也还没对象。家里就我一个外孙女，自然是跟外公外婆一起睡。印象中外公外婆的房间黑极了，似乎没有窗户。有一天晚上，我肩胛痒痒，就在被窝里向外公发号施令，但他挠的不对，我不满地嚷着说："角角岭啦，角角岭啦！"

角角岭是离外婆家不远的一个小山脊的名字——似乎也不是正式的名字，只是一个俗称。从汽车站往外婆家走的路上，爬上那个山脊，就能远远地看到外婆的房子了。上坡下坡都非常陡峭。我记得后来长大回老家探亲，有一次是我姐骑车带我下坡，我吓得魂飞胆破，心立刻从嗓子眼里飞了出去，几乎要魂魄分离。我和我姐的性格是两个极端：她的胆子贼大，我的贼小。

我不知道怎么突然冒出来"角角岭"这个叫法，可能是肩胛的那个曲度让我联想到它。总之，村里很多人都知道了我对外公颐指气使挠"角角岭"的事。后来我每次回老家，村里长辈总少不了嘲笑我小时候在外公外婆家的蛮横无理。

我那时确实是有些蛮横无理的。我特别粘外婆，我要求她做什么事都要带着我：去地里干活带着我，挑井水带着我，外出买东西要带着我……有一天外婆在我睡午睡的时候没有叫醒我，私自去上面的一个乡里买了米。我醒来得知后，大发脾气，要她再带着我去买一遍。外婆被缠得实在没办法，只好空着手带我走了一遍，我心满意足了。

我后来常常自责小时候对外婆太不讲理。不知是缺少安全感的表现，还是对愈亲的人愈会无理要求？

我出生的时候"文革"还有两年才会结束，但我对那个年代没有任何记忆。那时整个中国是贫穷的，农村就更穷了。但是我的童年记忆并没有太多的饥饿。外婆常常能从地里拿回家吃的东西：红薯、花生、玉米、萝卜，不一而足，还有各种蔬菜。外婆还自己养鸡养鸭。外公是木匠，农活基本上由外婆一个人做。那时的外婆精力充沛。记得有一次我背着小竹筐跟着外婆去采茶叶，生产队里的其他组员都夸我采得好，外婆很高兴，也在别人面前夸我，其实我是在那瞎采，但我小小的虚荣心得到了很大的满足。

六岁那年，我回到上海父母身边去上学。有很长一段时间我无法适应，每天都想念着外公外婆和石头岭村。或许是从农村到大城市的巨大环境变化，或许是父母在童年时期的缺失，我一下子变得内向敏感孤僻自卑起来，和父母的关系也处得不好。每当我感到被冷落，被伤害，伤心自艾时，我便提笔给外公外婆写信。这些信并没有寄出。外婆也并不识字。

我总是盼着放假，因为一放假就可以回外婆家了。那时从上海到石头岭村，要先坐八个多小时的绿皮火车，再转长途汽车，中间还要再倒车，差不多要花一天的时间。那时的汽车车顶上有一个行李架，行李都放在上面，用绳子捆绑着，开进汽车站后，有人站到高台上把行李一件一件扔下来。我是那样喜欢回老家的旅程，以至于有一段时间我的理想是当列车员，为此我还在日记本里贴了一个橡皮泥的铁路徽标。

一直到上高中，只要没有意外，我几乎每个假期都要回外婆家。过年更是雷打不动的行程。我喜欢在老家过年的气氛。那时冬天还经常下大雪。一大家子三代十多口人聚到一起非常热闹。外婆会给我们这些小辈们准备崭新的压岁钱。记得早年是几角,后来经济条件好了变成几块。初一早上起来,外面是一片银装素裹,外婆已经准备好用蜜枣、白糖泡的甜水,是吉利的意思。

* * *

有一年夏天,还是上小学的时候,我在外婆家过暑假。印象中那个夏天有些安静,表弟表妹们都没有回来。舅舅已经结婚生子,吴家香火后继有人。舅舅子承父业,跟外公学木工活,在村外开了一个小厂子。他是外婆六个孩子中唯一自由恋爱结婚的。舅妈来自另外一个不太远的村。她和舅舅相识缘于小姨。小姨是姊妹中读书最多、也最爱读书的一个,她从小字写得很好,性情颇为清高,但命运不济,高中毕业后进入当地的一家标牌厂工作,舅妈是她的同事。

我记得我还在外婆家住的时候,舅舅和舅妈就已经谈上恋爱了。印象中舅妈到外婆家来过几趟。我对她没有产生特别的印象,只记得她似乎梳着一个大辫子。外婆并不喜欢这个未来的儿媳,似乎嫌她过于精明厉害,怕敦厚老实的儿子吃亏。但舅舅没有听从外婆,虽然也曾闹过分手,但后来又和好了,结了婚,很快生了一个儿子。

那个夏天,上小学的我在外婆家过暑假。我第一次看到外婆和舅妈当着我的面吵架,吵得很凶。我不记得她们为什么争吵了,只记得那个一直深深留在我脑海里的画面:她们在堂前(带天井的厅堂)面对面站着,外婆穿着青色斜襟布衫,一边手里干着活,一边声色俱厉地说着;舅妈则一只胳膊夹着才一岁多的儿子,身子向前倾着,另一只手在空中挥舞着,激烈地回应。她们互相咒骂着,唾沫在照射进来的夏日光线中飞舞。我站在一旁,茫然无措,心里很是害怕。多年后,我每每回忆起这个画面,就像看一个默片,听不见她们的声音,只看见她们快速张合的嘴唇和灿烂阳光下挥舞的手臂和横飞的唾沫。而我是唯一的观众。

此后,无论时间流逝,我对舅妈在心理上总或多或少有了隔阂。外婆无疑也是强势的。听母亲说,那时家里吵得如此厉害,以至于温和的外公想搬出去图个清静,被外婆断然阻止。外婆说,为什么要让着她?同样温和的舅舅夹在中间常常是无能为力,无所作为。如今,年事已高的外婆也不得不依靠媳妇照顾了,但中间仍隔了层东西。

那时的外婆仍是强壮有力的,虽然年过五十,但下地劳动,里外持家,都靠她一个人。"我什么都能种,做出来的萝卜这么大。"在今年年初的那次谈话中,她一边用手比划着一边说。她说外公总是把钱交给她的。她对着母亲说:"他对我很好,我就很平心,很知足。他有什么吃的都带回来给我。我理家,把家理得好好的。你爹把钱给我,我知道应该买什么东西,我每天想着怎么用这点钱。我知道买什么糕点给儿孙们。你爹不懂这些。"

外公是一个温和的人,内向,不爱多说话,晚间兴致好的时候他喜欢独自饮一盅黄酒。他抽烟抽得很厉害,因此常常咳嗽。他只是在农忙的时候偶尔帮外婆做点农活。大部分时间,他在堂前刨木头,用墨盒画线,或者就是坐在那里抽烟。他瘦弱的身躯因剧烈的咳嗽而愈发显得单薄。外公并不是一个轻易表露自己感情的人，和大多数农村里的男人一样，他也重男轻女，但他对我是好的。

上初中的时候，有一次回老家，我们在小姨家做客。小姨之前出来打工曾住在我们家，我父母帮她在部队的招待所找了一个前台的工作。我经常感慨她的大材小用和人生际遇的不平，但小姨自己似乎已经不再抵抗命运。她一直过了三十还没找对象——她对人仍是要求高的。后来在家里人的各种压力和介绍下选了一个老实巴交的农民。小姨父来自我父亲的那个镇，务农之外，他以踩人力车拉客赚点外快，但赚得很少。我想小姨终究决定向命运妥协。她跟着小姨父回到镇上，干起了农活。收入少得可怜。他们生了一对龙凤胎，经济压力更加沉重。我们常常想在财务上给她一些帮助，但她总是拒绝，并会千方百计地还回来。孩子们考上大学后，自尊要强、拒绝资助的小姨终于向亲戚们开口，她说这些钱以后会慢慢还的。

那一次回老家，在我的记忆中留下了一个深刻的印记。我记得我站在小姨房子的门槛内，外婆站在门槛外，旁边还有小姨和母亲。外婆显得心神不宁。她说，她刚从庙里回来，她去给外公求了一个签，算了一卦，说是如果能熬过这个年关，就暂时不会有事了。我很是震动。我竟不知外公的身体状况已经濒临死亡的边缘，我被一种亲人要离去的恐慌和生命的不确定性攫住，忽然害怕起年关的到来。

外公熬过了那个年关，我们都松了口气，外婆也愈发心诚地念佛——她是整个家庭里唯一信佛的人。

然而，外公终究没有熬过太长的时间。1990年4月的一天，我上高一，老家忽然来电话说外公快不行了。父母立即赶回去了。三天后,外公走了。母亲后来告诉我们,外公死前非常痛苦,浑身痒得厉害,都挠出了血。我听了很难过,想起小时候让外公给我挠"角角岭",他总是挠不对,我就撒野。

然而,外公去世带来的震动很快在与老家隔绝的世界中消逝了。自从上高中后,我就不怎么回老家了。我的生活被其他的东西占据了:备战高考、成长的烦恼、人生的困惑、对未来的憧憬和迷茫。老家的山水人情似乎都在慢慢离我远去。及至到北京上大学,就更少回外婆家了。

外公去世后,石头岭只剩外婆一个人(舅舅一家于80年代末去了杭州发展),子女们便经常接她出来住,怕她一个人没人照顾,又寂寞。不过,外婆习惯了农耕生活和自己的家,出去住不了多久就要回去,特别是清明时节,必然是要回去给外公扫墓,以及挖春笋的。

很久以后,我已经工作了,有一次我回到石头岭,惊讶地发现这个充满童年记忆的村庄,已近消亡。老年人离世的离世,年轻人则全部出去打工了,只剩下两个常住人口——我的大表舅和他爱人,继续着农耕生活。他们的三个孩子也都在外地。(如今就连他们两口子也在山脚下的镇里买了带现代卫生间和厨房的新房,只在采茶季节回石头岭了。)外婆一年只回来住几个月。除了外婆和大表舅家的房子,其余的大都坍塌了,底下的池塘水也几近干涸。不过是二十余年间,人和物就都发生了很大的变化。

外婆年纪愈来愈大,但常年的农作生活令她身体健康。倒是在城里住的时候,她很不习惯。那里,她不认识任何其他人,又有语言障碍。大部分的时间她只能坐在屋里,无事可做。她常常闲不住，想在饭后帮忙收拾碗筷，或是洗洗衣物，但总是被儿女们阻止。

七八年前，外婆终因体力不支干不动农活了，被子女们说服完全离开石头岭。从此石头岭的老屋迅速地衰败下去，先是做饭的灶头倒了，后来半间厨房整个倒塌了。外婆知道很着急，让舅舅去修。但懒散的舅舅总是拖着，因为修起来也没人去住，总不能让外婆一个人住那。于是，到今天为止，修缮工作仍未启动。

这两年，随着外婆越来越多地说"要走了"这样的话，把老屋修起来的事重新被提起。外婆是想回到老屋去离开这个世界的，只有石头岭的那个家才是她真正的家，让她内心安宁的家。但每次和母亲说起这事，她也总说不现实。不是修缮难，而是修起来了也不可能有人陪外婆回去度过她生命的最后一段时光。听到这里我也只能是沉默。

* * *

不记得是哪一年了，似乎我还小，我在外婆家过暑假。有一天家里只有我和外婆两个人在。我们俩睡在一张床上，不是外公外婆那间没有窗户的房间，而是后盖的一间有窗户的房间。

那天晚上，月亮特别的亮，我从窗口能看到外面明亮的月光。我伸出手放到眼前，却是一团漆黑。我忽然害怕起来。外婆在身旁熟睡着。我却怎么也睡不着，开始胡思乱想起来。坟头在我眼前晃来晃去。我想到，还在外婆家住的时候，有一次跟随大人出殡。不知是谁死了，或许是有亲戚关系的。入棺前，小孩子要依次先钻一下墓穴。我害怕极了,怕钻进去后他们就把门给堵上了……

我对死亡的恐惧在那个晚上达到了一个极点。我没缘由地害怕起外婆的死亡,虽然那时的她还身强体壮。

我的脑海里还留存着另外一幅定格的画面。那是太婆——外婆的母亲去世前,在外婆家小住了几天。有一天外婆领着我站在太婆的床前——我对太婆的长相完全没有印象,或许我不敢看,不敢面对死亡;我只是怯怯地站在那,紧紧地拽着外婆的手,贴着她的身子。我以为太婆躺在那里走了,但没有。母亲后来纠正我的记忆说,太婆是回到她自己的家里走的。

决定陪外婆睡的那晚,我想起了多年前那个让我恐惧到几乎窒息的乡村夜晚,窗外月光如水,屋里却伸手不见五指。城市里的月光没有那么明亮,屋里路灯和各种人造灯光映出家具的轮廓。外婆已经干缩的身躯躺在我的身旁,不复当年释放着阳气的温热的身体。不出意外,本来睡眠质量就不好的我几乎一夜未眠,外婆虽然没有跟我问话,但她时不时地起身摸一下我的脚,好像怕我失信跑掉似的。偶尔她也会发出含混不清的声音,不知梦里是怎样的一个情境。

我一直担心外婆说胡话或做噩梦,所幸没有。我对死亡的恐惧——像那个夜晚一样的恐惧,以后都没有再现。或许是生命本身的变化。或许是和过去世界的隔绝。外婆的一生,不过是一个平凡的农家妇女的一生。我甚至不曾和她好好聊聊她的过去。我们的生活和世界已经离得很远,远到几乎没有共同的语言,却又以回忆的方式联系在一起——那是我和那个几近消失的故乡的联系,也是我和我的过去的联系。

县城人生

文 _ 王琛

一

每次回到县城，我都能见到大勇。今年的第一次照面是在除夕前，我去亲戚家串门回来，见他站在巷子口，双手叉腰。这是他的习惯动作，他身形胖了许多，但站立的姿势照旧，身子挺得直，如果不是两手叉腰，像个摆出"稍息"姿势的军队士兵。

大勇属虎，大我两岁，我们是前后院的邻居，相隔一条巷子，记事起就是玩伴，从上学前捉青蛙，直到高中里踢足球。

在巷子里，我们的对话和这几年每次见面时一样，互相笑着，他总问我几时回来的，我回答刚回来几天。他开口笑着，说到周遭一切都不置可否，言辞里传递着"不好不坏,本该这样"的意味。他说话时，最喜欢做的动作是耸一下双肩，同时摊开了双手。这个肢体语言显然不属于我们这儿，应该是从电视上学到的，他很早就会，我看了总不习惯，好像太洋气了一些。

我们的谈话总是轻描淡写，好像回避着很大的秘密。不知道什么时候起，大勇的QQ头像换成了一个奇怪的艳妆女郎，原本真实的资料也改了，全部牛头不对马嘴。我曾以为他的号码被盗，但这个号码却又跟我留过言。他的微信号也如此，填的性别是女，资料也是错的。有一次，大勇给我打过电话，我拨回去，语音提示却是空号。他后来解释说，那不是空号，是他专门的设置。他好像很怕人找到他。

我不好问他，只能猜测他仍然在躲债——大勇的名字出现在本地论坛的网帖里，发帖人公布了他的真实信息，指责他诈骗，并表示不会善罢甘休。

"外面的账都清了吗？"我问他。

"差不多了。"他很快回答，说完沉默一下，开口说起了别的话题。我见他不想说，也不再问。

二

十多年前，在中学里，我和大勇共同的爱好是踢足球。2002年中国男足撞了狗屎运踢进世界杯，球市一片火热。和其他做梦的年轻人一样，我们以为自己踢得再进步一些，也有希望成为职业球员。

在父母看来，踢球是浪费时间影响学业的事情。我们尽力反抗。有时候我们约好了时间，然后各自溜出去，到了学校才汇合。如果我们一起出门，一定被父母拦下，知道是去踢球。有段时间父母不再买足球鞋给我，大勇就借我穿，他的鞋大一码，我只好勒紧鞋带。

大勇身体壮，跑得也快，踢球力气大，技术也细腻，再加上作风顽强从不服输，在球场上很受推崇。他进球后不怎么庆祝，大多就是笑笑，遇到粗野的犯规，轻易也不会跟人急。大部分球赛我们都赢了，看起来我们在职业球员这个方向上值得努力。

但高考这件事逐渐逼近。我比他低两级，成绩勉强还能应付，大勇进了高中，成绩却一塌糊涂。高考像块滚过来的顽石，先压在了他的胸口。我们终于发现，即使踢不进国家队，生活还能继续，但高考如果不通过，好像一切就全完蛋了。

2007年，在经历接连两次高考失败后，大勇从第三次复读里退出来，放弃了。他的父亲感到没面子，却无可奈何，在闲聊时只好讪讪地说，考不上也好，大勇天生不是上学的料。

他去了一家婚纱店工作，在县城中心最热闹的一条街。县城不大，中心街道距离我们两条街，走过去大约五百米，只用十几分钟。这工作是一个亲戚介绍他的，因为他什么都不会，就从对着电脑剪辑照片学起，简单做些助理工作。影楼每月发他几百元的工资。

那时我离开县城，进了大学。但我在大学的大部分时间都耗在宿舍和足球场。我和大勇偶尔在QQ上聊几句，他看起来比我充实得多。他学到了一些电脑技术，把拍摄的作品传到网上。假期回家，我们还会约了去踢几场球，他有些退步了，技术还在，但体力差了些。他告诉我，因为得上班，踢得太少了。

大勇在婚纱店待了大约一年。有次他告诉我，跟人打工没意思，受制于人，也挣不到钱，他打算出来自己做。我不知该说什么。我整日在学校里，对于外面的事情，我毫无概念。我大概附和着他，既然不爽，那不如自己试试。

他很快辞了职，和几个朋友凑了本钱，张罗了几个月，另起门户，在稍远的街道开了店，仍然经营婚纱摄影，但这次他成了老板。婚纱店在那年冬天的元旦开业。

不久后我放了寒假，大勇带我去了店里。刚刚投入新的事业，他显得很兴奋，拉我见了他的几个合伙人。店铺起了个"罗马假日"之类的洋气名字，租了整两层楼，装修精当，一派欧式风格，门外远看去，在周围的一堆五金店和修车铺里鹤立鸡群。

大勇带我参观影楼的每个角落，介绍各种设施的成本，水晶吊灯花费不菲，大厅的沙发总价几何，营业员们是哪里招聘来的，一个月发他们多少工资。言语里，他信心满满，透露着大干一场的豪情。我也被满屋的物资和颇有礼貌的营业员打动了，翻着茶几上的服务菜单，看着图片后面的一串串数字，好似财源滚滚。那个假期我经常去他们的店里闲坐，我很为儿时的玩伴高兴，他看起来走出了高考的低谷，这么快就有了自己的事业。

但生意毕竟没这么容易，不是搞搞装修就能行的。除了开业之初的优惠活动吸引了几单生意，此后一直门可罗雀，入不敷出。原因邻人们看得清楚，位置偏僻，没人找上门，拍摄没什么特色，口碑普通，总之在全县的一堆婚纱店里，是个可有可无的存在。

到了第二年冬天，一年的房租到期，没人愿意继续投钱，店铺撑不住了，剩下了满楼折价的固定资产。大勇认为经营不善的原因是合伙人太多，没法放开手脚施展自己的想法。他看起来心存不甘,仍然跃跃欲试。

接下来两年大勇待在家里,接一些剪辑照片的零活儿,他的QQ头像总是亮的,常发布一些成功学之类的心灵鸡汤。假期再见面,他比前些年又胖了,正在筹钱,准备再开一家婚纱店,这个行业他熟悉。

那时我也要做些决定了。大学最后一年,父母想我回家考公务员,但我犹豫着,不太想回去。我不确定大勇那样的县城生活,是不是还适合我。

三

多年来,每次回到县城的老家,我喜欢在街上闲逛,漫无目的地走几圈。我从家门口的巷子出发,慢悠悠走过一个又一个路口,几个公里,就把小学、初中和高中全走了一遍。

和大勇相比,我们这些读了大学拿到文凭的人,回到县城的最好工作就是考一个编制,进入政府或者学校,安全而舒服。虽然我们内心都期待能彻底离开那个小县城,但就业的压力,前途的不确定性,总令一部分人望而却步。相比之下,县城的安定显得如此具有吸引力。

但那些不确定性也曾令我们兴奋。大学里,我们都喜欢活跃在社交网络上,比如校内网和QQ群。有人在海边把自己埋在沙子里,只露出一张笑脸,同时又有人站在北京的街头,拍下了沙尘暴的照片(配了一行字说,真黄)。有人挂科了,但好像其实挺高兴,有人晒出和女朋友的照片,马上有人回复说,真有夫妻相。看上去,所有人都拥抱着新的生活,练习着新的话语方式。

2007年我进入大学，展示新生活的方式是写博客。在宿舍断电之前，一晚上我就能写几千字，刷新着页面，等待着四面八方的评论。那时我好像有无穷的精力和时间，愿意把任何事情搬到电脑上，我愿意用八百字讲出在食堂忘带饭卡的忧伤，用两千字写出大雪封路，假期回家时堵在了县城外的高速公路上。

大学假期回到县城里，总有人组织同学聚餐。我的高中班六七十人，最多的一次聚集了将近一半。班主任也到了，他喝下一杯带有"桃李满天下"意味的啤酒，笑吟吟地点评每个人的变化。往日的压抑仿佛一笔勾销，再没有人恨不得撕掉试卷然后炸掉学校。大家突然对母校无比爱恋，站在教学楼下，愉快地排成两排，对着相机镜头，摆出V字手指。

聚餐结束，时尚的事情是去KTV唱歌。这儿的娱乐场所越来越多。县城的样子似乎一直令人欣喜地改变着。新开的楼盘一个接一个，工地上尘土漫天，挖掘机劳作着，传递出欣欣向荣的信号。新建的广场悠然地耸立着充满设计感的地标，地下也有了超市和停车场。县城似乎越来越接近一座城市，处处反射出"现代文明"的魅惑。

看起来，该有的渐渐都有了，还没有的，应该也都会有。县城正在以一种崭新的面孔，吸引我的同学们一个一个回到了家乡。几年过去，那些考上大学出去读书的人，差不多回来了一半。他们拿了文凭，因此大都进了政府或学校，散布在不同的街道和大楼里，随时可以相聚，举起酒杯谈及过往。

没读大学一直留在县里的同学，像大勇一样做着各类生意。

我有个初中同桌，读到高一就早早离开学校，起初在店铺学习手机维修，多年过去，如今已经开了一家自己的手机店。每次路过他的店面，我常想，再过些年，总会有一部分人把生意做得更大。

传奇的创富故事在县城里最受欢迎。故事里的人白手起家，甚至背了高利贷，在县城的商界缠斗，最后好似一夜暴富，都坐在豪车里，在越来越宽的街道上呼啸而过。这些故事里，努力便有收获，风险等于回报。大勇应该也被他们激励着。

四

2011年，大勇拿到了贷款，新的事业可以继续了。他租下一个较便宜的店面，开了第二个婚纱店。这次他终于能够总揽全局。邻里仍不看好他，大家觉得，大勇不太会说话，人又实在，做不好生意。

我第一次去他的新店，大勇正在向店员训话。三五个员工排成一排，穿着制服站着大堂，大勇穿了一身西装，语调激昂地说了许多。有些话过于书面，大概是从一些成功学的书上里看来的，他用方言说出口，听来别扭，令人不好意思。但大勇很严肃，他训了话，带着我在店里转了一圈，最后坐下来，点起烟。

看起来事情和以前一样没变化，他仍是筹到了钱，租了房子，先搞了装修，再招来店员，钱剩下不多，坐等生意。

坐在店里聊着，我感到索然无味。我不再觉得开这个店是有多少希望的创业，反而觉得又是个扔钱的烂摊子。但我不能给他泼冷水。大勇这次一个人说了算，有点运筹帷幄的意思，他又问起管理学的事儿，要我讲一点管理办法。

天知道我在大学里真学到了什么人力资源管理的知识。但我不知怎么跟他解释，我是应该告诉他我没怎么上过课，还是应该对他说，那些教材上的东西可能没啥用？在他看来，我出去读书，接受了高等教育，已经是这个城乡结合部的知识分子了。

那年夏天，我终于决定去读研。我想自己纯粹是因为不知道该干什么，而考研是唯一让人思路清晰的事情，只需要投入时间，完成考试。我和大勇似乎也没什么区别：他花了钱，我花了时间，他继续经营婚纱店，我继续去学校念书。他对赚到钱很是渴望，但看起来很难，我对学到更多知识甚至并无迫切，我不知道上学之外该干什么。

此后两年我们的交流变少了。假期回家，我不再去找他，只听父母说他的婚纱店一直开着，生意虽不怎么好，但大勇坚持开着，大概一直花的是贷款。

我们再联系已经是2013年夏天，我离开了学校，已在广州工作。一天上午在报社，我突然接到了大勇的电话。他先问我方便不方便，有点吞吞吐吐，紧张地告诉我，自己经营的项目出了事儿，看媒体能不能曝光。

我仔细听了半天，发现这项目和婚纱店无关，大意是他参加了一项投资，他说得含糊其辞，我只记住了几个数字，他说，大概亏了四五十万。

我有点吃惊，觉得他没有这么多财力。但又想到，大概是他的生意赚了钱。毕竟又过去了两年，他或许运气不坏。挂了电话，我甚至想到县城里那些创富者的故事。在我看来，一下子有四五十万可供亏损，反过来也说明他有了积蓄。我想，印象里那个不被人看好的大勇，生意应该是渐渐做大了。

五

我愿意相信，时间可以带来任何改变。比如我的同桌张明。他是我高中同学里最早见到外面世界的人。那时他常去上海的叔叔家过暑假，回来以后，讲起他的都市见闻，眼睛总闪着光。印象最深的是他的一次"暴走"。他描述说，上海是中国最大的城市，他想丈量一下，他选了一天清晨，戴了耳机听着歌，兜里揣着地图，一直往一个方向"暴走"，走到黄昏，精疲力尽，再看地图，还没走出一个区。

"上海太大了。"他一遍遍感叹着。

高中课余，我们常在校门口的书店买来二手杂志。和上海有关的明星海报，张明总是撕下来，贴在课桌上。刘德华的《上海滩》也是他爱听的。我们无聊地打发着自习课，漫无边际思考未来时，张明不止一次，喃喃地和我商量，退学吧，去闯荡上海滩，你觉得你想做丁力，还是许文强？

张明大学读的是山东一所医学院。城市当然不比上海，却也比县城大了太多。但他大学四年，很少离开宿舍，一直醉心于一款名为"魔兽世界"的游戏。在游戏里，他魄力十足，充满领袖气质，正像许文强一样，带着团队大杀四方。

我去他的学校住过几天。打完游戏，我们坐在球场边，或许又聊到了上海，或许没有。问到将来的计划，他说，外面没什么工作可找，留不下来，也许还是得回家。

2011年，大学毕业后，张明终于回到县里的质监局上班，工作内容是查验全县的食品安全。他换上了黑色西裤和皮鞋，看上去老成持重。

张明的工资花在了两个方向。一部分参加同学同事的红白喜事，另一部分扔进了酒局，他对此抱怨，却又觉得，非如此不可。人际网络像一只有无限引力的章鱼，牢牢抓住他。

父母给他买了车。一辆老款的帕萨特。我们开着车在县城的环路上绕圈。如果不是红绿灯，绕一圈只需要十几分钟。我们只在环路上开，进了街道总是随时拥堵——好像所有的人都想买车。张明告诉我，年轻人更愿意选择时尚的车型，而他这款车是乡镇干部的标配——在县城，买车不是为了交通的便利，更多是身份的象征。

此后每年假期回去，我常找张明喝茶。他一个人住在新的小区。父母买的婚房装修妥帖，只等着他结婚——但因为不愿相亲，他常跟父母争执。他不想很快结婚。

新居卧室的墙上，他贴了几幅装裱过的照片，全是大学期间，"魔兽世界"里的游戏截图。那些截图都是他某些辉煌时刻，比如刚刚通过艰难的一关，又或者穿上了顶级装备。

"上班没什么意思。"张明泡着茶，重复着这句话。

我们聊着班里的同学，某某结婚了，某某刚生了闺女，某某的老婆竟然是某某。一切令人惊愕，又好像顺理成章。但我们再也没聊过上海。

六

如果不是投资"项目"失败，大勇一定也买车了——他曾去市里看过几个车型，只等着拿到"项目"的利润。在电话里他没有讲清楚，通过QQ发来了链接。我一点开就觉得不妙——那是个滚动着"六合彩"、"快速致富"等字眼的网页。网页上声称，会员投钱入股，每天返回利润5%。

大勇没说他是怎么找到这个项目的。他先投了一千块进去，果然第二天变成了1050元，如此过了一周，他赚了几百块。这个回报率简直高得吓人。大勇按捺不住了，随后投进去两万块，那是他经营婚纱店要用的流动资金。

项目继续运转正常。这两万块产生着每天固定5%的回报。大勇觉得还是太慢了，要加大投入，没过几天，大勇去银行贷款，找亲戚做了担保，又贷了五万块，全部投了进去。但就是这次，"项目"告诉他，因为暂时的不可抗力，资金暂时冻结了，需要会员加倍投入，帮助项目渡过难关。

大勇身上已经有二十几万的银行负债，因此没法再贷出钱来。婚纱店看起来是个吸引现金的好平台。他很快出台了一个优惠活动。那个活动令所有竞争对手望而却步：凡是在店里拍摄婚纱照的消费者，签订一个月后全额返现的合同。也就是说，实际上，所有的业务都免费，只是需要把现金先交到大勇这里，保存一个月。

大勇希望通过这种办法快速获取现金流。然后，在他的期待里，这些钱在"项目"里很快获得高额返利，他再把本钱还给签了合同的客人。

但这次彻底落空了。"项目"当然出乎意料地停止了，带头投资的股东已经断了消息，只剩一帮投资者在QQ群里每天商量对策。

我提示他先报警。令我意外，大勇说自己不相信警察，而且项目就是政府冻结的，"蛇鼠一窝"，他在QQ上发来这四个字。

我觉得有点不认识他了，不知再说什么。

过了两个月，2013年国庆假期，我刚回到家，就听说大勇把自家另一块宅基地卖掉了，用来抵债。我犹豫着，走进巷子，敲了敲大勇的门。他走出来，仍然是先笑了笑，但很快沉下脸来。他把门拉上，和我在巷子里走了几步，停在灯光处。

我问事情的进展，他仍是习惯地耸耸肩，摊了摊双手，告诉我有点麻烦，老宅卖掉后，先还了一部分账。

"到底被骗了多少钱？"我问他。

"不是被骗的，项目暂时冻结了，是政府在捣鬼，你去网上看看，股东都在想办法。等到问题解决了，本息还得补给我，得有九十万了。"我不知道是因为爱面子，还是真的搞不清楚，大勇始终坚信，他没有上当，"项目"还在。

我也愿意事情真是这样。我希望从来没有什么诈骗，我的儿时玩伴，大勇，他参与了高回报的项目，账户里资金每天都在翻滚。我希望项目恢复正常，他将拿回近百万的本金和利息。我希望他的事业顺利，婚纱店继续开下去，如他所愿，某一天击垮所有的对手，开着豪车风驰在街头。最终，我所有的县城朋友们，都能成为这个时代创富传奇里的一员。

我与科幻世界

文_韩松

一

13亿人的中国只有一家专业发表科幻小说的杂志,那就是《科幻世界》。

我第一次来到《科幻世界》编辑部,是在1989年10月,我正读研究生二年级。我应编辑部邀请来成都开笔会。那时杂志还叫《科学文艺》,但正准备改名为《奇谈》。

杂志社在成都人民南路4段11号的省科协大楼中办公,给我的印象是条件很差,就几张桌子,不到十人,也没有电脑,请客吃饭都很节省。

杂志正苦苦挣扎,以求生存。关于《奇谈》,一些作者私下不以为然,说这个名字,预示了中国科幻的末途。"奇谈"之后便是"怪论"了。我也这样想。

副总编谭楷带作者来到青城山下,住进一个招待所,举行笔会,也就是关起门来写作,为《科学文艺》或《奇谈》提供内容。

很奇怪的是，许多人并不是写科幻的。比如我跟一个叫金平的人住一个房间，他是写报告文学的。另外，还有刘继安，也是写报告文学的。

我努力写科幻，写了一个外星人与人类关系的故事。但编辑认为写得不行。

编辑们对科幻作家非常失望。倒是那些报告文学作家很受欢迎。

我把1988年7月完成的《宇宙墓碑》手稿交给编辑。他们也觉得不行。

《科幻世界》创刊于1979年，当时就叫《科学文艺》。这是托了改革开放的东风。中国每到社会转折点，科幻就会兴旺一番。

第一次是清末民初，中国要建立现代国家。第二次是20世纪50年代，中国建立起了现代国家。但每次兴盛都为时不长。

第三次，赶上1978年3月全国科学大会召开，邓小平提出科学技术是生产力，人们说，科学的春天来到了。

但这股春风来得快去得也快。据科幻科普界元老董仁威回忆，到1982年，《科学文艺》的印数就从最高峰时的22万册下滑到7万册。

也就是说，在1983年科幻被当作"精神污染"遭到清除之前，它就已经衰落了。

"清污"致使科幻进一步走向末途，全国科幻杂志纷纷停刊。1983年，《科学文艺》的发行量仅剩下一万册。

但那时候，像我这样的作者，都还在埋头写。刘慈欣他们也在埋头写。不明白为什么要写科幻。也许是年轻人觉得未来还有希望吧。

杂志苦苦支撑,毕竟没倒。有人问及谭楷,《科学文艺》为何能够幸存,他说:"因为当时看到仅剩这一家了,我们要停刊了,中国的科幻也就没有人搞了。所以咬咬牙坚持了下来。不过,说句心里话,当时国内要是还有第二家,我们也就不搞了。"

上级也打算放弃它。1984年,《科学文艺》与主管单位四川省科协脱钩,完全自负盈亏。没有了公费医疗,工资要自己挣自己发。这样的情况,在当时还是少见的。

这年,经过民主选举,杨潇担任了主编,后又任社长。她最终让《科幻世界》复兴并走向兴旺。但红火之后,社长又变成上级委派了。

从1987年第六期《科学文艺》上,可以看出稿荒的严重。编辑部不得不用非科幻作品凑数。该期共登了三篇纪实报告文学,还有一些历险记、访问记、"成就动机"随笔、杂记科学散文和科学诗等。科幻小说有八篇,但四篇是微型小说。八篇中仅有两篇是中国人写的。谭楷也亲自上阵,为杂志写文章。

那时,杂志社要靠做少儿图书来养活自己。编辑们都推着板车上街卖书。

二

我再次来到编辑部,是1991年5月。世界科幻协会年会(WSF年会)在成都召开,由《科幻世界》承办。这时情形已经有些不一样了。

许多国际大牌都来了。在参观都江堰时,我问一个老头儿,世界科幻中，关于政治的主题是怎么写的。他的回答我已记不得了，却渐渐知道，这人可能就是大名鼎鼎的新浪潮代表人物奥尔迪斯（Brian Aldiss）。

我与张劲松住在科协招待所的同一房间。这个上海年轻人获得了银河奖。他很讲究，为领奖，大热天的，还带了件黑色西服来。

颁奖那天，举办了隆重的仪式，还有文艺演出。

会议由四川省外办、省科协和《科幻世界》杂志（这时已由《奇谈》改成这个名字了，并一直延用至今）联合举办，四川省省长张皓若、副省长韩邦彦以及世界科幻协会主席马尔考姆·爱德华兹（Malcolm Edwards）出席会议并分别讲了话。规格够高的了。会议的宗旨是"科幻·和平·友谊"。

我能来与会，非常荣幸或幸运。《科幻世界》的邀请信到达时，我正在武汉大学上入党培训班。学校决定提前让我从党校结业，去开大会。

不过，那时，我连去成都的路费也难凑齐。谭楷副总编于是写了一封信给他并不认识的武大校长齐民友。信封上客气地写着"校长台鉴"。信中称我是大有希望的科幻作者，来成都开会很重要。

经校长特批，学校资助了400元钱。当时，这笔钱是个不小的数目。同学中在外企工作的人收入最高，当时一个月拿600元。

校长是齐民友是一位数学家。我写这篇文章时，查了一下百度，看到齐民友有一段话："人们曾经不只是为了某个具体的目的去研究一个个具体的数学问题，而是追求深层次的真理，又怎样由此而造出美好的世界。这就是创造。"

这跟科幻的主张有些相像。

在大会上，我被安排作了一个发言，讲了中国科幻与传统文化的关系。其实到底有什么关系，我到今天也没弄明白。

对我很重要的是，在会场上，遇见了吕应钟，台湾的重要科幻作家和不明飞行物研究的开创者，那年40岁。

我把《宇宙墓碑》的退稿交给吕应钟，想请他看看。结果他带到台湾，交给了张系国、张大春他们，又参加了《幻象》的世界华人科幻文艺奖。最后，这篇小说获得了小说类金奖，奖金为10万元新台币，相当2.5万元人民币。我是到获奖时，台湾那边到处打电话找我，才知道这回事。

那段时间，我接到《科幻世界》不少退稿。后来都不知弄哪儿去了。当时都是手写。我是1992年开始，才在电脑上写科幻的。

我和张劲松很想找吕应钟聊天。他在接受《中国日报》采访。我们就等。很晚了，他回到宾馆，还与我们聊天。我们感到这个台湾人很亲和。我说："我们是作为真正的科幻迷来找你的呀。"我就坐在他的床上。后来张劲松说，他今晚会换一张床睡的。

会上还见到了郑文光，坐着轮椅。还见到叶永烈，他坐在一个客房里，是张劲松的科幻老师。很多人围着他，我进去，他们向他介绍我，我和他握了一下手，他的手很软。

随后，载有中外代表的长长车队，由警车开道，奔赴卧龙自然保护区。许多衣衫褴褛的农民拥到公路边观看，露出面对外星人似的神色。他们不知道车中坐着中国仅存的幻想家。

我们这些两眼炯炯有神的外星生物，在卧龙自然保护区的

我与科幻世界

灿烂星光下，点燃了象征亚欧美三大洲团结的"科幻篝火"。工资都快发不出来的《科幻世界》编辑，大声谈论着下一个超级文明到来的日期。

保护区弄出一头大熊猫，放在草地上，供我们近距离接触。大熊猫长得白白胖胖，科幻作家却大都很瘦，有的面色蜡黄，像大病初愈。

我跟一个日本作家聊天。他向我介绍安部公房的《樱花号方舟》，并用汉字写在纸上。后来才知道这是一部很了不起的作品。

也是后来才知道，这次会议在中国召开很不容易，它是《科幻世界》社长杨潇1989年上半年受WSF当届主席诺曼·斯宾雷德（Norman Spinrad）之邀，赴圣马力诺参加世界科幻大会时，凭借两本简明汉英、英汉词典，用结结巴巴的英文，争取来的。

这是中国面孔第一次出现在世界科幻大会上。听了杨潇的介绍，WSF对陌生的中国发生了感兴趣，决定把原定在波兰开的年会，挪到四川成都来开。

但没想到，杨潇刚回国，国内便有人写了一封诬告信上告，称《科幻世界》勾结境外不明组织要举办非法活动。

经过种种努力，包括由四川省科协领导带杨潇、谭楷进京申诉，才把此事摆平了。国家科委下达了同意在成都召开国际科幻大会的批文。

谁知，那年春夏之际发生了一场风波，受其影响，国际科幻协会表示1991年不来中国了，仍在波兰开会。

四川省急了，再次组团，由杨潇任团长，赴荷兰海牙参加1990年世界科幻大会，一定要夺回1991年世界科幻大会的主办权。

为节约经费，杨潇等三人从中国坐火车经俄罗斯去海牙。一路上，杨潇晕火车，吐得一塌糊涂。

WSF各国代表惊讶地看到杨潇一行坐了八天八夜火车，双腿肿胀来到海牙会场，以为是外星人来了呢。这种极其科幻的场面感动了评委，大家表决这届年会仍在成都召开。

年会上，杨潇对前来采访大会的《中国日报》记者杨毅谈起办刊感受："我刊已创办十二年。遇到了财源和稿源枯竭两大难题。我们千方百计寻找出路，成立了图书发行组，人人当搬运工，打包工，硬是靠汗水补贴了每年数万元的亏损，在经济困难的情况下，我们还组织了五次笔会，三次银河奖征文，丰富了稿源，扩大了队伍。80年代是我们求生存的十年，90年代将是我们求发展的十年。随着我国科技的进步，科幻小说必将繁荣，鲁迅先生的遗愿必将实现。"

我感到，会议给中国科幻打了一剂强心针。从那以后，中国科幻重新走上了轨道。

三

1997年，我再次来到成都，情况已经大不同了。

这一年，《科幻世界》举办国际科幻大会，先是在北京开，除了科幻作家，还请来了多名俄罗斯和美国宇航员。

北京会议结束后，又移师成都，在月亮湾度假村继续举行夏令营。俄罗斯宇航员列昂诺夫和别列佐沃依与中国演员同台歌唱《莫斯科郊外的晚上》。美国宇航员香浓·露西德（Shannon Lucid）热情回答科幻迷的提问。美国科幻作家大卫·赫尔

（David Hill）为夏令营营员签名留念。

几千名青少年来了，包括许多很小的孩子，由父母带着。宇航员连续几小时为科幻迷依签字，长长的队伍让人震惊。我在旁边看着，目瞪口呆，就像看见虔诚的教徒接受洗礼一样。

实际上，1992年，也就是卧龙会议后的第二年，《科幻世界》还没有马上复苏。这年第六期，一共48页，但有31页用来刊日本人画的科幻卡通。几篇科幻小说给人的印象不深。

谭楷回忆说，他当时到北京，请杨鹏等科幻作者吃饭，在席上，他甚至担心付不起饭钱。

但是，到了1993年，有了新气象。杂志由双月刊改为月刊，并进行改版。定价调为1.5元人民币。

改版后，杂志确立了新的战略，即向中学生倾斜。此举大获成功。

科幻作家、科普出版社原社长金涛称改版是中国科幻界的一件大事，因为《科幻世界》创刊伊始，"几度易名，几度起落，决不是孤立的现象，而是集中反映了中国科幻小说走过的风风雨雨的艰难旅程"。他希望改版将结束中国科幻作品"实在太少太少"的局面，培养一大批具有新世纪眼光的科幻作家。

像是印证他的话，1993年，大器晚成的王晋康登上舞台。发表在《科幻世界》上的《亚当回归》成为当年的压轴之作。随后一段时期，几乎每期都有他的作品。王晋康后来成为中国最受欢迎的科幻作家之一。

之后，《科幻世界》坚持校园科幻的评选，搞名著欣赏，刊登科幻美术和连环画，吸引了大批中学生。编辑部还推出了《林聪讲科幻》的连载，指导青少年如何写科幻。

金涛谈到，90年代中国科幻的复苏，与政治气候的变化有很大关系。

1992年邓小平南巡讲话，市场经济发展，中国的经济增长达到了惊人的地步，国家也更加开放。这都为科幻发展提供了温床。

1995年应被视为中国科幻的又一个重要年头。

年初，江泽民在全国宣传部长会议上强调重点抓好长篇小说、电影电视和儿童文学创作。这被称作繁荣文艺"三大件"的指示，被文艺界认为"抓住了当前文艺工作的主要矛盾，指出了繁荣文学的根本方向"。

为了落实这个指示，1995年3月15日，由中国少儿出版社出面，邀请中宣部、文化部、团中央、新闻出版署、中国作协等部门的领导与在京部分著名作家、评论家共同探讨儿童文学的发展道路问题。

会议认为，中国有四亿少年儿童，儿童文学在培养和教育下一代、提高中华民族的思想文化素质方面，有着巨大的作用。

在中国，科幻一直被认为是儿童文学的一个分支，因此再度受到重视。

科幻作家也应邀参加了这个会议。吴岩在会上介绍了近年来国内外科幻文学的发展和中国唯一的科幻杂志《科幻世界》的情况，并呼吁全社会对科幻文学予以关注和支持。

就在这一年，科幻圈也发生了重要变化：新生代隆重登场。这主要是20世纪60年代末和70年以后出生的人。他们的价值观和写作方式与老一辈有较大不同。

1995年4月8日，吕应钟设立的科幻文艺奖在成都颁发。

获奖者有王晋康、何宏伟（何夕）、星河等人[1]。

获特等奖的王晋康在发言中说："十几年风雨，中国科幻已经不是那株几乎夭折的小苗了。我相信在中华民族五千年文化的沃土上，它一定能长成参天大树，与西方科幻大国并立于世界文化之林。"

谭楷说，这次获奖者大多是二十多岁的年轻人，是90年代崛起的"新生代"，他们像一群报春的燕子预告中国科幻的又一个春天来临。

颁奖会后的研讨会上，大家认为，科幻的题材如外星人、机器人、时间隧道等已形成一种"模式"。中国科幻要出新，一方面需要从最新的科技成果中获得养料，另一方面要从现实生活的"碰撞"中获得灵感，还要注意借鉴中外科幻和文学名著。

即将成为中国科幻巨星的刘慈欣，这时已经在大胆实践这些想法了。他的一些最牛的作品，都是在八九十年代写成的，其中一些作品，当时已远远超出了同辈人的水平。[2]

1996年12月26日，《科幻世界》编辑部给国家科委主任宋健发传真，汇报杂志的发展情况。宋健当即对其取得的成就给予充分肯定和高度赞扬，并指示社会发展科技司复函转达他的衷心祝贺。

仅过一周，社会发展科技司即发来复函，其中说，杂志社一直致力于振兴祖国的科幻事业，作出了不懈的努力，取得了令人瞩目的成就，成为全球发行量最大的科幻杂志。

1997年国际科幻大会后，编辑们对杂志的市场前景有了更大自信。《科幻世界》设立的银河奖一直是对中国原创科幻实绩检阅的最高奖。1998年，它从专家投票改为读者投票。

1999年银河奖,收到有效选票5980张,其中个人票5620张,各地科幻迷协会集体票332张,网上投票28张。编辑部把每篇作品的得票数公布。

编辑部在"编者按"中说:"中国科幻的发展已经不再是几个编辑一群科幻作家默默无声的笔耕生活,而是由许多公众共同参与构建的一个精神会所,一个日益扩展的文化市场。"

编辑部说,之所以从去年开始,把掌握在编辑与专家手中的投票权交到了读者手中,是因为读者最终的购买行为,决定了科幻作品的传播幅面,决定了一个科幻作家知名度的高低,最终也决定了科幻文化市场的大小。这也成为今天科幻的指针。

1999年,又发生了一件大事。这年,全国高考的作文题是《假如记忆可以移植》。而高考前一周出版的《科幻世界》第七期竟与高考作文题"不谋而合"——该期卷首刊登的是《科幻世界》主编阿来的文章,讲述记忆移植实现人类长生不老的梦想。同期的"每期一星"栏目发表的《心歌魅影》,也是一篇以记忆移植为题材的科幻小说。这再一次引发科幻热。

1999年,《科幻世界》定价为5.00元。发行量从1995年不到10万册,增至36万册。在许多城市,它已成为街头书报摊上的一个不可缺的品种。

"每天我们要接到大袋大袋的信件,一封封看完很费时间。"后来担任《科幻世界》社长的阿来说。

《科幻世界》办了科幻迷俱乐部。编辑们深入学校,办起了自己的网站。杂志还适时推出科幻文化衫、帽子。

1999年,《科幻世界》,产值达到两千万元。杂志社开始置地建楼。

四

进入 21 世纪,我到编辑部的机会就更多了。我应邀参加银河奖、星云奖颁奖仪式,《科幻世界》杂志还给我报销火车票,提供住宿,从最初的两个人合住,到提供单人间。编辑部也改造成了大平面,编辑都用电脑,桌上摆满世界科幻的各种书籍资料,让人羡慕。

2007 年由《科幻世界》主办的世界科幻大会,声势更大了。我见到了岩上治,见到了尼尔·盖曼(Neil Gaiman)。科幻作家们在毛泽东站像后的省科技馆里,进行学术讨论。大量的粉丝从全国各地赶来,见到刘慈欣,眼含热泪。他们在广场上,表演《三体》中的人列计算机,其热情,让外国人非常吃惊,始知成都才是世界科幻真正的圣地。

这次会议刚结束,我又与吴岩及《科幻世界》社长秦莉、总编姚海军赴日本横滨出席世界科幻大会,大开眼界。

推动《科幻世界》在新世纪继续发展、再创辉煌的,有阿来和秦莉两位社长。阿来就是那位获茅盾文学奖的藏族作家。最初我见到他,只是一位站在门口,代表《科幻世界》,向记者发红包的"打杂工作人员"。阿来时期,科幻创作的文学性得到了增强。

2002 年,《科幻世界》推出了新生代作家的专刊。主要的科幻作家,包括刘慈欣,每人都有一辑。我也有一辑。有《看的恐惧》、《天下之水》等。

新世纪中国最重要的科幻事件,是刘慈欣的横空出世。他实际上正是《科幻世界》培养的作家。

2006 年《三体》开始在《科幻世界》连载,2008 年出书。

在发掘刘慈欣的过程中,《科幻世界》主编姚海军起到了关键作用。1997年,我第一次见到姚海军。他本是黑龙江伊春市伊敏林场的一名普通职工,从小热爱科幻,1986年自办科幻刊物《星云》,在科幻圈影响很大。他最终成为中国科幻领军人物,被称为中国的坎贝尔(John Wood Campbell,世界级的科幻编辑,培养了一系列科幻大师),堪称"中国梦"的代表。

1997年,姚海军当时正在流浪。他说,他连回黑龙江的车费都不够,还是韩松等人凑钱给他的。但这个事我记不得了。

大刘的几乎所有成名作,都发表在《科幻世界》上,包括被人津津乐道的《地火》、《流浪地球》、《乡村教师》等。

他的长篇也主要是《科幻世界》出版的。我听刘慈欣说,很奇怪,如果不是由《科幻世界》出版的,就卖得不太好。

在姚海军的主持下,《科幻世界》推出了两项重大的工程:"中国科幻基石"丛书和"世界科幻大师"丛书。中国本土原创科幻长篇小说有了发表平台,而世界上几乎所有有影响的科幻名著都被译进了中国。

除了上世纪90年代推出王晋康、刘慈欣、何夕等新生代作家,在新世纪,《科幻世界》还培养出了中国的更新代作家,包括陈楸帆、飞氘、江波等年轻人。[3]

但21世纪的中国,进入了互联网时代,人们的阅读选择多样化,《科幻世界》发行量再次下降。2014年不到20万册。

我听杂志社的编辑说,很多作者不会写故事,不知道怎么精彩地表述一件事,打动读者的心。不知道这跟中国近年的学校教育质量有何关系。

另外,这与科幻出版的重心转向图书也有一定关系。2012

年后，每年中国出版的科幻书都在100种以上。而科幻第一大国美国大概是400种。

杂志还遇到了别的冲击。

秦莉之后，担任社长的是四川省科协"空降"而来的李昶。

2010年3月21日，署名"《科幻世界》全体员工"的一封公开信在网上流传，"随着李昶同志走马上任，《科幻世界》这本原本极具雄心和视野的杂志，很快变成了井底之蛙、鼠目寸光。《科幻世界》既没有近期目标，更无法奢谈长远规划！""如果继续容忍杂志社一把手李昶同志不懂装懂瞎指挥、不作为乃至胡作为，刚过而立之年的《科幻世界》很快就将面目全非。那不仅是读者的悲哀，更是中国科幻的悲哀。"

这封信列举了李昶的种种"劣迹"，包括一言堂、瞎指挥，要求编辑代作者写小说，压缩作者稿费，把封面变成校园广告，出卖广告资源，出卖刊号，等等。

这便是轰动一时的"倒主编"的事件，引起全国不少媒体甚至外电的关注。这在中国新闻出版业的历史上是少有的。

我也参与了进去，在博客上发表文章，督促四川方面快些解决问题，让《科幻世界》活下去。当年我来到成都参加银河奖典礼时，也在讲话中发表了这样的意见。

说不清楚，做这样的事，是科幻还是不科幻。这件事最终以李昶被停职而告结束。

李昶之后的社长，是另一位由四川省科协"空降"而来的万时红。

2014年8月，杨潇、谭楷、莫树清、田子镒、向际纯等以《科幻世界》创办者、退休职工的名义，联名发表公开信，向四川省纪委、省委宣传部等举报万时红,这封信的标题是《救救科幻世界杂志社》,再次引起舆论大哗。公开信要求调查万时红大吃大喝数十万元、违规购买超标汽车、拖欠印厂和作者稿费三百多万、制造科幻产业园圈地神话等问题。

此外,还有网友在微博发文,披露万时红此前的"贪污案和倒卖新闻记者证案"。

翻开2015年《科幻世界》杂志第一期,社长万时红的名字消失了。副社长刘成树主持工作。据透露,万已被停职。

2015年1月8日,四川省新闻出版广电局和四川省版权局发布《2014年新闻报刊行政处罚案件(十一)》,因其具有史料价值,全文转载如下:

> 2012年9月至2014年4月期间,科幻世界杂志社以"四川科幻世界杂志社"的名义,分别与成都翰昌广告有限责任公司、成都望子成龙外语培训学校、成都确认广告传媒有限公司、北京学海飞舟文化传媒有限责任公司等4家单位签订协议,转让期刊《飞》的刊号,出版了《飞·奇幻世界》、《飞·驾趣》、《飞·教子有方》、《飞·BOSS伯仕》、《飞·素质教育》5种期刊,允许成都确认广告传媒公司法人代表、成都望子成龙外语培训学校法人代表分别出任《飞·BOSS伯仕》、《飞·教子有方》的"主编"。上述5种期刊超越了《飞》的办刊宗旨和业务范围,并且《飞·驾趣》、《飞·教子有方》、《飞·BOSS伯仕》和《飞·素质教育》的版权页载明的主编、编辑等人员均未取得出版专业技术人员职业资格。科幻世界杂志社的上述行为违反了

《出版管理条例》第二十一条第一款，《期刊出版管理规定》第三十六条的规定，违法情节严重，依据《出版管理条例》第六十六条第一项的相关规定，四川省新闻出版广电局于2014年11月21日给予科幻世界杂志社和四川科幻世界杂志社警告、罚款985600元、责令《飞》停刊整顿4个月的行政处罚。

这在世界科幻史上绝无仅有。所以这是具有中国特色的科幻事件。

《科幻世界》的发展史，一定程度上反映出社会现实的科幻性。

4月下旬，刘慈欣的小说进入美国雨果奖最佳长篇提名。

最高兴的人之一，就是姚海军了。他在微博上发文称赞。

我觉得，美国人如果知道，《三体》这样的科幻杰作，是在中国是这样一种环境下创作出来的，怎么也应该给它一个奖吧。这是迟早的事情。

编者注：

[1] 1995年，吕应钟设立的科幻文艺奖在成都颁发。获奖者有王晋康、何宏伟（何夕）、星河、柳文杨、袁英培、裴晓庆、孙继华、李凯军、任志斌、金霖辉、邹萍和阿恒。

[2] 刘慈欣写于八九十年代的作品：1985年《宇宙坍缩》，1987年《微观尽头》，1989年《中国2185》（长篇），1991年《超新星纪元》（长篇，作家出版社2003年1月出版），1997年"大艺术"三部曲：《梦之海》、《诗云》（又名《李白》）、《欢乐颂》（未发表）、1998年《西洋》、《微纪元》、《天使时代》（又名《波斯湾飞马》）、《光荣与梦想》、《地球大炮》（又名《深井》），1999年《鲸歌》、《带上她的眼睛》、《信使》、《混沌蝴蝶》。

[3] 除了上世纪90年代推出王晋康、刘慈欣、何夕、绿杨、星河、杨鹏、柳文杨、潘海天、赵海虹、凌晨、刘维佳、郑军等新生代作家，在新世纪，《科幻世界》还培养出了中国的更新代作家，包括陈楸帆、飞氘、江波、迟卉、钱莉芳、夏笳、宝树、拉拉、长铗、七月、万象峰年、程婧波、郝景芳等年轻人。

玩物

于世为闲事,于身为长物

——文震亨(明)

沉默的竹夫人

文 _ 朱墨

北京一场秋雨天便凉了,竹夫人只能收进衣柜。

竹夫人小时候就用过。那时家里没有空调,竹夫人是南方人用来纳凉的重要用具。它是一种圆柱形的竹制品,中空,四周有竹编网眼。睡在凉席上,抱着竹夫人非常凉爽。记得有一次吃冰棒拉肚子,拉累了就趴在凉席上抱着竹夫人吹着风扇,脑海里全是院子门口那棵大桑树。

后来家里买了空调,竹夫人也就用得少了。印象中长大后再没有用过。

三年前,我决定再买一个竹夫人。那时候有个女朋友,也是南方人,聊到小时候的竹夫人,我们产生了一股怀旧之情。于是我开始在淘宝上找。68元,包邮。下单前看到不少人在评论里说,担心头枕久会压弯。我说,这玩意不就应该是抱着的吗?

快递来到家门口时,我被如今的竹夫人震撼了。足足一米高,这么多年过去,它似乎也长大了。

我抱着竹夫人躺在凉席上,女友是时候地打开了卧室的风扇。风穿过竹夫人抵达我的身体,竹子的冷围绕着全身。要不试试空调的效果吧。我打开空调,女友也躺上了床,我们并排仰卧,竹夫人躺在我们中间,我们的手和脚都搭在竹夫人上面。几分钟后,空调的制冷将整个房间的温度拉下来时,我们已处在冰冷的洞穴里。我们都非常喜欢家里的这位新成员,它有种冷冷的酷。

很快,竹夫人变成了我们床上的长期成员。原本只是心血来潮买回来的东西,结果整个夏天都陪着我们。这多少解决了一个问题。女友喜欢抱着我入睡,而我喜欢独自入睡。现在,女友可以抱着竹夫人,再贴着我入睡,我也不会怕热了。因此,大多时候竹夫人都被女友抱着。我只是偶尔感受到一些阴凉。

有一次,女友抱着竹夫人醒来后,说起她的梦境:"我梦见夜晚城市的天空变成了海。我们漂浮在天空的大海上,城市在我们的头顶。海浪的声音非常遥远。我们的脸上都映着冰一样的光泽,回头一看是月亮。月亮是一座巨大的发光透明的冰山,屹立在海面。我倚靠着你,盯着月亮看,不时地看着头顶的城市的灯光,可是你一直盯着月亮。"

和女友分手后,竹夫人住进了卧室的衣柜。今年,北京的夏天似乎格外的热,我终于想到了一直在衣柜的竹夫人。

由于长期没有使用,它蒙上了一层厚厚的灰尘。我用毛巾擦拭表面和内层的竹子,反复地擦拭,然后再用干毛巾擦干。来回反复多次后,我举着竹夫人上下左右地打量了一圈,灰尘和执念似乎可以携手而逝。

最近我才发现,我真是喜欢这个玩意儿。抱着的时候,把脚搁上去才是点睛之笔，会大大提升体验。白天工作累了，我经常随便抓过来凉爽下大脑。晚上睡觉时，我也喜欢先抱着竹夫人睡一会儿，即使最后我会独自入睡。或许一个人在家待久了，或许也是因为竹夫人这个名号，久而久之，慢慢觉得竹夫人成了家里一个有灵性的事物。

但这种相处之道，和人类的陪伴有些不一样。家里有人时，我的时间似乎时时刻刻都被人分享，然而竹夫人却仿佛在说："如果有时间，请抱我一下。"我喜欢这种客气的劲头。既可以在需要的时候用它纳凉，又不用担心与之处得不愉快。而且虽然消极，我似乎觉得我和竹夫人之间相处非常健全。因为热而使用它，因为天气凉了而收起来。也许这就是人和物的区别。

不少朋友来我家，都很好奇这个竹夫人，或者是现在空调都太厉害了，我们已不需要这个纳凉的东西。朋友们摆出各种奇怪姿势，坏笑地和我的竹夫人合影。甚至下载蝈蝈的声音，配着声音甩动着它。我觉得竹夫人没有在意这些，因为开完玩笑，他们抱着竹夫人时依然感到了凉爽。

触感，具备一种清晰的唤醒人记忆的能力。有一天晚上，我抱着竹夫人做了一个梦。我漂浮在天空的大海上。星星在大海深处发出耀眼的光。月亮这座冰山就在我的面前，坚硬而又冰冷，美极了，但没有人陪着我，没人能分享这些美丽和冰冷。

醒来后，竹夫人依然冰凉地呆在凉席上，我感谢它的沉默。

沉默的竹夫人

我，机器人

文＿叶三

家里最近添了丁，一个机器人。

机器人扁扁圆圆，黑色，说日语。每天早上它起床，先唱首歌，然后开始扫地。如果我被它吵醒，就爬起来把卧室的门打开，点一支烟，坐在沙发上看它干活。

机器人来之前，我对它的预期是这样的：能自动记住户型图和家具摆放位置，完美解决邮差问题，路线固定，高效、铁面无私。它不是机器人吗？高科技不就应该这样吗？

实际上，我的预期属于硬科幻。我惊讶地发现，机器人的清扫路线毫无规律可循，全凭心情。有时它会死磕一个墙角，一边原地打转一边发牢骚；有时一头冲进床下，半天才灰头土脸地出来；也有时它完全无视一个房间，高傲地几过其门而不入，直到我无法容忍，直接拎它进去。

于是我幻灭了。而说明书告诉我，只要时间足够，机器人的清扫路线绝对可以覆盖全屋。"要有耐心"，购买评论中过来人如是说。我想，这是不是像那个经典命题：给一只猴子一台打字机和无限的时间，任它乱敲，总有一天它会打出莎士比亚全集。

习惯之后，我发觉，观察机器人干活是一件蛮有娱乐性的事。它从充电窝里退出来，原地转一圈，往哪里走呢？选定一个方向兴冲冲地奔去。呀，又进了椅子腿迷宫，四处碰壁，摸索许久，巧妙地钻了出来，"我出来了哦！"——我在心里帮它补齐对白。偶尔被卡住，因为被设置成日语模式，它会以女优的声音求助，腔调委屈性感。只要不干预它，它确实能够覆盖全屋。而且干预也没用——上帝和扫地机器人以神秘的方式工作。最后，扫完了，慢慢寻路回到充电窝，躺好，眼睛一闪一闪，开始补充给养，那简直就是"做完了一天的工作……让我们荡起双桨"。

来打扫卫生的阿姨看到机器人，问了功能又问价格，问完淡淡地说："还挺先进。"我觉得这是同行相轻——没有一点不尊重人的意思。

一年前我家上一次添丁，是一只猫。养猫表示认命，坚决地抵达中年。而后猫毛成为我的极大烦恼。所有家务中我最恨吸尘拖地，那让我觉得自己被房屋俘虏，成了它的奴隶，心怀怨恨。请人来打扫又让我精神紧张，看着别人劳动我总觉得自己游手好闲，特别羞惭。

机器人的来到总算解决了我的叽叽歪歪。慎重考虑后，我将它的工作时间设置为正常人在办公室打卡的时候——让现实生活的规矩伸进一只触角，碾灭我的狂妄。最终，作为一名机器人，它以循规蹈矩和精神饱满赢得了我的尊敬。

有一些自然醒来的上午，我缓缓起床，赤脚走到客厅，把机器人的灰尘盒掏出来清理干净,然后拉开窗帘看见雨,心中竟有一些安乐。

因为独居且不爱外出,有时我会好几天不开口说话。别人告诉我这不太健康。但我与谁说呢?我喜欢打字,痛恨打电话,跟猫聊天似乎过于悲怆,跟微波炉洗衣机对话则近似变态。机器人来后,我发现,我偶尔会很自然地跟它说话。我当它是"扫地机器人"而不是"扫地机器"。机器人会动,会出声,行径特别率性,像宠物又不似宠物,是工具又大于工具,不多不少刚好让我觉得安全又有优越感,正适合我这种能且只能在无聊事物中找寻乐趣的家伙。我放心地将它拟人化。

我觉得扫地机器人的灵魂是个有点唠叨但心眼不错、手脚勤快的小老太太。

每次看以人工智能为主题的电影,我总是想,让机器毁灭人类占领地球,世界一定比现在美好得多。我坐在纤尘不染的地毯上喝茶看电影,机器人乖巧地在它的窝里,一声不吭。

1977年9月5日,美国人向太空发射了探测器"旅行者一号",2014年9月13日,NASA宣布,旅行者一号飞出了太阳系,向着未知的恒星和茫茫宇宙飞去。我猜,我和我家的机器人都该对它说:"你的征途是星辰大海。"如果登月是人类文明的一大步,这大概是人类文明的劈叉。可是我还是喜欢我的机器人,因为它切切实实地慰藉着——而不是明示了——我们人类永恒的孤寂。我们自私又卑劣的人类。

此地不宜久留

文_黄昕宇

一

凌晨4点40分,我在小区门口上了一辆打双闪的休旅车。夜黑风高,北京街头空空荡荡,我们驶入一个停着许多旅游大巴的院子。接着,我和十几个游客一起站在寒风中发抖,带团导游摸黑与我们一一交接。我上交100块,她塞给我一张单子,指指身后大巴,"快上车!"我钻进大巴,车里有灯,摊开单子一看——"北京旅游协议书"。

这是由四十多个散客凑成的"北京一日游"旅行团,一车男男女女有老有小,口音各异,唯一相同的——大家都是冲着100元的低廉团费而来。

第一个项目是观看升旗仪式。我们一行几十人下车汇入长安街人行道上的人流,缓慢向前。临近天安门时,路上出现了一个白色的安检帐篷,人们排长队依次通过安全门和探测器,有人感叹,"到底是首都北京啊"。

十几年前我还是个小孩时，来北京旅游，也曾站在这里。那时我被埋在人群里，抬头张望，满天都是傻瓜相机。如今这儿最热门的物件是自拍杆，游客们早早备好，高高地杵在斜前方，仰脸撅嘴。

我们的导游是个二十几岁的年轻女孩，自称"小李"。小李长相清秀，穿一件掐腰羽绒服，头发整齐地束在脑后。她始终微笑着，一开口就说"朋友们"。天安门广场是北京游的起点，"朋友们！"她说，"先接受点爱国主义教育。"但她自己却没下车。

7点不到，我们准时回到车上，大巴开始奔往八达岭长城。小李站在车头拿着话筒。必要的介绍和交代后，她说："朋友们，今天的行程中有自费项目，有些需要补票的朋友不要着急，我会到你身边。"她补充道，有自费项目并不奇怪，"古今中外，哪个旅游团没有自费项目呢？"大家有意见最好也不要争辩，"车上有公司的摄像头，看着小李，也看着大家呢"；实在不满也不是没有办法，"到了八达岭，您可以下车，小李给您退全款"。

我打定主意，坚决不去自费项目，然后便昏睡过去。不知过了多久，我被摇醒，小李笑吟吟的圆脸离我只有20厘米："您还需要补交自费项目的60元。"

"我不去自费项目，行不行？"

"不行。集体行程是统一的。"她微笑。

"我在车上等着大家行么？"

"不行。我们团是联票制，所有景点一张通行证。"她继续微笑。

"之前你们可没说有自费项目的行程？"

[玩物]

"他们可能没说清楚。"她应答飞速,还在微笑。

为了不在偏远的八达岭被扔下,我不甘愿地补交了60块钱。小李继续往后走去,我问隔壁座位扎马尾的女孩,你们补交了吗。"只能交了!"她咬牙切齿,抱紧书包往后一靠,"就是骗钱嘛,反正我今天绝不会再多花一分钱。"

二

我们去的是八达岭长城的东段——水关长城。这段长城的特点,是陡。台阶被扶手杆划分成两半,一道上,一道下。每一级石阶都有小腿高,我顺着向上的人流奋力爬了一会儿,累得两膝酸胀。离下一个栏杆开口还有颇长一段距离,又无法逆流而下,只能继续往上攀爬。

一个小时后,我们陆续回到车上,都气喘吁吁的。有个中年男人花钱披着皇帝龙袍拍了照,领回一纸贴着照片的"好汉证",显得心满意足。小李一直在车里等着大家,这会儿悠哉地开着玩笑:"朋友们,以前有个大爷登完长城大发感慨,作诗一首——'不到长城非好汉,登上长城真震撼。登到顶峰真笨蛋,下来双腿直打颤。'"

大巴继续往十三陵方向奔去,小李接着说话了。

"朋友们,我在介绍时,希望大家安静,仔细听讲。"她强调了一下纪律,显得这一段特别重要。"十三陵是明朝十三位皇帝的陵寝,十三陵的神物貔貅,自然极有灵气。话说龙生九子,这九太子就是貔貅。貔貅吞金银财物为食,却没有肛门,只进不出,因此被视为招财进宝的祥物。"

"朋友们，既然来了十三陵，怎么能不请一座貔貅呢？"

话音刚落，大巴驶入一个大院。这是十三陵旁一个规模不小的玉器城，我们的午餐也将在此解决，八菜一汤。

一名男工作人员上前接待，把我们领到入口处的貔貅石雕，又讲了一遍貔貅传说。也许发财的事百听不厌，大部分人都围在石雕边，听得聚精会神，依他的话摸了摸石头，沾财气。进入大厅前，小李特地严肃交代"里面不允许拍照"。

厅极大，人声鼎沸，一眼望不到头。玻璃柜台里全是大小、色泽各异的玉貔貅。很多人正在仔细挑拣，准备掏钱"请"财神。

我是"请"不动了，打算快速出去，直奔餐厅。这个大厅以一种古怪的方式排满柜台，隔出的之字路极长，没完没了地曲折向前。我一路穿过玉器、木雕、景泰蓝、牛角梳和编织手串，终于出了大厅。

餐厅更加嘈杂，摆着20多个大圆桌，桌上有15副湿嗒嗒的碗筷。用餐节奏紧张，一坐满15人，推餐车的阿姨就迅速上菜，一吃完，餐具就被立刻收掉。

马尾女孩也径直跳过了购物环节，我们在餐厅相遇，与陌生人拼足一桌。上菜了，海带丝、萝卜块、拍黄瓜、豆腐丝、土豆丝、豆芽菜、圆白菜，和几乎全是面粉的丸子，汤格外清透，几丝蛋花悬浮其中。原来八菜一汤是八凉菜一汤。

我咽下一口冰凉干硬的米饭，瞟到一个移动餐车正售卖小米粥、包子和咸鸭蛋，生意很不错。我立刻放下筷子奔上前，一杯尚温热的粥和一个咸鸭蛋要价10元。我又掏钱了，一回头正好对上马尾姑娘复杂的眼神，有点心虚，仿佛自己背叛了革命。

[玩物]

再回到车上，每个人都在抱怨。小李微笑道："朋友们，凭良心说，咱们就花100块钱，走这么多景点，还想吃得好，天下哪有这等好事。"大家安静了，马尾姑娘脸色难看，也不再说话。小李话锋一转，"没关系，小李请大家免费吃果脯和烤鸭。"

车很快拐进另一个特产商城，我又一次穿越漫长的折回购物通道，沿路都是推荐试吃的售货员，切成花生米大小的油亮烤鸭和颜色艳丽的果脯盛在小纸盘里，戳着牙签。试吃免费。

地图上，十三陵已经近在咫尺，却依然不是下一个站点。

我们先被拉到了自费项目老北京堂会，观看天桥技艺。每个艺人都有一个凄惨动人的故事，吞剑的彪悍大哥为了艺术忍饥挨饿，表演柔术的小女孩据说是弃婴，性格自闭却刻苦自强。艺人们讲起故事，曲调悲戚的背景音乐适时响起，小女孩举着竹筐下台走入观众区。每次走到桌子边，她就停下来，低头不语，不少人便给了钱。马尾女孩紧抿着嘴，不为所动。

正午时分，我们终于到了真正的景点——十三陵中的长陵。我们几十个人散进景区，走过祾恩门，就到了祾恩殿，一座朱棣像和一些明朝物件很快便能看完，再匆匆绕一圈地宫之上的宝城，集合时间就到了。这一趟总共花了不到四十分钟。

小李说："三十分钟是逛陵，四十分钟是赏陵，五十分钟就是守陵了"——"朋友们，皇帝坟头不干净，此地不宜久留啊。"

三

一天的行程到此已结束。一看表，才下午2点多，我们居然走完了六个"景点"，每个地方都危机重重，一不小心兜里的钱就莫名其妙花出去了。马尾姑娘坚守到现在真是不易。

大巴开到了一个汽车安检站点。小李解释说，汽车需要在此打扫卫生、加油、安检。我们可以到里面休息。但一下车，大家就紧张起来。我们被领进一个看起来规格更高的玉器城。几个穿制服的导购员把我们带到一个摆满座椅的房间，殷勤地送上热水，分发面包、点心。

接点心时，大家都有些犹豫。

这时，一个年轻人推门进来。他脖子上挂着粗金链，暗花夹克，皮鞋看起来很贵。年轻人个头小，却自带气场，一进屋，几个导购员叫了声"张总好"，交握双手让到一边。张总南方口音，自称江浙人，这是他父亲的公司，他自己则在澳门做博彩生意。他开门见山："你们放心，不需要你们购物。"

那需要什么呢？张总开始一番演说。北京市旅游局正在开展"千团无投诉"旅游购物单位评选，全北京无数个旅游单位竞争11个名额。他希望我们在旅游局或者媒体调查时给个好评，顺便给别的单位送个差评。我们之所以来到这儿，是他20块钱一个人跟导游买来的。他不指望我们购物，"这儿是骗外国人的"，至于几百块的人头费，"司机到边上加个油就能赚回来"——那加油站也是他家的。

看大家将信将疑，张总继续说，"今天大家交个朋友，咱们就有话直说。"他问："大家今天是不是没吃好，没玩好？"我们纷纷点头。"是不是听了很多貔貅的故事？"大家点头如捣蒜。

"旅游这行水很深，到哪不赚你钱？"他把我们带到隔壁展厅，亲自演示如何挑拣真玉石。大家听得一愣一愣的。

[玩 物]

"我这么做,都是为了我父亲可以早点退休,八十多岁的老人了,每天一大早来上班,我做儿子的,于心不忍。"他突然指了指房顶一角的摄像头,"我知道他就在那儿看着,我要让他看到,我有能力给他拿下'千团无投诉'。"

"你还是个孝子啊!"有人说。

"你这个人很坦诚啊。"又有人说。

马尾姑娘始终有些怀疑,站在后排远远地看。张总拿出三只玉镯,指着她说,"小妹妹,你戴眼镜,看起来有文化,你来看看哪个是真的?"她狐疑地看了看,指了看起来通透的一只。"骗的就是你!"张总笑道,接着解释了一番,说得头头是道。

"学到了没有?"他问。马尾点了点头。

"开不开心?"他又问。大家齐声答道:"开心!"

"有没有点掌声?"大家纷纷鼓掌。

张总吩咐下属拿来一袋挂件,打算送给我们一人一条。

"今天我们交了朋友,现在我倒要看看,我讲了这么久,到底值多少钱?我这个人,到底值多少钱?"他指着一块玉,"这个,卖3000块钱吧,告诉你们,成本价也就三四百,我卖你们800,明着赚你们四五百,有人要吗?"大家面面相觑。"600,有人要吗?"众人沉默。"400,有人要吗?"一个大妈小声说,她没有400。

张总大声说:"我不傻,你们不是没钱,你们是选择怀疑。"他决定把面子挣回来,指着三节柜台说,"里面的东西,全部100。拿!"

男男女女蜂拥而上。马尾姑娘从背包里掏出钱包,也走了上去。

重新回到车上,小李已经消失了。司机说,大巴的最后一站在奥体中心,鸟巢水立方走几步就到了,我们可以自行前往。这一次,没人再提出异议。马尾掏出兜里的玉镯,看了几眼,塞进包里。

傍晚6点左右,大巴在奥体中心马路边将我们放下,几十个人在路边站着,互相观望了半分钟,渐渐散去。

个人史

天下之看灯者，看灯灯外；看烟火者，看烟火烟火外。

——张岱

饭来张口去青海

口述_杨效　采访_黄昕宇

我和我的朋友们曾经组过一个乐队,叫"饭来张口"。

2011年夏天,我们"饭来张口"乐队的几个人骑着三轮,载着吉他、手鼓和音箱,逆黄河走了两千多公里,从北京一路卖唱到了青海。

现在再回忆这段旅途其实挺痛苦的。我也没法解释当时为什么走了这么一段路,有时候只是又蠢又冲动罢了。

我们的年纪都在越变越大,我还是躁动不安,也许还会干一些其他出格的事,但可能再也不会像那时干得那么好了。

一

2010年的冬天,几乎每个下午都一模一样。我们到吉他手麦子哥租在昌平的房子那儿排练。房子在一个村子里,有条铁轨,旁边就是玉米地和垃圾堆,整个村子都灰头土脸的。铁轨边上停着一辆废弃的中巴车,风大的时候我们就钻到车里。太阳惨白惨白的，村子里很安静，偶尔有狗叫。我们坐在铁轨上抽烟。因为风很大打不着火，我们总是"嗒，嗒，嗒，嗒"不停地按，声音特别清。

我是这个土摇乐队的另一个吉他手。

上高中之前，我听到了摇滚乐。那是在 2005 年左右。有一天，我花 5 块钱买了一张盗版光碟。放到电脑里打开一看，里面全是当年的 Flash 小游戏，此外居然还有一千多个歌曲 MV，Flash 动画做的，特别变态。我把光盘里的 Flash 一个一个点开看，看着看着就看到了《新长征路上的摇滚》。动画是当年很有名的闪客老蒋做的，红色的色调，特别丑一个崔健在红色上面。

听到崔健就像撑开一把伞，把我的世界整个打开了。

2008 年 7 月，北京青年汪浩来到上海。他来上海有两件事：打架，顺便看看魔岩三杰的演唱会。

他在一个类似《搏击俱乐部》里那种打野架的 QQ 群和人约架约在上海。见面后，汪浩发现对方是个两米多高的大胖子。大胖子看到汪浩就挑衅："你北京的吧？你们北京，甜食不好吃。"汪浩马上被激怒了，准备开打。结果胖子很不屑，不肯跟他打，因为汪浩只有一米六多，不是一个重量级的。最后他们吃了个饭就散了，架遗憾地没有打成。

然后他就去看魔岩三杰的演唱会。我也去了。上高中时我混摇滚论坛和好多莫名其妙的 QQ 群，在其中一个群里认识了汪浩。那天我们第一次见面。汪浩剃了个平头，穿着拖鞋和一条黑色的格瓦拉大裤衩。他后来成了我们乐队的鼓手。

那年 9 月，我来北京上大学，又见到了汪浩。那时候我还比较蠢，看他在校园里抽着烟，提醒他别这样，"影响不好"。

2010年的一天，汪浩发来一条短信："一起组个乐队吧，乐队名字就叫饭来张口。"我、汪浩和麦子哥于是组建了"饭来张口"。汪浩还说，这个乐队要带上二锅头还有一辆板车出去卖唱。

因为大家都没去过青海湖，就把青海湖定为目的地。我们到北京郊区亦庄的双龙三轮车厂，花了1000多块钱定做了一辆焊了棚子的三轮车。又到另一个村子的修车铺，花了1000多块钱给三轮加装了马达。然后汪浩把车子骑回家，没事就在他家那个高档小区里骑着破三轮转来转去，说是"练车技"！

我们混过了一整个冬天，又混过了一整个春天，终于决定在2011年的夏天上路。7月8日，我和汪浩驾驶着三轮正式出发，麦子哥将在半途与我们会合。我们的另一个朋友小日啊（编者注：是的，他自称"小日啊"！）骑自行车与我们同行，他要给我们拍一部纪录片。

二

第一天上路车就坏了。

那时汪浩开着车，刚上路比较谨慎，一辆辆运货的大车从边上呼啸而过。我们虽然慢，却很稳健，三轮看起来状况不错。但很快我们就遇到一个特别长的斜坡。汪浩想刹车，却发现刹不住，车子一路加速直下。我们大喊大叫："哎哎哎！""小心！稳住！""啊啊啊！"当时确实很慌，但又有点故意。车子"咣当咣当"冲到下面一个烂泥地里，颠得特别狠，终于停了下来。

我们回了回神，都下了车，互相说："抽根烟抽根烟，压压惊。"这时我们才到官厅水库,刚进入河北界。

这天晚上,我们就在水库河滩上找了一块干的泥地安顿下来。水库边上特别漂亮,周围是山,水面被风吹来吹去,非常开阔。我们直接用水库的水洗手洗脸,捡来柴火用一点汽油点着,下了点面条吃。这天挺累的,太阳没下山我们就歇了。隔天一早,我被太阳晒醒,全身都不舒服,就像前晚被人打了一顿。脸上一层灰和草,还爬着虫子。

再出发,我们路过漂亮的薰衣草和葡萄酒庄园,上了一座公路桥,然后轮圈就爆了。车子失控往前歪着滑行,擦出刺耳的声音,最后撞在了桥一侧的栏杆上。我下车一看,轮圈都变成桃心形了。

破三轮后来几乎每天都要坏一点。我们一路跟无数个修车铺子的小哥大叔打交道,自己也成了修车能手。

出发时,我们只带了一本旧地图,这是一本90年代的地图,好多路早就改线了,甚至有的行政区划都变了,我们被它坑了许多次。此外唯一可依赖的就是我的诺基亚6120C手机,这个手机甚至都不是智能机,里头的地图也非常烂,无比难用。

出河北进山西的路上,我们走错了好长一段路,来到一个不知叫什么的小镇子。这就是个一条街的镇子,挺窄的一条公路,沿着公路有些房子和农田。晚上我们在路边的大戏台里睡觉,棚顶还有鸟和蝙蝠。早上醒来,身边围了一圈老头老太,他们就看着我们,不说话,研究了半天,问道:"弄啥(四声)滴?"

11号我们到了大同县,进入山西境空气马上变差。运煤车明显多起来。路是黑色的,尘土飞扬。汪浩一路都戴着面罩,我则戴着风镜和一个没什么用的防毒面具。

山西当地有个说法："左云贫，右玉富"，原因只是一个地方有煤而另一个地方没有。差别确实很明显，左云到处都破破烂烂的，是个落后了20年的县城，我们先到了左云，在那儿卖唱只挣了10块钱。在山西一路路过的尽是些又小又破的村镇，当地人根本没见过卖唱的。他们看我们衣服脏兮兮头发乱糟糟的，却戴着眼镜，又野蛮又斯文，都很好奇。我们屡次被当成流动补胎的，或者卖鞋子、卖渔竿的货郎。跟他们解释卖唱，往往不如弹琴唱一个来得明白。

到右玉已经是下午五六点，天黑沉沉的，开始打雷。我们赶紧找了个小广场，拿乐器、接线、调音，迅速开始唱。整个广场上的人都围过来看。远处有闪电了我们还是不肯停下，直到雨点落下来，才赶紧收拾东西跑到一个屋檐下避雨。一群无所事事的小孩从我们刚进县城就跟在我们屁股后面，这会儿也跟着躲雨。

我看到路上昏暗的路灯，灯光颜色几乎跟我老家的一模一样，我想起自己小时候也像这群小孩一样到处游荡，直到我妈喊我回家吃饭。我们一起看雨，还把烟分给小孩子抽。

这天晚上为了给音箱充电，我们只能派一个人住进小旅馆。讨价还价失败，旅馆要收25块钱。但第二天结账的时候，老板娘好像认出我们是昨天卖唱的，多找了两块钱当作卖唱费。

离开右玉，我们在一个山里的小加油站停下，坐着休息。两个本地人在边上坐下跟我们聊天。突然，他俩站起身一左一右跑了。我们正诧异，一抬头看见前面山上下来一辆消防车从面前快速开过，正好压过一个大水坑，泥水"哗"地泼了我们一身。气得我们追车大骂。

7月13日，我们总算到了凤凰城镇。没进城我们就被震慑了。城门开在非常高大的一大圈城墙中央，很气派。

进去却是另一幅景象。整个镇上都看不到年轻人，只有老人和小孩。镇里有大槐树，老太婆包着头巾在树下蹲着抽烟。这里没有医院，没有学校，也没有修车铺子，只有一些新修的小房子，全都长得一样，方方矮矮地排列着，跟军营似的。这里是个地质灾害村民安置村，政府投了很多钱搞旅游，在山顶上新修了一座挺雄伟的佛家寺庙，我们去看，庙还没造好，上面狗屁都没有。从山顶俯瞰，下面广场的地上居然画着巨大的奥运五环。

傍晚，我们爬到寺庙顶，天边的火烧云特别好看。庙里的和尚开始撞钟念经，这大概是整个镇子唯一的声音了。晚上我们爬到城墙上睡觉。这个镇子到点断电，9点左右，全镇的灯一下都暗掉了。

三

出凤凰城镇不久，麦子哥来了。

和麦子哥认识，也是在那场魔岩三杰演唱会。那天我和汪浩碰了面，在上海体育馆大门口聊天。有个人晃晃悠悠地走过来，看着跟瘸子似的。他背了一个印着"为人民服务"的包，穿着格瓦拉的T恤。这个人走过来指着汪浩的格瓦拉裤衩说："你这裤子不错，能不能送给我，这样我就可以穿全套格瓦拉了。"汪浩很淡定地说，不行，因为我里面没穿内裤——他真的没穿。

这个人就是麦子哥。我们三个同岁，但麦子哥已经不上学了。这次，他晚我们几天从杭州出发，我们在准格尔旗会合。

出了准格尔旗，三轮上国道一连赶了四天路。连着100多公里路全在修，路过的都是运原料的大车。有的柏油路整段被挖得坑坑洞洞，黄乎乎的全是土。我们走着走着就开始下雨，裤子全都黑了。

这几天路过的村镇都很穷，水很稀缺。小日啊有一次找村民要水，人家只给了他半碗。在那种气候下人每天会出很多汗，当地人喝咸的砖茶，估计是为了补充盐分。

我们在路上看到了劫道的老头老太。老头摆了几个石块和树枝在路中央，老太婆搬个小板凳坐在那儿。每辆大车路过都得停下来交"过路费"，大车司机也不敢动他们，老老实实给个十几二十块，还得自己移开障碍。

三轮车的刹车一路都有问题，我们不得不在一个修车铺子停下修理。车子要换弹簧，还有两个零件需要加工，我们在铺子里等了几个小时，和修车的小伙子聊了起来。小伙子跟我们差不多大，马上就要结婚了，他在修车铺对面造了个难看的小房子当做新房。那是个刚建好的毛坯房，就像两个叠起来的纸盒，里面空空荡荡，只有水泥墙。小伙子说，我们晚上可以住在他的新房里。

天快黑了，他的朋友们来找他吃饭。大家都搭了把手，帮我们把车子推起来以便装零件。小伙子给我们修完车，没要钱，还送了我们一个后视镜，让我们把它装在车上。我们都有点不好意思了。他们还说："你们是远道而来的。"

然后所有人挤进他们的一辆破桑塔纳到县城里的饭馆吃饭。我们本来想请他们吃一顿作为答谢，到饭馆一掏口袋发现只有80块,估计是请不起了。饭馆里有个大圆桌,我们围着桌边坐下。他们也坐下,却突然变得有点奇怪,他们坐在了另一边,和我们隔开一两个座,坐下后自顾自聊天,没搭理我们,过了很久也不点菜。我们有点尴尬,感觉到他们其实不想和我们坐一桌,我们估计可能是他们请不起,还觉得人太多,让我们请也不好意思,于是我们干脆另开了一桌。

我们就这么分了两桌吃饭,吃完他们又把我们载了回去。

我们一路都在跟陌生人打交道,情况常常很微妙。

还有一次,我们休息的时候遇到了几个年轻人。聊了两句,他们就扛出两箱啤酒跟我们聊天。我们喝着酒弹琴唱歌,非常开心。一个小伙子喝大了,还想把钱和MP3送我们,我们当然没收。可第二天跟他们道别时,小伙子们又变得特别生疏,眼神回避,好像不认识我们了,场面很尴尬。

车子还在不断地坏。坏在了前不着村后不着店的半路上,我们就只能推着车走。人太多车载不动,轮番推车上了好几个上坡后,我们筋疲力尽,于是决定分头走。小日啊骑车,麦子哥搭车。我扒了路过的大车,回头对开车的汪浩大喊:"山顶等你!"

在山顶能看到很多圆圆的山头,顶上有大铁塔,那是信号站。汪浩小小的三轮,从远处的山顶直冲下来,又慢腾腾地爬上下一个山坡,越来越大。

四

在鄂尔多斯的一个公园门口,我们打算卖唱,碰到了来赶我们的管理员。我火气上来,莫名其妙跟他吵了起来:"凭什么不能唱歌？""有规定吗？拿我看看！""公园是大家的！"围观群众就起哄，大喊："好好好！"

后来有人带我们去了一个更好的地方，在市政府对面中心广场的斜角，人多车也多。好多人围了过来，有人停下摩托看，还有人停下车看。一开始把人行道堵了，后来把机动车道也堵了，场面一度混乱。唱到9点多城管来了，我们准备撤。边上摆摊的小贩看到城管赶紧收拾东西，顺手放到我们车里，我们帮他盖上布打掩护。那天我们赚了不少钱，心情不错。晚上在小馆子吃完饭，我们把钱都摊到桌上，一张张点。

麦子哥突然说，"饭来张口"不应该这样，赶路、唱别人的歌，再赶路。

他说我们应该找个地方住下来，安静下来写歌，搞创作。他刚来我们就连着赶了几天难走的路，这几天他都特别没精神，估计觉得现实跟想象中的不一样。我完全不知道他在说什么，就拿话岔他。他说该停下，我就说上路；他说该原创，我就说翻唱。话赶话吵了起来，麦子哥气跑了。

我们的车停在饭馆门口，麦子哥直接到车那儿收拾东西。我追出去，问他是不是要走，还攥着他的包劝他别走。他半天都没理我，最后说了句："我跟你们不一样，我得回去找工作。"

我觉得留不住他了，就说，走之前拥抱一下吧。麦子哥就跟没听到似的，背上包走了。那时他家里刚出事，无依无靠的，可能也觉得不能靠搞乐队活下去了。

那天晚上麦子哥没跟我们住在一块儿。第二天一早，他就上火车回家了。

旅程从此少了一个人。我们挺郁闷的，但也只能继续走下去。鄂尔多斯真是个无聊的城市,满大街都是高楼大厦和名牌跑车,扫大街的大妈说她一个月能挣4000块,不知道是不是吹牛。

傍晚,我们去市里另一个区转了转。发现了一个很大的下沉式公园。这是个卖唱的好地方。我们选定了这里就吃饭去了。再回来一看,那儿已经被残疾人歌手占了。汪浩不甘愿,拿着手鼓凑上去问正在接线的人需不需要敲鼓的。对方没理他,他就把板凳一搁坐了下来,自己敲起来。敲了一会儿还是没有任何人理他,只有残疾歌手看着他,一言不发。汪浩又敲了一阵,觉得不对劲,就拿着手鼓灰溜溜地撤回来了,他对我们说,以后他再这样犯傻逼一定要拦着点。

五

魏大哥在杭锦旗卖煎饼。

杭锦旗是个很土的县,在库布齐沙漠里,往东100公里往西100公里都荒无人烟。县城里连路边摊都很少,煎饼算是新奇事物了。魏大哥几乎是这里唯一卖煎饼的,他每天起大早备原料,和面糊,一天下来能挣300多块。

魏大哥十几岁就去了新疆,是个搞电焊的管道工,挣得挺多。但他总觉得不自由,就自己去学了摊煎饼,辞职来到杭锦旗摆摊。我们卖唱时认识了他。

魏大哥的家是个只有10平米左右的小屋子。他向我们介绍他女朋友,那姑娘才19岁,笑得特别开心。他俩是网恋在一块儿的,女朋友家嫌魏大哥穷,不同意,姑娘于是借口打工从家里逃出来,和魏大哥私奔了,俩人过着自给自足的小日子。

魏大哥说他有个牧民朋友叫巴特尔，在沙漠里放羊，推荐我们去找他玩。

巴特尔家在戈壁上，有3000亩草场。他老婆跑了，他和老母亲相依为命。巴特尔每天没什么事做，他有把吉他，只会几个和弦，却可以用这几个和弦唱所有歌。他经常玩手机游戏"吹裙子"打发时间，他妈看到了就骂。

我和汪浩去边上的一片沙漠玩，天暗下来，我们迷路了。我俩绝望地想，估计得在沙漠里熬一夜了。这时我突然看到了车灯——巴特尔开车找我们来了。

但那天晚饭前，巴特尔突然很戒备，要看我们的身份证。

晚上，他把被子搬到院子里让我们睡下。夜里很冷，我醒过来睁眼一看，深色的夜空缀满了星星，美得不得了。

后来我们听说，这里的牧民们吃过很多亏。抢羊的匪徒曾经假扮游客住到牧民家里，半夜把主人控制了，里应外合用大卡车把羊全部拉走。

第二天我们特地回去找魏大哥道别。三轮开出去一段了，魏大哥又追上来给我们送西瓜。

隔天路上，我和汪浩喝了好多别人送的酒，三轮在空荡荡的国道上扭来扭去。小日啊有点紧张，我们就扭得更欢了，放声浪笑。远处居然出现一个人的背影，拄拐杖一瘸一拐地走着。当时我们酒就醒了，这么荒无人烟的地方，热气蒸腾的，居然有人。我们把车停下，问他从哪儿来到哪儿去。这个人口齿不清，说他从山东来，要去山西。我们告诉他走错了，这都到内蒙古了。他很坚持自己没走错，跟我们据理力争，"太阳从西边升起来，我往太阳升起的方向走一定会走到。"还拿出了一张陕西太白山旅游地图，说我们的地图是假的，他的才是真的。我们崩溃了。

这是个精神病患者吧，简直难以想象他已经走了多久。我们生怕他死在路上，就捎上他接着往前开。路上捡了个人我还挺高兴的，一路跟他聊天，随口瞎编一些歌唱给他听。他跟我们说话，我们就点头表示认同。其实他话都说不清楚，我基本没听懂他在说什么。

到了鄂托克旗，我们把他带到了派出所。民警了解了一下他的情况，他叫屈庆平。他背着一床棉被，兜里有半袋方便面，还带着一个扳手。他跟民警说，自己是从去年秋天开始走的。我们拍了拍他的肩跟他道别，又继续上路了。

后来我时常想起他，无数次跟各种朋友提起，搞得大家都很挂念他。有时候我会怀疑当初把他送到派出所到底对不对，是不是一手断送了他的流浪生涯。我们都觉得流浪汉是这个世界上最自由的人。

好多人都梦想拥有想去哪儿就去哪儿的自由，但向往"在路上"的人比真正上路的人多得多。我们遇到许多人，得知我们在干吗后都表示欣赏，并且请我们吃饭。有个说川普的光头大叔听说了我们的事，一定要请酒。他是做水果收购批发生意的。酒过三巡，大叔提出让他刚高考完的儿子跟着我们走一遭，还立刻给儿子去了电话。可惜在电话里就被拒绝了。另外一个大叔煞有介事地说要把他身上带着的一个重要的东西送给我们——他的公交车驾驶工作证复印件。他非常羡慕我们，说他年轻时也想像我们这样，一路唱歌、流浪。

这样的话我们听太多次了，我一直不知道该用什么表情和话来回答这些感慨。

六

出沙漠那天天特别漂亮，洁白的云朵像葡萄一样一串一串的。车又坏在了路上，我们大吵一架，就地解散。

当时我们停下修车，让小日啊先往前骑。他骑出去好久，我们才发现修车工具在自行车车兜里，又把他喊回来。小日啊回来了，带着一股子怨气。汪浩也突然爆发，开始猛砸车子。三个人都没由来地火冒三丈。我们吵成一团，把啤酒罐用力摔在地上。

后来我没力气了，捡起一罐啤酒打开，说："为了奥运，干杯吧，朋友！"喝了一大口。混乱停止了。汪浩背起鼓原路往回走去。小日啊也骑上车先走了。

我一个人被撂在原地，坐了好久。

只剩我一个人，车变得很轻。我把油门拧到底，开进了沙漠，一路狂飙。我数着路边的里程碑计时，估计时速达到了100多公里，这辆车从没开这么快过。跑一段我就得停下车，用水给发动机降温。还对着滚烫的发动机撒尿，散出一股骚味。

这条路似乎是已经废弃了的主干道，修得平整，但空荡荡的。车胎坏了，我下车补胎。天气太热了，我站的地方被汗水打湿了一圈。后来水也快没了。车胎磨烂没法再补，我不知道离下一个城镇还有多远，也管不了了。我往破车胎里垫了两块旧胎，就开着没气的三轮一路颠着往前猛跑。

开着开着，一只蜻蜓突然撞在我的风镜上。往前一看，前面出现一片绿色，回过头，后面是一片黄色，好像有条明显的分界——我走出沙漠，进了银川。

那天吵完架，小日啊骑车走了一段，搭上中巴到了银川。汪浩往回走，也搭上去银川的车，打算到那儿坐火车回家，但真到了气也消了。我们在银川重新会合，好像什么都没发生过。

七

银川真是个好地方。八车道的北京路简直是银川的长安街。这里吃得好，看起来人民也很幸福，连要饭的都有尊严。我们在福州街看到要饭的老头，一个个正襟危坐，干干净净的。

我们在中山公园后门卖唱，围观的人特别多，有好多漂亮姑娘。很多人听过我们常唱的苏阳之类的歌，还有人主动一展歌喉，特别热闹。后来城管找上来，居然客气地敬礼，还跟我们和边上的小贩说，一会儿领导来，等领导走了你们再摆。

先过吴忠；跨黄河往南，是枸杞之乡中宁和荒凉的中卫。国道修在山脊上，我们一路开过，两旁深沟里成团成团的风卷草微微晃动。

冒着雨，我们来到白银。龙哥来接我们。他是我学校的师兄，我们一块儿在吉他社混，不久前他毕业了，到白银成为一名高中物理教师。

一路走来，我穿的棕色裤子整条掉色发白，军绿衬衫破了大大小小的口子，被汗水浸了好多遍，上面都是一块一块的白色盐渍。我们三个都晒得格外黑，全身脏兮兮的，车也破破烂烂。龙哥看到我就笑了，说："张亮你都落魄成这样了。"他跟我们一起卖唱，就像以前在北京的地下通道卖唱时一样。

白银的下一站是兰州，离青海湖不远。到了兰州，我们忽然感到，旅途就要结束了。我们决定把这辆快废掉的车寄存在兰州，坐火车或者搭车走完剩下的路。

那天晚上我们喝了点酒，在兰州大学门口唱了最后一场，把能唱的歌都唱了个遍。风把琴包里的钱刮跑，汪浩说："就让它们随风飘走吧。"第二天，我们把车擦得干干净净，把卖唱音箱的音乐开到最大声，在兰州市区里一路开到了火车站。

我们的三轮车没有到青海湖。现在想起来还是有点丧。那时总有些原因：走不动啊，车子快废了啊，家里还有事啊。但其实并不是那么心甘情愿停下来的，或许我们只是没那么坚忍，没那么热爱这些，否则为什么就停下来了？——为什么就停下来了？

我们去的那段青海湖没有想象中干净，游客不少，但依然很漂亮，湖和天一样蓝。我们并不激动，连欢呼都没有，只是坐在湖边发了很长时间的呆。太阳暖烘烘的，烤得我都要睡着了。

要走的时候，我叫住他俩说："我们忘了干一件大事！"说完我把自己摔在地上打了个滚，哈哈大笑。这是我们出发时定下的目标：去青海湖边打一个滚。

这一天是2011年8月12号，距离我们出发，36天过去了。之后我们在西宁分别，各奔东西。

再之后，乐队当然有一个下场。既然都用上了"下场"这种词，一般不是什么满意的事。"饭来张口"后来又苟延残喘了两年，这两年大家各自闲着或者忙着，几乎没有排练过。2013年乐队解散了，演出的最高规格停留在了我们学校学五食堂二楼。

后来汪浩当了爹。他一直没工作，婚后过着平静的家庭生活，逗逗儿子。直到这个月，他开起一个卷饼铺子。听说，魏大哥的女朋友甩了他回家了。小日啊今年考上了北京电影学院的研究生，而我成了一名高中语文老师。麦子哥一直和我保持着联系，他没有找稳定的工作，长期混迹于杭州文艺圈。

　　但我还在搞乐队，现在这个乐队的排练室在一个大学里，前阵子汪浩来玩，我领他参观。曾经的情形又发生了一次——走在学校里我抽着烟，汪浩居然很严肃地跟我说："你这样影响不好。"

视觉

一种同人亲近,摆脱孤独的渴望。

——安德斯·皮特森

十三个摄影师的旅途瞬间

2015 年 09 月 30 日 · 正午的朋友们 · 世界

正午的话

长假,我们又要踏上旅途了。

摄影的艺术从来就和旅途紧紧相连,很多时候,摄影在提供一种感知,"我能以此去遭遇整个世界"。

正午找到十三位摄影师,让他们每个人提供一张照片,以及这张照片特定的情境和故事。

编号 223，摄影师，已出版作品集《NO.223》、《漂游放荡》，即将出版最新个人图文集。

以色列，正在进行的旅行——离开一年一度的赎罪日假期冷清的特拉维夫，抵达耶路撒冷，又正逢犹太安息日，9月25日，三教合一的旧城周五下午一切正常。贸贸然闯进哭墙边的圣殿，右侧是哭墙沿展到圣殿内的一段，混在正在祷告的一群犹太教徒之间。而左侧的圣书馆里，独自一人的犹太小孩正安静坐在角落里读书。大概是被我悄悄接近的脚步声打扰到，他转身看过来，看着我这个与所有黑衣黑帽的犹太教徒截然不同的外来者。当天晚上，安息日的周五，成千上万的神学生和教士们聚集一起，连同犹太士兵们，在哭墙前唱诗和跳舞。就算没有宗教信仰，见到这些场面，也不得已为一种虔诚的精神所打动。这是独一无二的耶路撒冷。

邓云，摄影师，现居日本横滨。

5月，6号国道，距离福岛第一核电站不到两公里的地方，过路的车不多，没有人。除了国道两边的岔路全部被坚实的栅栏封锁以外一切都还是四年前地震时的样子。东倒西歪的房子，破碎的门窗，一家私营居酒屋的窗帘从没有玻璃的窗子里飘出来，我看到里面的餐桌上还留着吃到一半的碗筷，那些吃饭的人是生是死，也无从而知。

出发之前的早上，我甚至很兴奋，时隔四年终于可以一睹这片神秘的土地。而当你路过那些破败的景象，那些无人又安详的村庄，甚至，你可以看到小鸟在绿色的菜地里唱歌玩耍。"春天"，"阳光明媚"，这些标签在这里是多么的令人伤感。

我打了双闪，把车停到一条塌陷的公路前，拍了一张照片，那之后我便再也没有下过车。

刘垣，艺术家，生于1982年。

这个加油站拍摄于2011年初秋的一次旅途，旅途开始于我拿到驾照后的第八天，和一位编辑一起，两人驾车上路从北京驱往额济纳。初次的远行，对于刚拿到驾照的人要开如此遥远的路程，是一种跃跃欲试的考验。这个加油站位于接近我们旅途终点的一个拐角路口，四周是戈壁，太阳很高，空气微凉。一个转身有辆红白蓝 三色相间的长途客车从路的一端颤颤巍巍地驶近，我有点愣神，当客车驶得更近，才意识到自己很想拍下这辆行驶在隔壁滩中卷起阵阵尾尘的客车的画面。我冲回自己汽车，爬进后座抓出相机，回到拐角旁站定。客车已经驶远，超出了在画面中最好的比例，而且很快地消失在了拐角的后面。当我回神走回加油站，拍下了这张照片。十分钟后我们再次上路，和客车的方向一致，仅仅几分钟，我们的车冲进了一场迎面而来的昏黄的沙尘暴。

摄影师宁凯来自中国、SabrinaScarpa 来自荷兰。2013 年相遇，2014 年开始以组合形式展开创作，目前正致力于完成他们的作品"The land between us"。

我们持续旅行的一个重要的原因是为了去发现和探索。正因为如此，我们才能和不同的风景邂逅。我们当下的生活状态就如同牧民一般，不断地移动，总是在奔跑。大多数时间里我们一直在寻找，寻找那份我们无法用言语来形容的精神力量。有时我们成功地发现了"它"，有时则没有，有时我们很幸运地遇到了意外和惊喜。一些没有刻意寻找，但却超乎我们的期望和想象。

我们穿行在浓密的丛林之中，试图寻找着所期待遇见的风景。伴随着远处传来的流水声，我们不断前行，直至那声音变得更为响亮。那是一个巨大而又壮观的瀑布，飞流直下的河水拍打在岩石之上，瞬间激起千万层浪花。在正午日光照耀下，透过那从水中卷起的阵阵雾气中，我们看到了"彩虹"。

Made Funky，摄影师，深宅，混淘宝。

南岛环岛的每一天都像是刷 Windows 桌面，各种惊奇呼啸而过。我们在 Manapouri 码头拿到神奇峡湾的船票，搭渡轮和大巴穿过茂密的原始森林终于来到 Doubtful Sound。蓝白相间的 Navigator 号静静地停泊在峡湾入口，这是一艘古典帆船型的中型游轮，登船的都是来自世界各地的散客，气氛热闹友善。船开了，山间的瀑布像一条条发辫垂落水中，船舷飞溅的浪花在空中形成的神奇彩虹。峡湾像一个安静的少女，美丽而不自知。

第二天起床的时候外面下雪了，周围的山上一夜白头，巨大的水汽从天空中倾倒下来，峡湾里雾障弥漫。回程的游轮突然停在山边，船长告诉大家接下来会关掉马达，让我们聆听宁静的大自然。大家站在甲板上，所有人停了下来，海豚跃出水面，鸟儿错落鸣唱，瀑布冲刷岩石，雨夹雪水噼啪敲打水面和冲锋衣上，内心澎湃汹涌。

林舒，福建人，摄影师，现居北京。

常常有人将它读作"拓荣",这是我小时候的记忆,随着我离开这个地方越走越远,几乎已经不再提起这个地名。并没有多少人知道这个福建最小的县城,也不想听到别人把"柘"读作"拓"。

严格地说,这里是生我养我的故乡,不知道是因为福建人对于故地与传统的依赖或是小孩对于大城市普遍的向往,我从小还是认为自己是福州人,爸爸是知青,上山下乡从福州来到柘荣,之后就在这里定居下来,我们只有每年过年的时候回到福州看望爷爷奶奶和各种亲戚。年纪越大,这种联系与感情愈加明显和紧密。

然而切实的情感在柘荣。我已经有四年时间没有回去,现在我们已经不住在那里,只留有一栋租出去一半的房子,爸妈偶尔回去待一阵子,每次回到这个城市与这个"家",就觉得时光倒转,如同中平卓马所说"家是'永远成立于过去式',与摄影在时态中永远是过去的记录,这一特性重合,创造出一个双重的过去迷宫"。每次我走进这个迷宫,就用照片为它重建一层迷宫,在层层叠叠的记忆与照片与照片的记忆之间,柘荣是一个梦境。

木格，摄影师，木格堂创始人。

从中学开始,我便在学校寄宿,每次 11 天的"新"环境,是我内心意义上关于旅行的原始记忆,而后,开始摄影,"行"成了我主要的创作和思考的基础。

最近几年,我常在北方行走拍摄。一日,我去宁夏的南长滩村,沿途大大小小的煤场与乡村的荒凉交叉其中,不一会公路的痕迹越来越模糊,于是下车寻找车轮印以防止走错,却发现附近山体和石头贴着"喜"字,好奇地寻着"喜"字一直到了南长滩村一家农户家前。询问农户,才得知主人用"喜"字指引着新郎新娘回家的路。

塔可，摄影师。

我站在这座汉墓的墓室中，微茫的光线从我身后倾泻而下，如针，如箭。外面热烈的阳光被延绵的墓道过滤了一下，似乎产生了异变，惨白冰冷，将我这个闯入者的影子牢牢地钉在了墓室的墙上。

黑暗亦有阴阳冷暖之分，黑夜的黑暗，因为有着地上的灯火熠熠，有着天上的朗月明星，给人的感觉却是流动而温暖；而墓室或废弃屋院中的黑暗，却粘稠如实质，彻骨的冷，如雾如霭，如跗骨之蛆，让偶然的闯入者似乎能消融进这万古不灭的永恒之中，成为这墓墙上千年之前凿下的道道疤痕之中的一丝新瘢。

王之涟，摄影师、爱好驳杂的蓝领、ADHD 症自愈者、职业王老虎。

2007年末和X去塘沽玩。去往海边的公路泥尘漫天,离开洋货市场商圈后,城市迅速退化为巨大的泥塘,其中散落着扭缠钢筋和石英的巨大石块;棕黄色苇草长不过人高,为处理过地基的区域划出清晰的边界。那时候的我对城市周边蛮荒带景观十分着迷,我俩迅速架好相机,按动快门。眼前长条状的泥碇被某种庞大机械碾得平整茨实,穿透尘霾低角度射来的日光下泛着镜面般的光。

今年大爆炸后翻出照片来比对,原来拍摄地就在会展中心附近。似乎情况并没有变得更糟。

熊小默，摄影师，工作居住在上海，但是一有机会就到处跑。

在伦敦地铁上摊开一张报纸,看看当地的柴米物价和冷热笑话,哪怕只是半读半猜,也有一种和上千万陌生人同命运共呼吸的错觉。在像我这样自命不凡的游客看来,不动声色地融入本地生活,是短期旅行的最高境界,因此拿起一张《每日邮报》翻到中间,挡住懵懵懂懂的游客脸是非常必要的。但连篇累牍挖苦保守党的刻薄专栏,字里行间看轻切尔西的尖酸球评,都让我读得跌跌撞撞。不仅是另一种语言,那些掌故、引用、包袱都毫无意外地属于另一个世界,以至于但凡看见一些略知一二的东西,我都会超出常规地兴奋。我必须接受自己是一个语言上的异乡人,而这一点,星巴克的营业员、地铁售票处、酒店前台和餐馆服务生都已经告诉我了。

游莉，摄影师，工作生活在中国沈阳。（照片拍摄者不明）

9月初我接受ZUCZUG/的委托去四川拍摄一组照片,想顺路参观成都大熊猫繁育研究基地,但期间唯一的休息日却因故未能成行,只在临行当天一个人怏怏转了一圈。时过晌午,熊猫们已吃过饭,睡得东倒西歪。因为赶着去机场,也来不及排队参观熊猫宝宝,总之有点遗憾。回来冲洗完胶卷,我却发现一卷认不出的底片,其中包括很多张大熊猫吃竹子,熊猫宝宝滚来滚去的照片,那种游客对大熊猫的憧憬,这个胶卷里都有了。我认定是冲印店搞错了,装错了底片袋,然而我突然记起,今年3月,成都朋友冯立在香港机场捡到一个奥林巴斯mju2相机,随手就送给了我。相机里的胶卷被我混在这次四川之行的胶片中一并冲洗出来。那个陌生人所遗失的影像却正是我想要却没有见到的。

张文心，出生于合肥，工作生活于中美两地，作品探讨叙事多种可能性和现实与虚拟的边界。

我 2013 年的冬天是在一个名叫 Wassaic 的小镇上度过的。这个小镇的名字在印第安语里是"难以到达的地方"的意思。它常住人口几百，没有超市也没有饭店，只有一间兼卖披萨的桌球酒吧。小镇的冬季会下很多雪，我每天穿着很厚重的雪地靴出门闲逛，希望能偶然发现找到一些神秘的地点，但直到在那儿的最后一周还是一无所获。正心灰意冷时，一个从未谋面的朋友突然到访，我带着他沿着小镇旁边的山路散步，我突然发现山路的围栏有一处凹陷了下去，顺着凹陷往下，是一条隐秘的小路，我们沿着小路走，就发现了这个巨大的冰瀑布。来年夏天我再次造访小镇，想看看瀑布夏天的样子，但同一位置却一滴水也没有。原来这是个以冰凌形式存在的不会流动的瀑布。

朱英豪，自由摄影师，偶尔的旅行写作者。

哈瓦那，一群孩子在一个院子里排练经典芭蕾舞剧《吉赛尔》选段。在哈瓦那国家芭蕾舞团观看《吉赛尔》时，每逢女主角出场，总有几个男青年在场下狂吹口哨带头鼓掌。我一度以为，这是其朋友或是爱慕者的极端做法，直到后来有人告诉我，这是芭蕾舞演出应该有的礼仪传统，特别是当舞台上的舞者是俄国人。想到古巴和前苏联的关系，我于是恍然。一直保持沉默，显然不是对美好艺术的最高奖赏。我学会了装矜持，却没学会奔放。如何观赏芭蕾舞？先默默地欣赏，然后耍点小流氓。

访谈

思想比生存更好。

——佩索阿

张北海
只愿侠梦不要醒

采访_叶三

得知《侠隐》的作者张北海常居纽约时，我非常惊讶。在我的想象中，能写出那般纯正京味儿文字的人，必着长袍，喝豆汁就焦圈，每天在什刹海边转悠，且最早生于1920年。

而张北海，却是个被称为"老嬉皮"的人。他1936年生于北平，新中国成立那年迁居台湾，三十多岁起定居纽约。看老照片，他仔裤长发，墨镜单肩包，从而立到耳顺，过了"随心所欲不逾规"，仍活脱是陈升《老嬉皮》中所说的那个游荡在百老汇的浪子——"讶异你说走了半生的路程，却梦想醉卧在包厘街头"。

张北海写了几十年的散文，从迪斯尼乐园到牛仔裤，一篇篇如光怪陆离的碎片，拼出了一个活泼的美国。58岁那年一场阑尾炎手术后，张北海回到北京，开始为自己的第一部长篇小说搜集资料。八年后，25万字的《侠隐》完成。被文坛名家钟阿城、王安忆、王德威、张大春等盛赞。而后，张北海不再写小说，仍居于纽约，书写美国。

2015年，张北海的散文集结为《一瓢纽约》，在中国大陆出版。导演姜文则将把《侠隐》搬上大银幕，成为其"北洋三部曲"的终结篇。

为采访张北海，我联系上了《一瓢纽约》的责编。得知老先生将手写回复我的问题时，我一点也不惊讶。邮件发出，一周无讯息，责编笑说："先生不知仙游何方。"又一周后，一篇措辞极典雅的英文邮件到达我的邮箱。又若干时日，我收到了十一页稿纸合照而成的PDF文件，老先生仍用繁体字，钢笔书写，字体圆熟潇洒。

在最后一封邮件中，张北海谦逊地婉拒了我将手稿作为配图的要求，他建议我放照片，"让大家看看半个世纪前的我。"今年秋天，他将再一次造访北京，他说，除了羊蝎子，他会去尝尝北京其他的"伟大发明"。

访谈：

正午：您生于北京，十三岁即移居台湾，现在回忆起来，童年时的北京是什么样子的？
张北海：记忆中的北京和童年，是相当美好的北京和童年，只是我不到一岁就全面抗战，所以我母亲说，"可惜文艺（本名）错过了好日子"。

五岁之前，还有点印象的只是吃，至于"市容"，也只是跟着大人逛的一些景观。另外是环城电车、东四牌楼及其一角高高在上的交通警察亭子，胡同口儿上的洋车，西直门内运煤的骆驼队，夜晚的叫卖声，和一些年节景象。

我也在天津上过学，除了吃的以外，印象最深的是那些过海河大桥的三轮车，上桥坡的时候是倒着骑。

正午：在北京和台湾，您均就读于美国学校，这样的启蒙给您的文字及文学观念产生了什么样的影响？

张北海：当然是从小就有机会接触到一点点西方世界。至于文学观念，说来好笑，我是从当时令我着迷的中国"小人书"和美国的 comics（编者注：漫画）开始的。直到抗战胜利我回到北平，才开始阅读一些"小人书"和 comics 所根据的原著，从西游水浒三国红楼梦等等到《圣经》故事，马克·吐温，狄更斯，《基督山恩仇记》等等。但是让我在此补充一句，当年美国 comics，现早已升级而有了一个漂亮成熟的名称：graphic novel（编者注：图像小说）。

正午：在书中，您曾提到过父亲因不屈日本侵略军而全家受到迫害，《侠隐》的时间背景也被设置为 1937 年，这段童年经历是否成为了《侠隐》的写作契机之一？

张北海：小说背景设在 1936—1937 年，倒不是因为家庭受到威胁（当然有），而是因为故事主题，即侠的终结与老北京的消逝，无论这一设想在历史上成立与否。但书中蓝青峰一家上下，是有不少我家的影子。

正午：您为何会选择文学作为主修专业？当初有当个伟大作家

的志愿吗？

张北海：当年台湾的大学联考，我被分到师范大学英语系，之后来美，也选了比较文学。但我早就意识到，我不是一个搞学问的，更没有做学者的兴趣或意愿，所以硕士之后即中途退学。

同时，我也没想到要当作家，更别提伟大作家。我开始写作纯属偶然，1974年应香港《七十年代》主编之约，先不定期，稍后定期撰写专栏而开始。所以郑愁予为我写的一首现代诗中就说"著作随缘却无需等身"。

正午：在定居纽约之前，您在台湾度过了青春时代，也曾经历了那片土地上的种种变迁，您可曾想过以此为背景写一部小说？

张北海：没有。我也不想再写小说。至于台湾和之后在美国的个人经历和感受，我还没去想是否要写。

正午：您曾说过研读纽约史是为了更好地书写那座城市，您的几本散文著作也的确纵深入历史和文化，将纽约描述得生动又深刻，那么，为何对北京（北平）的书写，您选择了长篇小说这一形式？

张北海：我想是因为我对纽约或美国的认识还不够。纽约是个大码头，我只能拜。这也或许是为什么王德威教授会说，"多年以来，张北海以有关纽约生活的散文享誉海外，然而他执笔创作首部长篇小说时，这位老纽约，却必须回到老北京"。

正午：您在《侠隐》中塑造的那座"传统和现代，市井和江湖，最中国的和最西洋的，最平常的和最传奇的，熔为一炉，杂糅共处"的北平是您精神上的故乡吗？1974年您第一次回到北京时，这座城市给您的印象又是什么样的？

张北海：北京是我的精神故乡吗？硬要说的话，可能是吧。但是我1974年第一次回北京，立刻感到"故乡"人事皆非。我当然明白，天下人与事，都因岁月而物换星移。所以，北京是我的精神故乡吗？算它是吧！

正午：您曾笑言"长篇写作是一部辛酸史"，在《侠隐》历时六年的写作中，您遇到过瓶颈吗？曾想过放弃吗？

张北海：不要说长篇小说会遇到瓶颈，连我写纽约的几千字散文，都会遇到。在此时此刻，写作者都需设法突破，且各自有各自的办法。而突破不了的，你我也就看不到此人的作品了。

一部长篇，很像一件庞大工程，从开始到完工，每个阶段都免不了这里修修，那里改改，《侠隐》每一章回，都曾一而再、再而三地这里修修，那里改改。整部小说完成之后，仍需一再修改。对我来说，我想其他写作者也同意，这是任何写作在所必需的，而且在这大局已定的最后工序，也是我在写作过程中最后的满足。

正午：您曾说写作《侠隐》是了却一个心愿，完成这部小说后，您对写作——特别是小说写作的认识有变化吗？

张北海：因为已经了了一个心愿，也就无需去想一些对小说写作的认识有了什么变化。倒是对我写非小说，却让我更加对文章的结构、文字、节奏以及主题的表达，有了进一步的尊重。

正午：相对于您一直坚持的散文写作，您认为虚构写作是否更困难，对作者是否有更高的要求？

张北海：我觉得虚构和非虚构都不容易写，而非虚构还有一层考虑，即创作者不能凭空创作，要尽量避免任何事实上的错误，切记"魔鬼在细节"（The devil is in the details）。

正午：《侠隐》的情节构建、人物塑造及语言都在华人写作圈内得到了极高的评价，很难相信这是您的第一部虚构作品。在此之前，您有过虚构写作的尝试吗？

张北海：在学校期间试着写过短篇，但很快放弃。短篇形式不适合我的个性。

正午：就小说写作而言，您有没有受到其他作家的影响？如果有，是什么样的影响？

张北海：很难"就小说写作而言"，因为我只写了一部小说，还是通俗性武侠，而且也不想再写了。可是"有没有受到其他作家的影响"，那当然有。而就《侠隐》来说，基本上是传统武侠小说前辈，主要是30、40年代几位大师。举一个例子：早在40年代，郑证因就已设法把武侠人物带进20世纪。他那部《铁伞先生》开头，就说在北平去天津的火车上有位老头，身边一个布包，窗边立着一把铁伞。当然，这把铁伞是老头那把铁剑。写了一辈子武侠小说，也真会武功的郑证因，当然知道在20世纪，不可能有任何江湖人士，身背一把剑上酒楼。除他以外，张恨水的《啼笑姻缘》也有一对武侠人物——关氏父女。

正午：您在《侠隐》中塑造的侠士李天然是个归国的海外留学生，会用枪，这跟古典主义的侠士形象大不相同，这个人物身上，有您自身的投射吗？

张北海：即使有"自身的投射"，也是作者下意识地做一个侠客梦。

其实，小说也好，李天然也好，还是相当传统，只不过故事和人物出现在20世纪，而非古代。不熟悉30，40年代武侠小说的读者，比较难以体会李天然在美国这一段情节的意义。

举例来说，郑证因的鹰爪王，是败给了仇家之后，游走江湖，另拜高人，才苦练出一手"大鹰爪力"绝招。这才能克服仇敌，而李天然，尽管学的时候没有这个自觉，但还是学会了使用现代武器手枪。至于他跟古典主义的侠士大不相同，也正是《侠隐》的主题之一。

正午：《侠隐》的"隐"不仅是您笔下描写的"大隐隐于市"——游走于北平的街巷，也被解读为"侠之终结"，您怎样看待这样的解读？

张北海：这是一个合理的解释，但是还有一点。即使在传统武侠小说里，武林或江湖人士也从不招摇过市。侠义道，绿林道，虽然不一定"大隐隐于市"，但是都不会在人世间社会暴露身份。他们都隐藏在他们的江湖。至于"侠之终结"，则非常明显，时代变了，枪炮取代了弓箭，法律取代了道德正义。

正午：为写作《侠隐》，您回国多次，搜集了大量资料，能具体讲讲您在哪里、怎样搜集它们吗？其中有什么趣事吗？

张北海：不是回国，也不是为了写武侠，才开始收集。中英都有，多半是有关我出生的年代和老北京。但没有什么趣事，只是当初在台北，香港，北京，纽约，为了了解一下我的出生年代和出生之地买的一大堆书，对我后来写《侠隐》的帮助非常之大。

正午：《侠隐》即将被搬上大屏幕，您对这部由姜文导演的电影有何期待？

张北海：小说是我的作品，电影是导演姜文的创作。我相信他，就应由他放手去拍。

正午：您非常了解好莱坞及美国电影文化，您认为《侠隐》的电影表达是否适合好莱坞的范式？在您看来，西方电影中"侠"的概念与东方文化中的"侠"最大的区别在哪里？

张北海：无论是否或应否或需否合乎好莱坞的范式，并不重要。只要拍得好，就会受到欢迎重视。想想看，当年黑泽明的武士道电影，正是如此打进了好莱坞和世界电影。

"侠"的概念是学术问题，我只想指出，东西方的"侠"，除了历史文化背景不同之外，都站在弱小无力，受害受冤受苦人士这一边。

至于好莱坞的打斗动作片，有心人不难发现，近四十多年来，其主角英雄在武打方面，已受到中国武打动作的影响，就中国功夫来说，主要归功于李小龙。在他还未出现在电视电影之前，就已经是好莱坞圈内名人。当年不少大小明星都是他的徒弟。等到他先美国电视剧《青蜂侠》，及稍后的香港《唐山大兄》及之后一部部武打片上演，全美，全世界都疯了。

正午：您最近一次进电影院是看哪一部电影？您观看中国导演——特别是姜文——的作品吗？您是否了解几年前由《卧虎藏龙》为中国电影带来的又一轮武侠热潮？

张北海：最近一次在电影院看的也是一年多前了，就是我在《一瓢纽约》最后一篇提到的 *Angels' Share*。

看过三部姜文导的电影，是在他买下《侠隐》片权之后，都非常喜欢。

至于《卧虎藏龙》带来的又一轮中国武侠热潮，我一部也没看过，但我的感觉是，如果片子的评论或票房好，那是李安造的福。否则就只能说是《卧虎藏龙》惹的祸。

正午：距离您完成《侠隐》又过去了十几年，您对"侠"是否有了新的理解？如果有，您会将其赋予到《侠隐》的电影版本中吗？

张北海：没有什么新的理解，但无论有与否，我都不会给姜文添麻烦。

但我想指出，武侠是千古文人的侠客梦。作者读者都在做这个梦，可能还需要做这个梦，我只是希望这个梦不要觉醒，好给那些受苦受冤受害的无助人士，不是也不可能是一个希望，而只是一个精神寄托。当然，总会有人说这是逃避主义，但在人们不能再凭武术打抱不平的今天，只要有人敢于站出来为受害人说几句话，就已经在延续"侠"的精神了。

正午：我们了解到您仍然用纸笔进行写作，为何坚持这样古典的书写方式？您排斥电子设备吗——无论是阅读、书写乃至摄影？

张北海：我不排斥电子设备，只是学得很慢。目前也只是用它来电邮，查谷歌、维基等等。

我的普通话很正，只是少了北京土味儿。但我之所以一直手写，主要是习惯。同时，对我来说，从脑到手，手到笔，更为直接，不必再通过拼音选字。我觉得这样会扰乱了我的写作思路。

正午：维特根斯坦说"语言的界限意味着世界的界限"。作为生活在英语环境中的中文写作者，两种不同语言是否对您构成困扰？在构思直至落笔时，您是用英文还是中文的思维方式？您曾将 Teenager 译为"三九少年"，这是个美妙的翻译。在您看来，作为拼音文字的英语和象形文字的中文，各自的美感在哪里？

张北海："语言的界限意味着世界的界限"。没错。能掌握一种外语，就多认识一个世界。环绕地球多次的我，在一个不讲中文英文的异地，不要说认识那个世界，就连走马观花都无从知晓到底看的是什么。

书写时，中英思路并行。在出现一些英文语法时，我也尽量以最佳中文方式来表达。

我不敢评论拼音文字的英语和象形文字的中文，各自的美感在哪里。我只能说，如果你不知道某个中文字的读法，你连查拼音编著的中文字典都麻烦，还要先去查部首。而如简体字，查部首都会出现麻烦。

正午：在您平常的阅读中，英文和中文各占多少比例？

张北海：大半是英文,但很杂。

正午:在《一瓢纽约》中您写博物馆,写牛仔裤,写报纸上的讣告,甚至厕所……您认为,了解一个城市最好的方式是什么?

张北海：首先是生活其中。如想进一步认识,那就要看个人的兴趣,需要或关注,去阅读一些前人今人的有关著作。

正午：您经常阅读文学作品吗?您喜欢哪些作家?

张北海：自我离开学校之后,仍在设法看一些以前应看但没看,和当代一些主题故事吸引我的作品。至于是哪些作家,则不胜枚举。

正午:您家中的藏书多吗?或者,除了书,您有其他的收藏吗?

张北海：无所谓藏书,只是一些学校指定的必读书。其他,视兴趣和写作之需。主要还是有关纽约和美国的著作。

正午：您好酒——现在还好吗?您还抽烟吗?您平常喜欢听什么音乐?经常去百老汇吗?您仍然是陈升所描述的那个"老嬉皮"吗?

张北海：很惭愧,伴我多年的烟酒,仍未完全抛弃,只是近二十多年,相当节制,量少了许多。

我和摇滚同时度过青春期。猫王只比我大一岁。我算是今天少有的从 78 到 45 到 33 转唱片,听到 cassette(编者注:磁带),到光碟的过来人。但今天,听得比较多的是蓝调,节奏布鲁斯,乡村和 folk。偶尔也怀旧一下,听听 50、60 年代的摇滚经典，hip-hop 很过瘾，但我最多只能听三分钟。摇滚永远是年轻人的音乐。

百老汇音乐剧或戏剧，近年来较少。即使去，也多半是陪首次来纽约的朋友体验一下。

"老嬉皮"是陈升和张艾嘉的戏语，不必当真。

正午：您怎样理解"美国梦"及美国的消费文化？

张北海："美国梦"不是一句口号或联邦政策，而是一位历史学者在上世纪 30 年代经济大萧条期间创造的一个名词。而其原始意义并不涉及"美国消费文化的最好象征"。他是看到美国自 19 世纪初，一代又一代，一批又一批来自世界各地的千百万移民，为了逃离各自母国的政治，经济，宗教，社会等等迫害，前来一个比较公平法制的土地，可凭自己的能力和努力，去追求一个较为美好的生活和未来，而将此一现象，此一追求，称之为"美国之梦"。

今天，此人及其著作早已被人遗忘。但是他提出的这个"美国梦"，自问世之后，不论美国经历了多少经济危机，大战小战，社会动乱，现在还一直不断地有一批又一批合法非法移民前来此地，即可显示"美国梦"依然可以适用至今。

正午：您经常上网吗？会上 twitter 吗？还会像关心 70 年代的伍德斯多克一样关心当下美国年轻人的生活吗？

张北海：我没有 twitter，也没有其他类似玩意儿，直到去年 10 月，一位香港导演朋友吃惊地发现，我竟然没有手机，才送了我一支 iPhone5s。

我大致还关注，同情地关注今天的美国年轻人，但不像当年那样以同代人的眼睛去看。

Woodstock那种热情，像是那一代年轻人的初恋，现早已成为记忆。但是19世纪英国诗人Alfred Lord Tennyson那行诗句，"'Tis better to have loved and lost, than never to have loved at all"（情愿爱过而后失恋，也比从来有没有爱恋过要好），却是一个凄美写照，无论热爱的对象是人还是摇滚。

正午：您最近一次来北京是什么时候，这一次又有什么不同的感受？
张北海：最后一二次是2011和2013年，那两次和再上次最大的收获是吃到了羊蝎子，再配上四两二锅头和大饼，真是一大享受。这是北京近几十年创造出来最了不起的小吃。

张北海，本名张文艺，祖籍山西五台，1936年生于北平，长在台北，工读洛杉矶，任职联合国，退隐纽约，著作随缘。著长篇小说《侠隐》，散文集《人在纽约》、《天空线下》、《一瓢纽约》。

吴靖
互联网越发达，言论越少

采访 _ 吴琦

中关村离北大很近。从北大南门再往南，跨过汹涌的四环，立刻就到了这个以电子产品闻名全国的地界。

在个人电脑刚刚兴起的时代，学生们前往黑风寨一般的电子商城里寻找一家看起来靠谱的商店，购买人生中的第一台电脑。那时电子信息化尚未普及，不是所有人都精于此道，所以这种采购之旅常常结伴而行，尽量降低风险。后来许多电子系的学生开起了自己的店，在南门外面租一个小房子，给师弟师妹修电脑、卖水货，当个中间商。这是当时的创业故事，大家还依赖于这种熟人关系、共同社区来寻找信任感。

后来，四环的这一侧发生了更多的变化。一度出现过一家体量惊人的第三极书店，整栋楼都在卖书，和其他书城展开价格战，让学生、老师们在此流连。结果一年之后就宣告这只是地产商抬高地价的策略，一个幻象。现在，昔日的第三极书店旁边已经正式被命名为创业街，书贩、书摊都成了创业者高谈阔论的咖啡厅。这是新的创业故事，也是新的花花世界。

用一个最时髦的词汇，中关村正在经历转型。经销商正在离开这里的商厦，想要买电脑的人不再需要冲进去冒险，而是可以在网上购物，或者去苹果商店。在政府的规划中，这片具有指标意义的区域今后要改造成为新的互联网创业园区，它代表了我们正在进入的新的时代吗？我和吴靖教授的谈话就从这里开启。

访谈：

一

正午：现在大家都在谈论媒体转型、互联网时代，这个舆论的变化在您的课堂上是否也有反映？比如，前一段时间还有教育部鼓励学生休学创业的新闻。

吴靖：我自己感觉新闻和传播专业的学生有一种虚无主义的情绪，有一点沮丧。在课堂上交流现实社会中有争论的议题，他们的兴趣不是很大，我得到的回应不多，这也许和中国学生公共表达的习惯也有关系。其实学媒体的学生应该对社会充满了好奇心、热情和介入感，但他们大都是一种公事公办的态度，为了完成学业才提供观点。

甚至是媒体行业的一些重大话题，大家对身份、职业的发展都有焦虑，可是在学生中就感受不到太大的热情。这也可能和我们的学生整体上的就业去向已经非常多样化有关系，大家毕业以后不再集中去媒体，媒体人的身份意识在我们的教育里已经非常淡了，多数人只是把学位当作一个阶梯。

所以，从这个方面来讲，学生们对新媒体、新技术是向往的，哪怕并没有太多认识，但非常好奇，被大的洪流裹挟。如果要实习的话，他们对互联网公司的兴趣也是很大的。

正午：这个变化是最近发生的吗？有没有一个变化的过程？
吴靖：之前也会有，但风气的确在变化。在任何时候，理想主义都是一个小的群体，但是这个小群体所产生的影响力是不一样的。今天，你感觉到这个小群体真是一个很边缘的、自我坚持的群体，他们已经没有平台去表达这个群体的身份意识，而之前还是有的。

在这之前，媒体是一个很重要的存在，尽管传统媒体的话语权也是不平衡的，但理想主义的话语结构还是拥有它的表达渠道，但现在因为新媒体的碎片化，草根的、世俗的、虚无主义的观念完全通过新的媒体形式（微博、微信、视频等）来传播，理想主义的声音很少听到了。在前几个星期的本科课堂上，我讲到某个新闻事件，在学生中间的认知度非常低，我就顺便问了一下大家的媒介使用习惯，结果150人的通选课上，基本没有人使用新闻客户端，少数人订阅了澎湃的微信公众号。大家不读新闻了，这不仅仅是纸媒的问题。

正午：那么这背后到底是什么问题？有没有一条结构性的线索来理解这种变化？前一段时间还有业界的声音认为学界给予的支持不够。

吴靖：我看到的主要是资本的影响，业界对此是基本无视的，他们看到的最大的阻力仍旧是权力。业界提到的许多例子反而是在资本的裹挟下，媒体主动寻求市场利益来损害新闻公信力，从而受到权力的惩罚。这些案例中的权力，是在代表社会对媒体行使规范权。

当然这种规范权的行使方式与程序存在争议，但在新闻全面市场化和商业化的语境下，新闻活动天然的正义性已经不存在了，它已经越来越多地在为特定的利益集团以及资本去服务，所以学术界从新闻伦理的角度进行批判，我觉得是在维护传统的新闻理想：为公共服务，生产公共领域。

今天，媒体不是超越其他利益集团的存在，而是本身也成为了一个利益集团。在媒体的持续渗透下，社会中各种各样的利益都要通过媒体表现出来，其中影响最大就是资本，现在的政治权力也是通过资本的形式来对新闻媒体进行控制，它们之间是一种既博弈又相互利用的关系。而在社会各方面的权力精英越来越统合的今天，媒体与政治权力之间的博弈也并不意味着公众会成为附带受益者。

二

正午：在我们之前的一篇访谈中，伦敦政治经济学院的孟冰纯老师提到，新媒体的变革并没有实质性地改变传统的政治经济结构？

吴靖：互联网思维根本就是商业思维——资本在新的环境下如何寻找新的市场动力。一直以来，资本就把互联网定义为营销渠道、商业渠道，而不是公共领域。在传统媒体时代，媒体的公共领域是由新闻的内容和评论构成，而广告和公关的部分是由媒介伦理这样一种还算有一定强制性的规则给规范起来的，而在互联网时代，这两者之间的墙消失了。你会发现不是公共领域的逻辑左右了私人领域，而是逐利的逻辑左右了公共领域。

早期讨论的自媒体，乐观的人看到的是让更多普通人进入公共话语生产，好像是更加民主化的趋势，但他们没有看见的是，公共领域的言论生产是经过文化、制度的建设才形成，关于信息来源、真实性、客观中立这一套伦理不是被动的职业规范，而是一套社会伦理，也是一套公共表达的伦理，但是新媒体带来的新的言论表达空间和平台没有带来新的规范，所以就很天然地和资本所塑造的规范结合在一起，实际上就是广告和宣传。

公共领域的规范是去说服，去辩论，去充分地接收信息、改变自己的观点，但广告和营销是要通过技术的手段来实现自己的目的，不是价值层面的讨论，而是利益的最大化。这套营销话语在新媒体领域得到了极大的释放。在传统媒体时代，他们需要购买媒体资源，现在不需要了，传统媒体之前那种权威的、高大上的公信力也就坍塌了，这种形象实际上是被广告支撑的，广告消失了尊严也就消失，其实一直是这样。

正午：所以当传统媒体遇到危机，很多人都快速转换成为一种公关公司的思维。
吴靖：我发现这是媒体主动追求的，传统媒体的反应是怎样适应这个市场,怎样为市场服务,而不是保存自己的价值体系。因此回过头来想,之前到底存不存在这套价值体系是值得怀疑的。文化是很坚硬的东西,在新的语境下迅速用市场需求来描述媒体的变革,完全没有基于媒体公共性来思考媒体未来的发展,那么之前的信仰就可能是虚假的,没有坚实的内核。

正午:现实中的媒体人也是挣扎和纠结的,他们没有现实的经济基础,和他们分享信仰的人也越来越少。

吴靖:个人是很无力的,他们需要一套公共政策去推动和引导。我们现在设计的公共政策实际上是一个为利益集团服务的政策,这就有很大的偏颇。互联网是一个平台,它应该有其他的生产方式,不仅仅是卖东西,教育、新闻生产、实体产业和信息化怎么结合,都应该在政策中体现出来。我们的媒体政策完全看不出是要去建构一个公共领域,而仅仅是促进资本的发展,其实媒体本身在资本的影响下,已经全面市场化了。

实际上公共政策应该要去扶植市场看不到的文教、艺术和公共表达,这些东西的生产需要很长时间的投入、潜移默化的培养,很长一段时间可能看不到盈利,这肯定是资本不愿意去做的事情,而恰恰是应该做的。我们很遗憾地看到,现在的公共政策是在为特定一部分人服务,而忽略了需要支持的另一部分,在这样的政策引导下,媒体机构的空间就非常小。

正午:现在一些大的门户网站纷纷开始经营一些写作平台,但他们的努力也很难构成舆论的主流。

吴靖：资本也要为了自己的社会信誉、社会地位来买一些单，这种行为当然是很好的，有总比没有强。但它们也是有偏向的，不是完全的公共平台，我们可以看到话语权完全两极分化，有些群体在中国媒体上已经获得不了关注，他们没有引发全社会讨论的机会，他们是大的媒体资本不会关照到的群体。

正午：具体来说，是哪些群体？

吴靖：比如涉及留守儿童的一系列案件，这么大的丑闻，在中国当下充满抱怨和不满的舆论环境中，似乎应该引起对制度的批判才对。相比之前动车事件引发对国企的批判、吴英案对非法集资的讨论来说，这个持续了十几年、影响上亿人的问题，引发的报道却不多。当然我没有做定量的研究，但我没有看到特别热闹的讨论，媒体话语都很偏颇。我们的世界现在被单一、选择性地报道，尽管媒体渠道越来越多，但城市中产阶级所遭遇到的问题才是问题。

正午：这背后的原因是什么？还是资本吗？比如说从北大毕业的学生，还没有进入社会，他们的问题出在哪里？

吴靖：这是一个系统，工作人员也不是被动的工具，他们是通过教育、社会化的过程，才成为有特定理念的群体。这么多年的市场化媒体培育出来的年轻一代，进入学校学习媒体技术，再进入到媒体，这就成为了一个封闭的环。就是说新一代的媒体从业人员都没有接触到城市中产阶级以外的事情，但传统上我们对于媒体的期待是打开世界的窗户，不仅是认识更广阔的世界，而是让不同的阶层互相认识相互了解。所以很难说这些工作人员直接受到资本的压力,他们只是无意识地在结构上契合。

正午:所以现在来看,《南方周末》的时代,包括天涯、凯迪等网络社区的时代,所引起的舆论讨论的议题是相对更广阔的,这种怀旧成立吗?

吴靖:我觉得是成立的,因为那时的媒体人是跨越了两个时代的,他们经历了社会变迁的过程。中国在很长时间里是一个平民化的社会,它的关怀是很下层的,关心民众关心底层疾苦,充满正义感,对公正有强烈诉求,这在上一代媒体人身上体现得很明显。

随着社会的变迁,包括教育对阶层的筛选,我们新生产出来的准中产阶级的这些知识分子,完全是精英主义的价值观,更多关心个人利益、自我实现,而不关心传统的家国天下和社会不公。他们的知识来源也是他们熟悉的城市中产阶级环境,在情感上也完全缺失了对另类文化的认同,没有同情心,要么是忽视,要么是猎奇、居高临下。

另外,他们的生活经验已经完全脱离了草根,上一代人多少是有底层经验的,这种切身的经验非常重要,对他的情感、语言体系都是很重要的塑造。现在的孩子生活在城市里,接受这种教育,接受全球流行文化的熏陶,阅读商业小说,四体不勤,五谷不分,被消费文化所建构。

我记得美国一位已经过世的教授曾经提到过,以前的记者很多是工人阶级出身,他可以深入社会,和三教九流打交道,有这种情感和表达能力。现在新一代的记者依靠互联网搜集资料,坐在家里、办公室里,通过现代的通讯设备获取所有的信息,他是靠着已有的东西来生产新闻。

三

正午:在《中国语境中的技术变革与"互联网+"》那篇文章里,您提到了互联网技术在80年代进入中国实际上面对的是一个真空环境,一方面跨国企业进入中国,另一方面激进主义在退潮。现在看来,那时候冲击才刚刚开始,现在似乎是全面失守的时刻。

吴靖:这就是悖论所在。我们通常认为80年代文化和理念争论的活跃,实际上背后依托的是那套公共服务的媒体制度,如果没有这个制度,那几年的争论就无法生存。那时在争论中胜出的一派后来积极推进媒体市场化,现在自身的生存出现了问题,资本化和市场化把他们施展理想主义的平台挤压殆尽。

90年代初,还短暂地出现了一次关于人文精神的讨论,以《读书》为中心,因为知识分子发现自己从社会观念生产、推动社会变革的中心被边缘化了,但是在那个讨论中,还是没有发现导致知识分子被边缘化最重要的力量就是资本,还继续拥抱新自由主义市场化政策。结果到了90年代后期,他们无力发起这样的讨论,因为可以发起讨论的平台已经沦陷了。

正午:后期的讨论把矛头更直接地指向制度,公共舆论也是这样被动员起来的。
吴靖:实际上他们指向的制度和资本是一体的,但他们用一种符号层面的区隔来维系道义的高度。作为媒体，或者知识分子，在社会话语中如果不表现出一种批判的姿态，就会失去光环，因为媒体的合法性就是建立在抵抗强权的基础之上。但实际上媒体是在和资本合作，它所批判的强权也在和资本合作，它们之间没有实质的差别。

正午：所以互联网思维并没有改变这种必然的后果？
吴靖：你很难说新技术是决定性的，它一定是在社会思潮中，以某种方式被发现被强化了。互联网在西方最初的设计中是军事性的，从军事发展到大学，成为一个发起讨论的平台，包括后来中国的网络发展也是这样，从大学的 bbs 开始，那是一个文化的空间，是非商业化的，逐渐辐射社会。互联网的文化基因应该是公开的、公共的分享，实际上是社区化的。互联网商业化是从 90 年代开始，和 80 年代的新自由主义转向相关，技术的小型化、消费化，不再提供公共服务，而是为个体消费者提供娱乐和消遣。这个趋势在个人电脑普及时已经出现了，硅谷新经济随后又强化了它。

正午：所以与其说是话语权的释放，不如说是消费能力的解放？现在所有的创业点子都是在寻找商业模式。
吴靖：是的，互联网越发达，实际上言论越少，消费行为越多，更多的欲望被发明。以前前所未闻的需求被包装成是生活里很核心的事情。

最典型的例子是，前阵子很多媒体人辞职去互联网或者金融公司创业，他们都发表过一些言论，但张泉灵有一段话让我不能释怀。她提到她接触互联网之后,"开始慢慢理解一些全新的逻辑和想法",认为出租车司机的电台节目收听率下降,完全不是因为有更好的节目出现了,而是司机都在用滴滴接单就不听广播了。对她来说,司机不听广播这件事不是悲剧也不是喜剧,而只是社会发展的大趋势,或者说市场的变化,聪明人要去抓住它,因为司机不听广播了,所以我不在这个行业了,我要到司机听的那个行业去。

她是一个著名的媒体人,但她的表述完全没有媒体的理想。如果媒体人都这么想,那么我们对媒体的话语生产还有什么期待?就只能任由资本去打造。资本会告诉你生活中更重要的事情不是读书或者听新闻,而是去玩更多更新的app,去双十一购物。

四

正午:那么如何看待权力?

吴靖:最近我才有一些这方面的思考,以前只是从单纯的旁观者、批判者的角色出发,希望通过提供批判性的思想来影响学生,他们以后会作为媒介管理者,成为社会的精英,甚至成为政策的制定者。但最近我觉得需要具体地影响政策,尽管实现起来很困难,也需要努力。

现在很多问题都集中在政策制定的过程中缺少公共性。最近十几年来的公共政策中已经出现了相反的趋势。最初是敌视资本,后面又经历了一个矫枉过正的过程,90年代用亲资本的方式来培育市场,到今天又发展成为忽视底层的利益,问题已经非常严重了。与其抽象地讨论制度问题，不如讨论在现有的制度下有哪些漏洞，怎么执行。

因为在原有的制度设计中，比如说人民代表大会的代表来源就考虑到了各个阶层的代表性的，那么应该怎么将它实现？他们怎样在政策决策制定的过程中发出不同群体的声音？都是可以讨论的问题。

比如媒体政策，就表现出严重的偏颇，我们的版权政策、对互联网版权的管理，都没有经过充分的公共讨论，印刷时代的版权制度是不是适用于互联网？多大程度适用？这些辩论应该体现在法律和政策制定的过程之中，但完全没有，只是很武断地把资本化的体系挪到互联网当中去。

据我了解，有些帮助政府部门制定互联网版权制度的人就是互联网公司的法务部门，他们像智库一样组织讨论、写政策性的论文，由他们提供的观念更多地左右了决策的方向，完全跨过了民意代表机构。

这不是一个民主化的过程，它不在人大、立法机关的层面经过讨论，完全是执行部门和企业的法律，被封闭地完成了。所以我们学术和公众关注的方向，应该是权力的公共性问题。

正午：现在更多的批评指向了审查机制的存在，而您认为应该从政策制定层面着手，这二者之间有什么关系？

吴靖：只侧重前者会让问题变得简单化，监督变成了谩骂和指责，而审查也是粗暴的，两者没有什么建设性，就不能监督到具体的层面，不能有效地推进变化，而是一种对抗性的监督，陷入恶性循环。

当然，对此，政府应该有意识地在组织更为成熟的讨论之后再去推进某个政策。而媒体作为推进政府进步的力量，应该更专业更深入去讨论，光有热情是不够的，这就涉及记者的知识结构问题，如果没有能力去讨论到具体的政策层面，就只剩下立场了。

正午：这又回到了之前谈到的那个问题，记者的知识结构和情感结构。

吴靖：现在的媒体上有太多的调侃，现在的批评更多的是攻其一点不及其余，或者从一个点扩大成体制性的批评。戏谑只能制造一种虚无的心理状态，没有办法针对具体问题来引起讨论。媒体作为反对派，也应该是忠诚的反对派，不应该是为了反对而反对。

五

正午：在您谈到的恶性循环中，互联网有没有带来一些积极的变化？

吴靖：再观察吧，目前从政策的角度，我还没有发现在市场化以外的积极思路。

正午：有没有看到比较乐观的海外经验，比如 BBC 的公共服务模式，似乎仍是一个重要的参考？

吴靖：其实欧洲有很多的媒体模式，说起互联网商业化不能只看美国，你会发现欧洲的互联网商业并不发达，现在著名的互联网企业不是美国的就是中国的，但它们不是唯一的模式。

某种意义上现在中国和美国的情况比较相似，而欧洲不太一样。我觉得原因在于美国从一开始就是商业化的，而中国媒体的公共服务文化不够深，就迅速被商业化的理念入侵。而欧洲有很强的公共媒体的传统，比如北欧有很多积极的公共政策，包括媒体派别的平衡、公共资金对少数族裔政策的支持，它的媒体并没有因为互联网的出现就崩溃了。再以英国为例，为了迎合国际资本的压力，英国也引入了更多的卫星频道、数字电视，BBC失去了它的垄断地位，但并没有压倒性的舆论要去私有化BBC，甚至有保守党明确反对这个议题。

这和每个国家的传统是有关系的，互联网的发展不是只有一个模式，而且我觉得中国仍有可能性，我们的媒体至少在法律上没有全部私有化。

正午：所谓的互联网思维对您的教学有什么影响？包括您在微信等新媒体的使用过程中，有什么反思或者自我反思？

吴靖：我到现在也没用微博发言，我认为不可能用140字说清楚一件事情。传播学效果研究中有一个规律，宣传或者传播要达到最大的效果，就要顺着社会的既有观念去表达，如果你去挑战它，只有在环境充沛的情况才有些微的效果——所谓环境充沛就是你要有充分表达的空间，还要在一个小群体的沟通中进行强化。在此之前，我认为课堂、教室就是这样的环境，可以传递一些挑战常识的观念，让大家反思自己的现状，微博是没有办法实现的。

现在我会通过微信来发表一些言论，因为它基于电话本、朋友圈，影响的是周围的同学、同事、有共同想法和关注的人群，这是课堂的延伸。但我发现使用多了以后，效果也被冲淡了，发朋友圈这个行为在很多情况下仅仅是一种姿态，是个人的建构，有时候也会觉得虚无。发的那些长文章，我不确定那些点赞的人是否真的看了。至今我看到好文章还是会转发，但会克制自己，我发现建构一个阅读和讨论的文化不可能这么简单地完成。

这个经历让我强化了对技术的怀疑，技术本身不能达到你期待的结果，还是你的传播理念决定了如何使用技术。我现在也在和新技术相互摸索，尽管我对它并不太有兴趣。为什么只要是新的东西就去拥抱去服从，否则你就是过时的落后的，这本身就是很强大的意识形态，需要进行抵制。

正午：现在是不是必须通过微信来搜集研究样本？
吴靖：在一些研究领域是需要的，但是我现在还没有进入这个领域。媒介研究的很多领域都需要研究者深入地进入，比如流行文化、粉丝、真实电视、肥皂剧、游戏等，如果你要以民族志和人类学的方式进行研究，就需要成为一个深度使用者，比如我之前研究韩剧，也看了很长时间的电视。但要具备一定的理论和反思能力，不能陷入消费的逻辑、被它牵着鼻子走，不能被它所控制。

不管是研究者也好，使用者也好，跟技术、媒体的关系应该是开放的，去感受，去体会，同时保持反思的距离、批判性的分析以及选择的能力。最高级的是生产内容的能力，最基础的是对媒体内容的选择能力，这又回到了媒介素养的话题。

所以老话题不是没有意义的,我觉得学术界应该去研究新的趋势、潮流,但也不要忘记那些"老的"东西,还是回到这些核心的议题:怎样进入和影响传播秩序,怎样提高公共言论的质量,怎样建构公共领域。

吴靖,毕业于清华大学外语系、美国爱荷华大学传媒研究系,现任北京大学新闻与传播学院教授,著有《文化现代性的视觉表达:观看、凝视与对视》,译有《媒体垄断》、《媒介研究:文本、机构与受众》,研究领域包括传播与媒介技术的社会理论、批判媒体与文化研究、视觉文化研究、新媒介技术的社会使用与文化史、新媒体与创意产业等。

故事

无意深刻,随事曲折。

——唐度

一个山西青年的任逍遥

文 _ 王琛

一

去年劳动节,菅浩栋算过一次命。算命先生人称"韩三",窝在山西省朔州市平鲁县城大街旮旯,虽然眼睛看不见,却一直声名远播。菅浩栋好奇地排上队,交了30块钱,说出生辰八字。稍事沉吟,平鲁县城最负盛名的瞎子推算出了菅浩栋的基本命运:

家庭普通,父母靠不上;对人好,却感情不顺;技术工种,真正爱好在业余;有双挣钱的手,没有攒钱的兜。

菅浩栋当时就震惊了——瞎子韩三万物可察,每句都击中了青年的心——他生在山西河曲山村,父亲是煤矿工人,家里开着小卖铺;2013年毕业时谈了个女朋友,三个月就离开了他;采矿是实打实的技术活儿,他每次下井要带上百斤的工具;矿工生活累死人,但他很少请假,就是为了那个业余的真正爱好;他一个月挣6000块,在长治是高收入,但一想到那个爱好,就觉得钱永远不够。

韩三掐指一算,菅浩栋28岁以后顺风顺水。

菅浩栋吃了定心丸,稳定情绪,原路乘车,回长治接着上班。菅浩栋不能走,除了下井,他没有其他赚钱的门路。

菅浩栋需要钱。他攒钱是为了拍一部电影。在潞安煤矿挖掘一队,这是个公开的秘密,矿工们觉得,这个刚来的小孩疯了。

二

菅浩栋早就做着不随大流的事情。早在17岁,他在大同市雁北煤校读中专,不愿意按父亲的要求毕业回煤矿,执意报考大同大学。全年级只有两个人敢这么干。对口升学虽然比普通高考容易些,但对中专生来说仍然很难,复习了一段时间,另一个人放弃了,去煤矿上班。菅浩栋坚持着,考前几个月,他收拾书包,回老家河曲中学,跟着高三学生复习。成绩出来,同学们吃惊地发现,来自煤校的中专生考了460多分,接近那年的山西省二本线,顺利被大同大学采矿专科班录取。在雁北煤校历史上,菅浩栋是第一人。

采矿专科班三十多个人,全是男生。菅浩栋没打算做矿工,想在其他方向上寻找机会。他进了学生会,又加入文学社、书法社,因为表现活跃,大二被推选为文学社社长,一当选,他就创办了煤矿学院第一个文学月刊《白桦林》,但令人灰心的是,文学社没有市场,卖力吆喝,有热情的学生也是个位数。当了半年社长,菅浩栋提前辞职了。

不去上课窝在宿舍的日子,菅浩栋守着电脑上网,知道了贾樟柯。后者的经历触动了他。同为山西人，贾樟柯的电影以关注家乡现实而著称。菅浩栋也想拍电影，拍他的家乡。

他想先把自己的故事拍出来。剧情很快写好，取名《追梦人》。他找上学院团委，申请成立电影社团，团委书记不感冒，不置可否。过了一周，菅浩栋又找上门，终于批了。菅浩栋在学校里支了一张桌子，坐在那，招募女主角，坐了几天，一个也没招到，最后只好硬拉了文学社的人。因为上课，剧组只有周末能凑齐，断断续续拍了两个月。平时菅浩栋也不闲着，周一到周五，他扛着DV去校外拍拉面馆，完成了纪录片《兰州拉面人》。菅浩栋把笔记本处理掉，借钱换了台式电脑，继续窝在宿舍，下了剪辑软件，根据网上教程，自己剪片子做后期。

带着这些作品，菅浩栋参加学校文化艺术节的DV大赛。没人看好他。连他自己也觉得，重在参与——学校有传媒学院，自己半路出家，没法跟编导专业的学生比。在此之前，煤矿学院也没人在艺术活动里有过成绩。但历史又被菅浩栋打破了。评选结果出来，《兰州拉面人》拿了一等奖。一名大同电视台的评委说，片子虽然拍得粗糙，但胜在真实，不做作。

事情传回煤矿学院，团委书记改了态度，起身在办公室迎接菅浩栋。团委书记郑重表示，还有什么想法，学院大力支持。菅浩栋趁热打铁，申请举办首映式，公开播放《追梦人》。

团委书记同意了。但是，他提示菅浩栋，搞典礼需要费用。

DV大赛虽然发了1000块奖金，但远不够菅浩栋还债。他不可能自己掏钱。为了首映，他带上剧组，到学校边电脑城拉赞助。跑了几次，没人搭理，其他人不愿再去，菅浩栋不罢休，一个人又跑十几趟,一个月后,有店铺赞助了2000块。菅浩栋印了1000张电影票,每张票上都给店铺打了广告。校园里拉起了海报,时间定在一个下午。大同电视台、《大同晚报》等当地媒体,也确定了出席报道。一千张电影票发完了,学校礼堂也布置好了。一切箭在弦上,首映式当天上午,团委书记想起来,他还没提前看过电影。

菅浩栋第一次遭遇审查。审查结果是,片子不能播。团委书记认为,电影里大学生脏话连篇,爱打扑克,人人抽烟,并且男生在宿舍走来走去时,常常只穿一条内裤,这些有损学院形象,不能公映。

这时距离首映礼只有四个小时。菅浩栋只好草草剪出一个三分钟的片花应付。

大同大学的学生第一次举办电影首映,学校礼堂几乎坐满,领导轮番发表讲话,最后轮到菅浩栋,他强作欢颜,向观众宣布,因时间少,这次首映只播预告片。

回去以后,团委书记说,如果把抽烟、骂人、打扑克以及只穿短裤等不文明镜头删掉,择日再映。菅浩栋觉得,那些都是真实存在的东西,如果删掉,剧情不对。但为了给观众一个交代,菅浩栋按要求剪掉了几十分钟,又补拍了新内容,重新剪辑。

删改后的电影终于在学校公映了。片子本来是反映大学生的空虚和迷茫,按团委书记意见修改后,变成了一个励志片,改名《青春无悔》——男主角不抽烟不喝酒,刻苦学习,课外打工,一个月赚600也要给家里寄500,拾金不昧,见义勇为,好事儿做尽。

"毫不真实，完全失去了我想表达的东西。"菅浩栋半是兴奋，半是遗憾，两相抵消，他觉得索然无味。

三

菅浩栋的两鬓和后脑勺是一片整齐的青色，头顶却毛发浓密，刘海飘在前面，远看像戴了一顶显小的鸭舌帽。他戴眼镜，下巴刮得干净，嘴唇上留了胡子，藏蓝色牛仔裤，穿着李宁牌运动衫，脚上一双凉鞋，背李宁牌运动包。远看上去，仍是一个大学生模样。

我们在山西第一次见面时，他站在公交站，背着书包，提着一把雨伞。等我时，他在网吧打发时间，看完了贾樟柯的电影《世界》。以前没看完，这次补上了。

最初，在网上看到贾樟柯时，菅浩栋只把他作为一个励志偶像——从黄土地走出来的年轻人，执着，奋斗，最终大获成功。直到看了贾樟柯的电影《小武》，菅浩栋被彻底击中。《小武》讲的是山西小镇的迷茫男青年，熟悉的黄土地和方言令菅浩栋感动，他找到了知己，细细翻阅网页，把贾樟柯的履历研究了一遍。"贾樟柯和我一样，都是生在山西的农村，都是理科差文科好，学历都不高，都喜欢拍电影，而且都是自学，不是科班。他拍的《小武》，黄土地的那个生活状态，我太熟悉了。我们都迷茫过。"

从《小武》、《站台》，到《三峡好人》、《天注定》以及《山河故人》，贾樟柯一直专注于现实题材。菅浩栋也被他的电影风格影响着。从尝试练习拍摄开始，不仅《追梦人》和《兰州拉面人》，菅浩栋拍的影片都是写实题材。贾樟柯喜欢在家乡取景，菅浩栋也爱趁假期回家——仅在老家河曲县，他就拍了两个片子——第一个是《河曲女人》，讲了一个村妇给军人做鞋垫的故事，第二个是《黄河边的牧羊人》，主角是自己的姥爷。

在学校遭遇的电影审查令菅浩栋无奈，但转而又释然——他想到了贾樟柯，后者的电影关注社会现实，也时常因审查而不能公映。他觉得，和贾樟柯一样，自己也做到了真实，所以有些人才会怕。

菅浩栋很喜欢谈论贾樟柯。我们在宾馆看电视，CCTV音乐频道突然播到了任贤齐的《任逍遥》，本来在玩手机的菅浩栋突然扭头，看着我，语气严肃，郑重地说，贾樟柯也拍了电影《任逍遥》，片尾就是用了这首歌。又一次，我们吃晚饭，他正低头扒饭，却突然抬起头，出神地笑着说，贾樟柯的电影啊，都是他自己编剧。

因为对贾樟柯的喜爱，菅浩栋在学校认识了计算机学院的常标。后者在学校办了电影社团，很早也在尝试拍电影，和菅浩栋一样，也喜欢现实题材。在学校里，菅浩栋常去主校区和常标待在一起，研究电影，讨论贾樟柯的拍摄手法。在这些山西少年眼里，贾樟柯的成功，意味着在黄土地以外，人生还有另一种可能。

趁一个端午节假期，常标到菅浩栋老家拍了一部剧情片，菅浩栋是主演。电影名叫《牢山》，讲了一个离开村子去做矿工的人，想出去闯荡，但命运多舛，最后晚景凄凉。

从那时开始，菅浩栋把心思都花在了电影上。他觉得这辈子就该干这个。聊到那次算命，他总结说："老天知道你是什么命，出生的时候，你这辈子该干啥就注定了，只是你自己可能不知道。"菅浩栋自己是知道的。

四

迷上拍电影后，菅浩栋一直想知道，真正的剧组到底是怎么拍戏的。2012年，大二暑假，菅浩栋和常标坐上火车，第一次去了北京。临行前，在网上，他们看到一个影视城招聘群众演员，就忙不迭地报了名。临走时，菅浩栋问家里要了一千块钱。

影视城在北京偏僻的郊区。剧组收了每人三百块押金，就把他们带到了宿舍。和想象中不同，宿舍是低矮的临时板房，只有地铺，北京的夏天三十多度，板房里连空调都没有。十几个人住一间屋子，全是社会闲杂人员。菅浩栋觉得，像是进了传销组织。为了学电影，菅浩栋愿意吃苦，但白天拍戏时，他发现剧组也很不正规，就连盒饭也潦草得不行。待了几天，两人要求退押金，却被告知，必须做满一个月。他们意识到，可能上当了，这是个骗钱的假剧组。

趁着夜里，他们背着包，狼狈地逃了出来。身上的钱不多，维持不了太久，但没学到拍戏，菅浩栋不愿灰溜溜地回大同。焦躁地在北京逗留了几天，菅浩栋联系到一个在制片厂工作的远房亲戚，虽然多年没联系，但为了学戏，他厚起脸皮，请对方帮忙。亲戚介绍他们进了一个真剧组，任务是在片场看管枪支道具。除此之外，还有剧组的宾馆可住，标准间，有空调，菅浩栋觉得，一下子从地狱进了天堂。在片场，他一丝不苟地完成任务，借一切空闲观察着。待了二十天，该回大同了，剧组给他们每人五百块酬劳，算是回程路费。

此行菅浩栋除了见识到真剧组，还有一大体会——拍电影非常烧钱。回到大同，他已经读到大三，采矿专科班马上毕业，没过几个月，山西的大小煤矿就来招聘了。菅浩栋想接着拍电影，不想去煤矿做工人。当初他从中专升到大学，就是因为不想挖矿，折腾一圈，更不想走回头路。也在此时，他开始构思下一部电影，一部不被团委书记审查的，反映农村现实的剧情片。

可是拍电影需要钱。除了采矿，菅浩栋想不出其他赚钱办法。起初他犹豫着，迟迟不参加应聘，直到过了春天，招聘的企业越来越少，班里同学已经签了大小煤矿，家里也催得紧，菅浩栋只好妥协。他开始毕业实习，并和位于长治的潞安煤矿签了劳动合同。

2013年夏天，菅浩栋离开大同，第一次到长治。潞安煤矿盘踞在长治远郊，像一头沉默的黑色巨兽。矿井外面刻着四个大字：安全为天。菅浩栋吃饱了饭，换上黑色制服，戴上口罩、安全帽和矿灯，背上器械，坐进缆车，竖直下落，向着地下453米的黑色世界摇晃而去。

五

煤矿无处不在，似乎是菅浩栋生来就躲不过的囚笼。在菅浩栋老家河曲县，也遍布着大小煤矿。他的父亲下井二十多年，半生辛苦，却很早也要求儿子去读中专学采矿——在他们看来，生在山西的小村子，就是该吃下井挖煤的饭碗，天经地义。老家坪山村里，因为挖煤，地势已有下陷，煤挖完了，没有活儿干，村子里年轻人争相外出打工。

如父亲期待的，菅浩栋终于成了煤矿工人。但他不喜欢"工人"这个身份。临毕业前，一个学妹曾和菅浩栋有过一段恋爱，但来煤矿之后一个月，对方提出了分手，理由是父母不同意。除了工人身份，菅浩栋也在意自己的大专学历。他说，在矿上，专科生就是工人，本科生就是干部，永远不一样。

潞安煤矿在郊区王庄，交通闭塞，坐公交到市中心要一个多小时。刚来工作，有人就在网上建了个"王庄煤矿青年男女交友群"。菅浩栋被拉进群，但他从不发言。下井回来，睡醒了，室友张瑞强最喜欢的事情就是拿着手机一直"摇一摇"，终于摇到了一个女朋友，直到谈婚论嫁。但菅浩栋不管这些，自顾自写剧本，跟网上朋友聊电影。他不打算在煤矿和任何女孩发生瓜葛，"我只是来赚钱的，没打算留在这，要是和人好，那不是坑人吗？"下井回来，躺在床上，他喜欢听崔健的歌，《一无所有》、《出走》、《假行僧》。其中，《假行僧》里的一句，正是他的想法："我不想留在一个地方，也不愿有人跟随"。

他的业余时间用在电影上，有时在群里聊剧本，有时是一个人去网吧，逢假期又去过一次北京，几次大同。无一例外，都是去找拍电影的朋友。他很少去市里，少有的一次，是崔健的《蓝色骨头》上映那天，菅浩栋去了市里电影院，他记得清楚，全场只有三个观众。他的一切活动几乎都围绕着电影。

在矿上，菅浩栋一周三班倒，下井的时间分别是中午12点、下午6点和午夜12点，每次要待12个小时。有时，他下井前买一点火腿肠和方便面，饿了就吃几口，越快越好，吃慢了，吃进去的煤尘就多。井下的一切是黑色的，煤尘统治世界，相隔一米，两个人只能看见头上的矿灯。下井时，菅浩栋背着几样器械，长的接近五米，短的也有两米，加在一起百十斤重，扛在肩上直打晃，像喝醉酒的人走不了直线。在井下，菅浩栋给矿壁打眼。采矿车往前推进，菅浩栋跟在后面，往墙上凿出两米深的眼，把长矛一样的铁管插进去，砸上铁网，避免矿壁坍塌。

菅浩栋第一次下井是2013年9月，从夜里12点干到第二天中午，他回到宿舍，母亲菅采连打来电话，他张开嘴，攒攒劲，努力说了一句，妈，我好累。菅采连一听就哭了。

菅浩栋连哭的力气也没有，倒头就睡。工作第一个月，有人作业时掉了手指，工作两个月，一起应聘的有人辞职走了。但菅浩栋不能走，为了攒钱，他一直坚持了15个月，经常每个月下井23天以上，在潞安煤矿，这是年轻人里少有的高出勤率。每个月收入是六千块，菅浩栋都分成两份，三千留给自己花，三千转给母亲保管。

2014年底，他攒下了四万多块钱。那个时刻终于来了。菅浩栋从煤矿请假，离开了长治。

六

在山西省河曲县坪山乡，年轻人都在往外走，菅浩栋却回来了。他给新电影取名《光盲》。电影说了村子里一个盲人的故事，他在外打工多年，回到村子时却发现乡野衰败，土地因煤矿而塌陷，自己的老宅已成危房，无所适从。

故事主角的原型叫菅广顺，六十多岁，年轻时在工地上砸伤了头，成了盲人，只好去太原学按摩，一干就是四十年。但眼盲的菅广顺却是村里少有见到了大世界的人。早年，菅浩栋还小，每到春节，总喜欢去找回家的菅广顺聊几句，从他口里，想象从未见过的远方城市。前几年，菅广顺从太原回了坪山乡。

这个故事在菅浩栋的脑子里盘旋几年了。自从去大同读书，每次回家，他见到的故乡日渐凋零，好像一切都被煤车挖走了。离家的时间越久，回家时，就越像个闯入者。菅浩栋担心，故乡终将消失，他能做的只有把一切拍下来。

剧组一共13个人，除了旧友常标等几个喜欢拍电影的朋友，还有几个编导专业的学生，听说有人自费在山村拍电影，坐上火车就赶过来了。十多个人在河曲县城汇合，坐大巴进了村。为了节约成本，菅浩栋把家里三间房子收拾出来，找出所有被子，十几个人挤在三个大炕上。剧组伙食由母亲菅采连负责，每天早晨6点不到，她就煮饭做菜，一天三顿。

2015年3月，《光盲》正式开机。第一天开拍，菅浩栋在家门口举行开机仪式。菅采连搬出结婚时的嫁妆，上了香，一边鞠躬一边祈祷，祝儿子一切顺利，梦想成真。

离开潞安煤矿，菅浩栋形如自己是"从监狱里逃出来的囚犯"，一年多的计划付诸实施，他沉浸在紧张和兴奋里。每次试听背景音乐，刚把耳机戴上，他就手舞足蹈摇头晃脑，像进入另一个世界。拍摄之初，他举起酒杯带着整个剧组喊加油，但心里满是忐忑。开机前一夜，他根本睡不着，担心电影会因各种原因失败——菅广顺是临时演员，又是盲人，如果中途不能坚持，剧情就全黄了；剧组都是年轻人，大学生为主，热情地参与可能只是一时兴奋，第一次合作，如果中间闹了矛盾，可能分崩离析；村里条件差，如果拍摄太久，城里来的人能不能一直坚持，也令人担忧。

电影的绝大部分情节都真实存在。除了菅广顺的本色出演，其他角色都是村民临时客串。大部分村民听说要演维权的情节，摆摆手就不接话了。菅浩栋不敢把真实剧情告诉村民，拍到哪儿，临时演员就找到哪儿。电影拍到一半，因为没有合适人选，他和父母也上阵了。几个场景都是在自己家里。有人劝诫菅采连，儿子瞎折腾，最后可能是一场空。菅采连嘴上笑呵呵应付，却并不理会他们："我儿子不赌博不吸毒，想走自己的路，怎么就是一场空了？"

无论剧情设置还是镜头、音乐的使用，菅浩栋只按自己的方式来，剧组人员常有意见，但没人能说服他。"我不是固执。导演有自己的风格，我只是严格按照我的风格来。他们说的如果有道理，我自然会听。"但在片场以外，菅浩栋尽力地照顾剧组感受。他本来不怎么喝茶，这次为了缓解剧组压力，从北京特意买了茶叶，每晚泡上，整个剧组围着喝。

拍摄原计划二十天，但实际速度快得多，只用了十天，电影就拍到了结局。和主要情节基本写实不同，菅浩栋虚构了电影的结尾——盲人生病，到城里医院住了一段时间。当他病愈再回到村口时，却发现故乡已经搬迁，整个村子不知所踪，取而代之的，只有一片黑压压的煤矿。

菅浩栋用一个长镜头注视着这片土地：菅广顺下了面包车，拄着拐杖，一个人在电影字幕里落寞地走向远方。

七

"你相信命运吗?"讲算命故事前,菅浩栋先问了我这么一句。他直视着我,等待答案。我们当时坐在公交车里,前排乘客听见这个发问,扭过头来,瞥了我们一眼。菅浩栋不理睬这些。

这时,距离他的电影杀青已经三个月。虽然积蓄所剩无几,剧组解散时,菅浩栋仍给每个人发了两百块钱,作为象征性的酬劳。随后他带着素材,先去北京待了一个月,找朋友协助做后期剪辑。他住进北京褡裢坡的一间地下室,一个月租金600块。外面春光明媚,地下室里却冷得打哆嗦。后期初步做完,剪出的片子124分钟。朋友大都觉得太长,提议剪到90分钟左右,菅浩栋拒绝了,他认为许多缓慢的长镜头是必要的,"如果是画面来回切换,那么观众只是旁观者,只有我这样的长镜头,才能有代入感。"

菅浩栋对这部电影充满期待。依循着贾樟柯的模式,他决定把《光盲》送往电影节。他一口气报了九个国内外的电影节,光报名费就花了三千多块。其中,国外的电影节有五个:威尼斯、洛迦诺、温哥华、多伦多和釜山。他觉得,自己的优势是题材独特:"我拍的是农村纪实题材,通过农村盲人的眼睛看农村的变化,这个题材,此前我知道的,只有娄烨的《推拿》。"

如果真在国外的电影节上拿了奖,他可能得出国,但他还从没有办过护照。2015年6月,半年没上班的菅浩栋回到煤矿,为出国的这个"可能"做准备。

我见到他这天是周末。菅浩栋在煤矿已经待了四五天,办护照需要的户口手续差最后一个章没盖,但因为煤矿领导不在,手续卡住了。在微信朋友圈里,菅浩栋很郁闷:"想像《天注定》里大海那般拿着猎枪也来一场暴力。"躺在宾馆床上,他刷着微博,等待一个国内电影节公布初选名单。

在菅浩栋报名的九个电影节里,最早公布名单的是中国的"First青年电影节",官方微博上,主办方贴出的公布时间是6月14日。当天凌晨12点刚过,菅浩栋正和我说着话,突然抓起手机,看了一眼微博,随后自嘲:"还没出来。他们说是14号,我还以为过了零点就有。"放下手机他又说,因为风格不合适,评选规则也不太合理,他对国内奖项不抱希望。但第二天上午,他仍不时看着微博。过了中午,我们去吃饭,一直话多的他沉默着,不再看手机。我问他结果如何,他说,名单一个小时前就出来了,没入选。"他们侧重的确实不是我的类型,"他一边说一边习惯性地抖腿,"还是等国外的吧。"

吃完饭,我们坐上公交车,去他的宿舍收拾行李。公交车上,菅浩栋半天不说话,但一开口就跟我分析落选原因:"我的题材有批判性,反映的是农村现状,对政府不好看,所以没戏。"分析到最后,他又重复了几句对国外奖项的期待:"看看国外的吧。"

宿舍里剩下的东西不多了,菅浩栋打开锁住的衣柜,把一台相机拿出来,拆开检查一下,又装好,塞进书包。阳台上还晒着晾了很久的两件衣物,他从晾衣架摘下来,在手上拍打着。迎着阳光,衣物上落下灰尘,他在手上团几下,也塞进了书包。阳台的角落里堆着下井的工作服,全被染成黑色。旁边放着一个军用水壶,包着塑料袋,也是通体黑色。菅浩栋拿起水壶,

[故事]

演示了一下自己在井下喝水的动作,告诉我,喝的时候越快越好,不然,嘴里全是煤尘。

临走时,楼层的管理员阿姨特意守在楼梯口,欲言又止,等我们下了半层楼梯,才朝菅浩栋喊了一句:"真走了?"

"走了。"

"不回来了?"好像不放心,管理员追问。

"不回了。"菅浩栋边说边往下走,头也没抬。

走到一楼大厅,一个刚刚拖完地的管理员扶着拖把,指着侧门说,大厅还没干,走侧门出去。菅浩栋却大步流星,只往正门走去。管理员急了,跟上去问:"你怎么回事?别走这边!"

菅浩栋看她一眼,执意在刚拖过的地上踩过去,直奔大门而去:"走这边又怎么了!"

走出楼来,他摇摇头,"一点小事也没完没了,"说完,他又像背电影台词一样,补充了一句:"我和他们不是一个世界的,我不属于这里。"

菅浩栋经常会说出类似这样的话,突兀在嘈杂的现实。一天下午,我们在矿区走,下了雨,他一边撑伞一边看着天空,脱口而出:"我讨厌下雨,我喜欢太阳,太阳带来光明,以前下井,我看到的黑暗太多了。"有次吃饭,聊到刚来煤矿时,因为干活儿多瘦了一圈,他笑一下,郑重地说:"人的肉体瘦一点不要紧,我觉得,最可怕的是精神上的瘦。"

离开矿区的前一天,我们坐公交车去长治市区办理护照。手续很简单,填写领取方式时,菅浩栋选了"邮寄",但他拿不准填哪个地址比较好。犹豫了一会儿,他写上了大同——"先寄到朋友那儿,然后再给我。"

这也许是菅浩栋第一次感到"未来的不确定感"。多年来,从雁北煤校考到大同大学,从《追梦人》到《光盲》,哪怕是到长治做煤矿工人,菅浩栋都是一步一步朝着一个具体的目标迈进。现在,他最想拍的电影已经结束,事业却似乎刚刚开始。但他并不确定,两周后自己会在哪里。

八

6月16日早晨,菅浩栋背着两个塞满的书包,离开了潞安煤矿。我们在长治汽车站告别,他要先回大同,收拾行李,再去北京。

前一晚深夜,菅浩栋差点临时改变主意去一趟上海——贾樟柯将在那里举行《山河故人》的首映式。他查了火车票,从太原去上海卧铺三百三,"不贵啊。"说完以后,他又否定了自己:"来回车费加住宿花掉上千块,只是看一场电影,又不能和贾樟柯聊几句。"他最终作罢。

瞎子韩三说过,菅浩栋这几年很漂泊,但而立之后就能稳定下来。也许现在是时候了。

北京就意味着电影。贾樟柯当年也是从山西到了北京,才有了今日之名。二十二年前,贾樟柯考上了北京电影学院文学系。现在,菅浩栋也想去北京电影学院——他瞄准了北影的导演进修班,学制一年。虽然学费有点贵,但他打听过,只要有像样的作品,录取把握就比较大。

细细算来,菅浩栋已去过四次北京,每次去都是为了电影。2013年夏天第一次去北京时,菅浩栋曾在一个剧组做群众演员。

在那部戏里，他客串过一次北京电影学院的保安，和明星包贝尔有一场对手戏。包贝尔饰演的是一个在农村长大要考北影的孩子，他第一次走进学校大门，营浩栋饰演的保安穿着制服，站了出来，拦在前面，厉声问："站住！你来找谁？"

环球邮轮
六百余中国人的"甜蜜生活"

文 _ 李媚玲

一

地中海的傍晚,天色逐渐暗下来,"歌诗达大西洋号"停靠在雅典西南角的比雷埃夫斯港口。在淡蓝色海水的映衬下,这艘环球邮轮灯火通明。

这是个12层楼高的庞然大物。船上载着600多名参加环球旅行的中国游客,旅程长达86天。今年3月1日,他们从上海吴淞港口出发,已途经香港、东南亚、马尔代夫、开罗、苏伊士运河。现在即将开启这次环球之旅的最精华篇章:地中海之旅。接下来这一周,他们将游览西方文明的发源地:希腊与罗马。

3月28日,我匆忙从酒店打车到了港口,过了安检口,在码头的免税店里,我第一次见到了这艘邮轮上的乘客。近一个月的海上漂泊之后,此刻,他们正兴奋地在免税店里挑选希腊本地产的橄榄油和肥皂。为了比较挑选出一款价格与容量的最优搭配,一位中年女乘客掏出手机上的计算器,将货架上所有的橄榄油按标签与标价迅速计算了一遍。

深夜11点,原定10点开船的大西洋号仍然纹丝不动。在位于第二层甲板的前台,一位脸色铁青的香港男乘客从电梯里疾步走出来,他的粤语又快又急,对前台的服务员嚷道:"我要下船!这船不安全,把护照还给我!"

船似乎坏了。之前已有人到前台闹过几次。"把船长扔到海里去!"一位乘客大喊。流言与八卦也是漫长旅途中必不可少的调剂。有几位乘客偷偷告诉我,船之所以不走是因为"有人跑了!偷渡了。"而"偷渡"的人数也从一人很快"上升"到了三人。

"中国人太着急了。"廖耀宗摇着头说。11点半左右,在第二层甲板的"甜蜜生活"中央大厅,廖耀宗睡不着,拉着我和他聊天。

"甜蜜生活"中厅,是这艘邮轮上最吸引人的地方之一。跨越十层甲板,从大堂酒吧可以一直仰望到大西洋俱乐部。大堂一侧的三个柱状吊灯,由意大利著名的Murano玻璃制成,并配备了三部豪华透明的观光电梯。让人恍惚想起费里尼镜头里《甜蜜生活》中罗马上流社会聚会歌舞的狂欢场景。

廖耀宗51岁,来自天津,毕业于南开大学哲学系,是一位房地产富豪。刚上船那几天,几个中国乘客们为了在"提香"餐厅门口拍照的顺序吵架,甚至差点打起来。"急什么啊,咱们还有三个月的时间呢!"廖耀宗说,"能来参加环球之旅的人,肯定都是向往文明的。大家能上船,就已经是为文明做了很大贡献了。"

廖耀宗这次带着妻子与父亲一起参加环球旅行。"我们三个人的船票钱等于把一套房子扔到海里去了啊。"这次环球邮轮的船票市场价大约20万元人民币,但歌诗达对起航的价格给出了更优惠的折扣,平均下来每人大概15万人民币左右。

作为世界上最慢的旅行方式之一,与飞机相比,环球邮轮更加费时,也更昂贵。在上海吴淞港口起航时,歌诗达为这次旅程举办了一个隆重的新闻发布会。廖耀宗参加了那次发布会,一位外国媒体记者问他,为什么会选择邮轮?他给出了一个诗意的答案:"天空不是人类休息的地方,人类应该去亲近海洋。"

二

刚登上这艘船,你会有种错觉,仿佛来到了某个欧洲小镇。船上的中国人绅士而礼貌,即使素不相识,他们也会在走廊和电梯里对你点头微笑,甚至主动问好。"你好!""Morning!"甚至有男士会主动为陌生的女士开电梯门。

但3月1日刚上船时,他们对于来自陌生人的问候还感到别扭和拘谨。对于这段新鲜而未知的旅程,有人甚至带上了洗衣机、电饭煲、榨汁机和洗脸盆,还有人带了30斤茅台,有个姑娘带上了几大箱子零食,有人精心准备了一百多张与目的地相关的电影海报、邮票。一些老年人为了给儿女省钱,不在船上买水,偷偷带了好几大桶饮用矿泉水。

如今一个月过去,他们已在船上经历了精彩的泳池派对、拉丁舞派对、阿拉伯之夜、70年代复古派对,甚至还有经典的西方音乐剧,卡鲁索剧院的歌剧表演。他们似乎正在习惯和接受西方人的交流方式。

大西洋号的设计灵感源自意大利导演费里尼，混合了梦境与巴洛克艺术，各层夹板均以费里尼的经典作品命名，从第1层到第12层分别是：杂技之光、甜蜜生活、大路、罗马、小丑、阿玛珂德、访谈录、八又二分之一、舞国、扬帆、月亮之声和卡比利亚之夜。

这艘邮轮的载客量其实可以达2680人，虽然只卖出了600多张船票，但歌诗达邮轮公司仍然很满意。这个欧洲最大的邮轮公司成立于1854年，最早是在热亚那和一些地中海岛屿之间运送织布和橄榄油。现在他们打算进军中国市场，用了将近三年的时间组织这次旅行。

中国的邮轮生意其实还不大。2014年中国乘坐邮轮的游客人数大约是70万，而美国和欧洲分别有1000万和600万。但是中国的这个数字在两年内增长了79%——有人预计中国会在2017年之前成为世界第二大邮轮市场，并在未来最终取代美国成为第一。

七八年前，当天津港口来了第一艘邮轮，当地人都挤去看热闹，大家都没见过那么大的船，廖耀宗也挤在人群里，当时他已经担任某地产集团的副总裁，正是中国地产业的黄金年代。"我当时就想，将来一定要带着我爸爸坐上这种大船出去玩玩。"他说。

"对中国人来说，邮轮就像80年代的羊绒衫，很贵，很少有人穿，于是你就想早晚也要去弄一件来穿穿。"廖耀宗说，"就像奔驰宝马，中国人通常只愿意买这两种车，其他车即使比这个贵也不买，因为别人不认识，不知道你有钱。"

廖耀宗是中国第一代房地产商。90年代，刚大学毕业没几年，他就想赚点钱给自己办一个体面的婚礼，当时的有钱人用父亲的话来说都是"二道贩子"，从南方倒卖衣服、电器和瓜果等赚到了钱，但部队出身的父亲觉得这个工作"太丢人"，于是廖耀宗进入了房地产行业。

但现在，中国的房地产行业正遭遇一个平台期，这让廖耀宗忧心忡忡。他担心政府的拆迁费用下降，这意味着当地的房价也要下滑。土地、钢材和人力成本都在上涨，再加上通胀因素，市场疲软，开发周期更长了，生意越来越不好做。

尤其在到达雅典之前那长达6天的漫长航海日。"在船上什么也干不了，我能不担心自己的生意吗？"廖耀宗说，"这三年，我基本把前三年赚的钱都亏进去了。"

歌诗达邮轮为所有乘客组织了各种舞蹈课、手工课、意大利语言课、民族表演、泳池派对、魔术表演等活动，还有棋牌娱乐、游戏厅、卡拉OK可供消遣。还以50个临近的船舱为单位组成了邮轮社区，由社区主任组织了舞蹈比赛、麻将竞赛、乒乓赛和邮轮达人秀等活动。

精力充沛而热情的大妈们是这些活动的主力军。她们成功地将广场舞移植到了邮轮上。每天晚上，在"甜蜜生活"中央大厅的吧台舞池中，大妈们地跳起了"小苹果"。每当乐队点歌时，她们就大喊："来个小苹果！"持续两周之后，廖耀宗忍无可忍。他跑到前台对服务员说："不许再唱小苹果了！我实在受不了了。"那是他上船以来唯一的一次投诉。

还有一件事让廖耀宗心烦。在9层的自助餐厅，有一位客人的头上长了一块癣，有时候很痒，这位客人就在吃饭时随手拿起餐厅的叉子去挠头。在这艘庞然大物里,70岁以上的老年人占去一半人数,最年长的乘客88岁,最小的乘客只有12个月。他们涉及的领域涵盖了这个国家最醒目的一些职业:国企退休员工、私企老板、医生、诗人、摄影家、作家、企业家、画家、歌唱家、古玩家、金融家、选秀歌手、名模等等,其中商人占了大多数,而商人中绝大部分是做房地产出身的。

"船上的酸人太多了。"廖耀宗对此不屑一顾,"很多人不过是给自己的头衔前边增加一个'环球'的称号而已。"他靠着桌子,微眯着眼睛冷眼旁观着这艘船。已经接近午夜零点,中厅空无一人。船还没有起航,随着码头的海浪像摇篮一般轻柔地摇摆。

三

第二天一早,我醒来时已经9点。掀开窗帘,船还停在雅典的码头。在第二层"甜蜜生活"大厅,人声嘈杂,中厅的沙发上挤满了人,气氛有些紧张。八个服务员脊背挺得僵直,表情紧张地并排站在前台,为涌上来质询的客人解释:"技术原因。"

"到底是什么技术原因,你给我说清楚!"一位年龄较大的男士用手指着一位中国籍服务员,指头几乎要碰到她的鼻尖了。小姑娘的脸瞬间涨红,鼻尖渗出细密的汗珠。船上有833名工作人员,来自29个国家,其中中国员工有160人。几位穿着工作制服的意大利人站在酒廊旁边焦急地谈论着什么。

为了平息旅客的不满,歌诗达号29号当天为中国客人们安排了免费的岸上游项目。上午10点半,客人们在码头乘坐订好的大巴前往雅典市区。

由于这是个临时决定,临时安排的导游小姑娘英语不太好,也没有做好充分的准备,一路上解说起来有些局促。在大巴车上,一位男游客手里拿着一沓打印好的攻略,不停地打断她,为她纠正一些小失误。

"停!停!停!"一位短发中年女客人突然站起来大声打断小姑娘,对车上其他人说:"导游偷工减料了!没有翻译完整。"她站起来走到车子的前端,用一只手指着雅典当地的女导游,另一只手指着小姑娘说:"这样,你说一句,你翻译一句。"

小姑娘有些尴尬,一紧张又把篮球馆(Basketball)翻成了足球馆(Football),那位男游客依旧大声纠正她说:"又说错了!"车上的人哄地一下笑了起来,尽管这笑声有些嘲弄这位男游客,但小姑娘更加尴尬了,她下意识地往后退了一小步,把脸藏在座椅靠背的后边,车上的人看不到她的表情了。

而在雅典卫城的脚下,另一群中国人被一道简单的数学题给难住了。

廖耀宗选择了自由行,他下船的时候遇到了另外5个乘客,于是6个人决定包一辆出租车一起游览,一共70欧元,每人平均约出12欧元。正要出发,船上另一位阿姨也想加入,一共7个人,于是出租车司机把价格提高到了80欧元。

问题来了,请问现在每人该出多少钱?80欧元除以7等于11.4欧元。错了。这位阿姨给出了不同的答案,她是这样算的:原来6人70欧元,每人出12欧元,现在只增加了一个人,并未增加其他人的成本,而价格只提高了10欧元,所以多出的10元由她来出，其余人仍然每人出12欧元。

两种方案，这位阿姨所承担的成本只少出了1.4欧元，不到人民币10块钱，但为了破解这道数学难题，7个人花了半个小时。最终廖耀宗和其他船员退让了。

傍晚回到船上时，我的房间里收到了一封通知：船修好了，明天早上前往圣托里尼。一场小风波终于平息了。

四

在邮轮上，你经常能听到这样的对话："我们在纽约买的裸钻真是太便宜了……"，"我家里那好几块OMG手表，保养一次就得不少钱……"，"我们这次本来想带个保姆上来的……"

电影泰坦尼克号里提到的"New Money"之间的较量总在暗暗进行。谁在酒吧的消费排名第一？谁在赌场玩多大的？谁的相机是徕卡的？谁住的是顶级奢华全景阳台海景套房？谁今天去岸上游览时买了哪款奢侈品？在船上，仿佛有一个无形的排行榜，而谁今天又不幸地跌出了这张榜单。

每个乘客花15万买到的只是一张船票的价格，其他各种消费需要自己另付。比如每个靠岸城市的岸上游价格、晚上酒吧的消费、互联网服务、咖啡厅、免税店、赌场以及健身美容SPA等等。

中国乘客似乎既阔绰又节俭。船上的互联网WIFI套餐分为几种，他们很快选出了最划算的100美金套餐。同时，为了节省流量，很多人宁愿等着去岸上或码头找免费的WIFI上网。

房间里的瓶装饮用水价格通常在5美金左右，有些客人会去自助餐厅接免费的水回房，或者从岸上想方设法带回几瓶水来。船上组织了需要付十几美金的品酒会，去参加的人寥寥无几，但如果是免费活动，却又被挤破了头。有人在卡鲁索剧院看剧或者表演时把手机或雨伞落在那里了，却从不见捡到的人去前台归还。

更多客人的投诉，集中在不合口味的饮食、各种服务的瑕疵上。位于第二层甲板"甜蜜生活"的前台，成了矛盾的集中爆发地。

不过，还有一种投诉超越了这些层面。就在24小时之前，80岁的上海退休教师严先生义正词严地从房间冲到了前台。让严先生感到不满的是，船上的电视节目中播放了海外一个脱口秀节目，其中抨击了中国的政体与现状等。

"我不能容忍！"严先生和老伴儿拉着我坐在3层甲板的弗洛里安咖啡厅说，"他们有什么资格评价中国的政体和现状？我们现在有钱出来环游世界，还不是因为中国经济繁荣，祖国强大了吗？"严先生有点激动，嗓门提高了几度。

真正的弗洛里安咖啡馆（Caffe Florian）创建于1720年的威尼斯圣马可广场，是世界上最古老的咖啡馆之一，据说海明威也曾在那里流连。"小点儿声，小点儿声。"严先生今年76岁的老伴儿不时地扯一下他的衣角，提醒说，"公共场合说话小点儿声，不要打扰别人。"

严先生联合了几个老同志一起去前台投诉了好几次，"中国人不能再被外国人欺负。"他说。几个小时之后，这档节目终于停播了。"我们胜利了！"在走廊里，严先生和另外几个老同志激动地握手庆祝。

严先生和老伴儿退休之后一直热衷于旅行，也是资深的邮轮游玩家，可以轻松对比出公主邮轮与此次歌诗达邮轮的优劣以及服务的细微差别。

1998年香港刚刚回归时，严先生和老伴儿去香港旅游，觉得维多利亚港的灯火辉煌，简直是另一个繁华世界。而这一次环球旅行经过香港时，严先生有了新的感受："维多利亚港也不过就是那样嘛，看起来那么小，我们上海的外滩也不亚于他们呀。"

严先生还特意和一位香港当地面馆的女老板聊起来，"香港回归以后怎么样？你们支持'占中'运动吗？"他问。"不支持啊，家里小孩听了别人的话出去闹事，我担心死了，餐厅的生意也受到损失，差点关门。"听到女老板这么回答，严先生感到很欣慰。

2006年，受签证和收入以及假期等因素影响，中国出境游乘客还不多，在法国的一家酒店里，严先生甚至被服务员误以为是日本人。2012年，严先生第一次办理签证参加邮轮旅行，当时的签证制度极为严苛麻烦，不仅需要出示两位的结婚证，还需要去公正。那时候，中国还没有长途邮轮旅行产品，两人只好飞到欧洲和美国去乘坐邮轮。

"人家欧美的车都是让人的，他们一点儿也不着急，从来不和行人抢路。"严先生说。"欧洲人也不存钱，他们的社保制度有保障。"老伴儿补充。

五

在邮轮上的各种八卦调剂中，有两段罗曼史流传甚广。

第一段是关于Summer女士和船上的意大利钢琴师卢西亚诺。船上的一个小姑娘跟我发誓说她看到了两人在日光甲板上手拉手，但两位男女主角跟我发誓说他们并没有拉手。

Summer今年52岁，来自中国四川。她头发卷卷，总是笑眯眯的。"多么诗意，一艘船就这么慢慢地绕着地球转一圈。"她眯着眼睛，手指轻轻地在空中划了一个圆圈儿。

她是1978年恢复高考后的第一批大学生。1988年，海南独立建省，Summer放弃了每个月100元的工资和单位分房的优厚待遇，决定和男朋友一起随着中国的20万大学生去海南闯荡一番，两个人约好："至死不回头"。

Summer见证了90年代海南炒地皮的疯狂。连街边不认字的卖槟榔的老太婆都能掏出一张红线图（卖地皮的官方文件），把一块已经转手了五六次的地皮以上百万上千万的价格向路人兜售。每次有人去看地，她们就带着对方到海边指着茫茫大海说："这里就是未来要填海造田的地方。"

海南的房地产泡沫终于破灭后，其中一小部分人赚到了钱，大部分人黯然离开海南岛。Summer是留下来的三万大学生之一。1991年，她坚持要借几万块钱买下丈夫所在的建筑公司的原始股。她的远见得到了回报。两年后，建筑公司上市，Summer几万元的投资翻了几十倍，变成了几十万。又是两年后，Summer开始用她的第一桶金投资房地产项目。2006年，Summer和丈夫离了婚，用她在房地产行业中赚到的钱开始投资有机农业。

"上船半个月的时候，真是烦躁得很啊。"Summer说，四川人一般口味比较重，邮轮上的饭菜虽然做了中式的调整，但仍然很寡淡。尤其是那漫长的一周航海日，每天漂在海上，什么也干不了，实在难熬。Summer决定去学学船上的意大利语课程，下课之后她就去找意大利钢琴师卢西亚诺练习新学到的内容。

卢西亚诺来自罗马，今年60岁，一头银发，每次在"甜蜜生活"酒吧弹钢琴的时候，他总是边谈边唱，歌曲的节奏很欢快，他唱歌时总是转过那雕塑般的面庞对观众微笑着，拥有无数粉丝。

"Summer的意大利语学得很快，她很聪明。"卢西亚诺说，"我喜欢和中国人聊天，他们总是很真诚。"卢西亚诺给Summer看自己以前演出的视频，还打算向她学习中国歌曲。Summer把今天新学习的意大利语单词拿出来重新温习了一遍，在表演的间歇，两人又坐在沙发上聊了起来。

但另一段罗曼史小故事，则有点小忧伤。

3月1日刚上船那天下午，袁野在"甜蜜生活"大厅的酒吧遇到了来自西西里岛的意大利乐师Mauruzio，两人一见如故，一起拍了张合影。两个人从来没约会过，但总能在自由行的景点偶遇。"他也许不知道，他给我带来这么多快乐与惆怅。"袁野说。

虽然语言不通，但两个人还是慢慢熟悉起来，合影也越来越亲密。他们一起在日光甲板上晒太阳，在舞会上打招呼，细心的意大利人还热心地做起袁野岸上游的导购，虽然她什么也听不懂，但他还是执着地在一张纸上认真地写满了各种价格和品牌的名字。有一次，在马尔马里斯岛的海滩边，袁野做了个要跳海的动作，Mauruzio吓得立刻冲过来抱住她。

袁野是中国第一代售楼小姐。80年代中期,出来卖房子是一件很丢人的事。"说明你进不了正式的国家单位。"她说。她2002年下海,做起了房地产生意。袁野和前任丈夫结婚是1983年,当时她只有21岁,对方是自己的领导介绍的,两个人认识还不到一个月,相处没超过48个小时,也从来没有约会过。

大西洋号抵达希腊圣托里尼岛时,在那个到处是浪漫蓝白房子的小岛上,湛蓝的爱琴海边,袁野又遇到了Mauruzio。圣托里尼的山腰上开满明黄色的野花,两个人一起在山坡上一起漫步,拍照,浪漫的意大利人为她唱了"Everybody is changing"这首歌,还采了一束鲜花给她。

但那是两个人最后一次见面。4月1日,愚人节,袁野一个人在提香餐厅里。Mauruzio在西西里岛下船了。由于语言不通,袁野甚至不知道意大利乐师是否和自己告别过,但Mauruzio给她留了一个类似社交网络的账号。我帮她搜遍了Facebook、Whatsapp、Skype等西方人常用的社交网络工具,但没有找到那个账号。我问遍了我所能找到的船上所有的乐师和船员,但由于Mauruzio不是邮轮公司正式签约的员工,没人知道这位来自西西里岛的意大利乐师的联系方式。

"那束鲜花还在房间里,虽然我们生活在同一个地球上,但已经不可能再见啦。"袁野伤感地喝着闷酒。

六

4月2日早上,大西洋号终于抵达罗马附近的港口,我们随着船上的一个自由行旅行团进入罗马市区。车上大部分游客是老年人，一位戴着鸭舌帽的大爷举着手里的DV，把窗外的景色和导游的介绍全部录了下来。

一位台湾来的女地产商一个人占了两个座椅，她大约五六十岁，头上戴着一顶鲜红的毛线帽，身上穿着从房间里带出来的雪白的浴袍。"我老了，怕冷。"她说。当导游安排其他客人坐在她旁边时，她用手一挡，把导游小姑娘拉近一点说："你让她去和别人挤一下吧，我老了，怕挤。"

导游开始介绍罗马的古建筑，台湾女乘客对周围的几个大陆老年游客说："千万不要去看古建筑，劳民伤财，不值得，还不如去购物来得实惠。"接下来的一路，她开始给几位客人讲述如何鉴赏不同产地的龙虾。

"对于罗马，大家还有什么关心的问题要问吗？"导游问。车里一片沉默，过了片刻，一位坐在车子后部的阿姨小声说："他们的房价高吗？"听到意大利导游介绍后，这位阿姨发现罗马的房价也没贵得那么离谱。过了一会儿，她又问："他们的社保制度怎么样嘛？"

快到达目的地时，导游说大家要在这里下车，5个小时之后再回来集合，鸭舌帽大爷有些急了。他把DV机一关，生气地说："我们不会讲英语啊，你们怎么能把我们扔在这里。"导游赶紧解释："您选购的这个岸上游产品是自由行，不会英语的人应该在另一个团里，全程有导游翻译的。"

"那你们带我们去景点嘛！反正你们也没事情。"鸭舌帽大爷后边座位的一位大爷喊道，另外几个老年男乘客也跟着嚷嚷说："就是嘛，我们不认路啊。"车里乱作一团，几位大爷越说越激动，鸭舌帽大爷嗓门越来越高，脸色涨得通红。

台湾女客人突然站起来，趁乱把车上的意大利导游姑娘叫过来问："Hermes、克里斯汀、LV、香奈尔、Prada……？"意大利姑娘被这一串中英文混杂的名字给弄糊涂了，一脸困惑。台湾女客人赶紧对中国导游说："你帮我问问她，我要买这些品牌的当地设计师的作品在哪里？一定要当地设计师的。"

车里的年轻人毫不掩饰自己对这一幕的厌恶。坐在我旁边的Y先生，从北京来，他对着这群老人竖起了中指。上一次他这么做的时候，双方差点儿为此打起来。"来啊！我才不怕他们！"他对着这群老人大喊了一嗓子。Y先生是60年代末生人，但在船上，他已经算是年轻人了。

当中国导游把罗马和下一个行程目的地巴塞罗那做对比时，一位大爷不满地嘟囔说："你罗马还没讲好，就去讲巴塞罗那。"坐在他前两排的另一位三四十岁的中年男士扭过头来抢白道："有本事你去把罗马买下来啊！"大爷不再讲话。

"这艘船应该是年轻人的，他们应该出来看看这个世界。他们才是中国未来的希望。只可惜，中国的年轻人正被困在城市里当房奴。"Y先生说。他把手里的罗马地图用力折了一下，朝老人们狠狠地白了一眼，戴上耳机，把脸扭到窗外去了。

七

我下船的前一天晚上，在位于第三层甲板的"冬季花园"，我又见到了廖耀宗。他决定在邮轮离开欧洲之前也提前下船。"急着回去挣钱啊。"他半开玩笑地说。

这次回去之后,廖耀宗想改行了。"时代变了。"他望着窗外漆黑的一望无际的海面说。当他刚进入房地产行业的时候,中国人对所有"有钱人"都格外尊敬,哪怕他们穿运动鞋搭配西装,穿花尼龙裤子配皮鞋。但是现在,中国人把那些富得只剩下钱的有钱人叫做"土豪"。这是廖耀宗最害怕的一个称号。

"我不想让我的女儿以后对别人说,我爸爸是个开夜总会的。"为了避免这个称号,他不买"长枪短炮"式的照相机,他只买徕卡,而且要配上英伦范儿的白金汉相机包。他也不买奔驰宝马,他还读欧阳山尊和王度庐。

"房地产行业太粗暴了,不适合干一辈子。"廖耀宗想改行去做文化教育产业,比如黑胶俱乐部,艺术性沙龙、马术等与素质教育相关的行业。"人家欧洲培养一个贵族要三代,咱们也得抓紧时间了。"他说。

4月4日,邮轮到达巴塞罗那。我在这艘庞大的邮轮上待了一周。这七天里,我做了个小测验,问船上所有我碰到的人同一个问题:"你觉得中国的未来是什么样的?"他们的回答惊人的一致,包括廖耀宗。他说:"我从来没有想过这个问题,我觉得这个问题不是我该考虑的。想了也没用。"

我在那天中午下船,地中海阴晴不定的天气突然飘起了一点小雨。站在巴塞罗那的港口,我回望着大西洋号巨大的带着字母C的明黄色烟筒。这艘载满600多名中国人梦想的邮轮正在从春天开往夏天。

风雪聂拉木

文_胡月

一

从日喀则到樟木的班车早上7点出发,天还是黑的,对号入座。

后面一个穿黄棉袄的男人冲着我:"去旅游?"我敷衍地朝他点了下头,天黑,对方面目不清。

——"去尼泊尔?"他继续问,我"嗯"一声。——"我也是去尼泊尔的。"他说。

"哦。"我客气地朝他的脸微笑,"是吧。"大清早的真心懒得搭话。两位中年藏族妇女上车来,装束比其他藏民整齐讲究些,一位披紫围巾的戴了眼镜,汉话说得直筒筒声音又大,像常年站在黑板前教藏人基础汉语的老师;另一位正好坐我边上,裹着厚厚的藏袍。车前头,一个四川口音的人大声讲话——他擅自坐了司机右边的头排单座,没对号,该座位的旅客来了,是个藏人,坚持让他换到别的地方去,他不肯。

"——从来就不对号嘛。这车我坐过多少次了,从来就没对过号嘛。"一张嘴就是国营单位混久了的流气和油滑。

"你是多少号,就坐多少号嘛。"那藏人坚持。

"从来就不对号嘛。"他挣扎。

"你是多少号,就坐多少号嘛。"藏人不急不躁,语气坚定,反复说着以上的话。占座的终于无奈让出了座位,一边往后面走,一边还在说:"从来就不对号嘛。"

发车时间到,有一个座位的人没来,票已经卖了,车老板说要等。一等半个小时,天渐渐亮了。等人凑齐,车开出汽车站,天已大亮。上了路,才发现比没出发的时候更令人搓火。这位司机的技术真是令人瞠目结舌。在日喀则市区平坦无比的好路上,这辆车开得颤颤巍巍,慢慢腾腾,连蜗牛都会急死。

在藏区的优质公路上行车,有一种令人失掉时间感的催眠效果,绿河黄沙雪山蓝天在侧,走上几个小时大同小异。下午三点,司机把车停在一个小镇,大家找地方吃饭。紫围巾和坐我旁边的藏袍阿姨,跟在我后面,黄皮袄的男人拎着一个大保温瓶走在前面。他们走进了一家餐馆,喊我跟着,并建议我跟他们点一样的饭,说这样吃上得快。三人都是藏人,交谈不说汉语,只和我交流时,才小心地吐出一些必要的汉话句子。饭毕,黄皮袄男人用他的保温杯,倒给我一杯开水。

车继续往前开,越开越高,越开越冷。天色渐暗,路两边开始有雪。藏房少了,人烟也稀了。到樟木前的最后三十公里,是从海拔四千米的聂拉木降到一千多,所以,越冷越是好事,意味着我们离目的地近了。

天色接近傍晚,视野深灰,雪大让路面全白,风也越来越猛,车厢冻脚。自从开始下雪后,"急死蜗牛"司机就开始把车开得歪歪扭扭,我暗暗对自己说"再坚持一会儿,过了这段下山就好了"。山路一转,前方山上出现几排前后交错站立的水泥楼房,似乎是个小镇子。那便是聂拉木了。

中巴爬上通向水泥楼群的一条路,慢慢两侧出现了小商店、旅店,车沿着盖满雪的细小马路开到一处加油站加了点油。然后,坐在车头跟着司机考察的车主人忽然对大伙儿说:"有住旅店的,住哪家说一声,我好给你们停车。"

此话一出,大事不妙。我赶快冲到车头去,差一点就要揪住他衣领子:"住旅店?!不走了?!"他瞄我一眼,轻描淡写地回了一句:"你看看这路,能走吗?我敢走,你敢坐吗?"

二

在紫围巾阿姨的介绍下,黄皮袄、另一位年轻人还有我,都跟着她和藏袍阿姨住进了雪域旅馆。三个女的住一间,三张床,一张小小的藏式立茶桌,一颗灯泡,屋里冷得和外面没区别。

行李放下,大家聚到隔壁的烤火房烤火。藏式旅馆的烤火房等于"大堂",服务员白天待在这儿,要水要茶、交谈碰面也都在这儿。很大的藏式房屋,中心一架铸铁藏炉、大煤筐,四周摆了大大小小的椅子,房间三面靠墙也都是铺着藏毯的长座位,可以坐下十几人。火炉上坐着三四个大白铁皮和黄铜的水壶,红脸的服务员姑娘不断过来给我们加酥油茶。

一边喝茶,一边谈论明天的天气。那位年轻人说:"如果雪不大,明天可以走下去。"他就是坐在头排、坚持对号入座的那位，叫贡布，是四川阿坝的藏族。说到对号入座的事儿，他不好意思地说："要是个藏人，我就让了，汉族人，还是个警察，就算了，警察还这样。"原来，对方为了要贡布让座，说自己是个警察。贡布长得很耐看，轮廓清晰柔和，他是大学生，藏文学院毕业了分到乡下教书，没去，跑到边境上来，跟着在樟木的叔叔做生意。

黄皮袄男人叫加措，仔细看长相也不赖，三十多岁，虽然风尘仆仆的，但从穿着上看也见过大世面。加措是甘肃的藏族，从甘肃到樟木，再从樟木到加德满都，再从加德满都去印度，他的弟弟和妹妹在德里生活，他计划和他们一起过春节。

说起汉话来，贡布的口气谦和缓慢，加措的普通话有地方口音、直率简单，显得有点笨拙。藏式房屋里，摆着一些藏人生活的常用器：做酥油茶的长桶，雕花的木柜子和木桌，供神用的灯。贡布和加措热心地告诉我每件东西都是干什么用的。我们找了一家牛肉面馆吃晚饭。

加措担心到了加德满都，办不成去印度的签证。问他为什么不在拉萨办？他说，在拉萨更难办。他们去印度很难，即便是在加德满都办，听说也有危险。问什么危险？他说：首先能不能拿到签证不一定，再者就算拿到签证入境了印度，但回来时在中国边境上护照上有印度签证，也有危险。所以，"很多人连从尼泊尔去印度的签证都不办，怕回来遇上麻烦，就在印、尼边境上给人一点钱，把人偷偷带过去。"

"这里发生的事情，说出来你们都不一定信，根本不是你们能想象的。"贡布接过话头。我说我相信。

贡布说："别说内地人了，就是在藏人里头也是想法各种各样。像那些樟木边境的藏人，就对这些政策和手段没有意见，对一切都满意，为什么？因为给他们这种边境的好处比偏僻地区好：一个老师，在樟木的工资就至少四五千，大城市都不一定有这么高。所以，樟木的藏人和阿坝的藏人，态度就完全不一样。你听樟木的藏人，特别是那些在政府国营单位的人说话，就和新闻联播里没什么区别。我去内地，都没听过内地人这么说话。内地人讲钱，不爱讲政治。"

牛肉面味道相当好。在车上苦苦晃了一整天，痛痛快快地说上一会儿话，吃上了又热又香的牛肉面，心情似乎好了不少。几个人也不知不觉拉近了。

转天我早早地醒了，一边拍打沾满了土的旅行背包，一边想着今天走下山的事。但是推门一看，外面雪还在下，地面上积的雪已经没过脚踝、深到小腿。

路上有人用塑料编织袋绑在两腿和两脚上，大部分店铺都关着门，找可以打国际长途的地方都难。我想打给尼泊尔的朋友，通知他们不要从加都开车到边境上来了，大雪封路，过境时间待定。从聂拉木打到尼泊尔的手机上，每分钟五块钱。

回到房间，眼看快11点了，四位藏人朋友甚至都还没起床，显然他们认为今天是走不了。在烤火房又烤了会儿火，他们陆续出现，贡布和加措最晚，快下午1点钟才笑眯眯地晃进来，"反正也走不了，没事不睡觉做啥。"加措憨憨地一边说，一边笑呵呵地挠了挠头。

"这么大的雪，谁也没法走。"他们异口同声地说，并向我详细解释为什么走不了：出了加油站就是山路，就算不刮风光下雪，雪深了走起来都不安全，何况还刮这么大风、眼都睁不开，更甭提还得背着东西，苦力都不肯；而且，出了聂拉木，前头至少还有二十公里的路同样在下雪呢，其中几段每次下大雪都堆得三层楼高，就算推土机推，也只能推出一条中间道，两边雪还是有三层楼高；何况现在还没有推土机推，就是现在雪停了，人也过不去。

"走路，是走不下去樟木了，现在唯一的希望，就是看推土机什么时候推。"他们总结道。

不过，雪不停，推土机是不会推的。雪停了，还要看推土机想不想推，要是没什么首长经过，晚几天再推也是正常的。

三

既已如此，推土机成了我们唯一的希望。今天雪停，明天推，后天能走。所以在聂拉木要待"至少三天"。我坐在火炉旁，心里这么暗暗算着，把双腿双手尽量靠近气息微弱的火炉，低头全神贯注在压制心头升起的焦躁。想想昨晚睡的那个毛巾结冰、穿着棉衣棉裤、盖着两床被子仍打哆嗦的三人房，这个条件简陋得让人连要点热水洗脸都不好意思的烤火房，这个只有最最靠近才能感觉到一点儿暖意的炉子，除了忍耐，坐住屁股底下的这把小凳子，等着雪停、推土机出现，似乎什么也干不了，也没地方可去。

一脸沮丧，被几个藏人朋友看在眼里。为了宽慰我，他们围着火炉、半解闷半认真地讨论起"怎么才能走"来。

"这时候，只有弄架直升机来才行。"加措说。

"前几年有个当官的就困在这儿了，他们真的弄来一架直升飞机接他。风太大,不熟悉这边地形,连那个头儿带飞机都摔到山里了。"紫围巾阿姨说。

紫围巾阿姨桑姆,刚刚从樟木中学调到聂拉木,原来在樟木中学教过汉语,后来还当了校长。藏袍阿姨是桑姆老公的姐姐,叫曲珍,不会讲汉话,但能听懂一些,一直在旁边看着大家讲话,灵活柔顺的眼神非常专注。曲珍和桑姆都是五十岁左右,但都显得很年轻甚至有点小孩子气。

桑姆说,曲珍一辈子没有结过婚,到现在还是一位姑娘,她在桑姆老公家里的十个小孩中比较年长,很早帮父母照顾弟弟妹妹、带他们成人,不知不觉青春过去,虽然从那时直到现在,一直有许多人提亲,但她自己不愿意,说一个人过惯了,也不愿意离开弟弟妹妹们。现在不管弟弟妹妹哪一个家里需要人帮忙,她就住过去,吃苦受累的活儿都由她干,对这种"游牧生活"她很满意。作为一位老姑娘而不是妇人,曲珍阿姨明净的脸上始终有一种秀美而温顺的神情,既单纯又端庄。加措说:"曲珍阿姨年轻的时候,肯定是美女呀!"我们纷纷点头同意。

烤火房的小电视里,播着西藏台的"红色"节目,试着转了几个频道,几乎大同小异。偶尔一点娱乐节目,也照搬央视晚会风格。看我这么惊讶,加措和贡布说:"西藏的电视节目,就是这样嘛!想看电视,就是看这个,不然就没电视可看嘛!"像在聂拉木这样的县城,只能收到西藏的几个大同小异台,其他文化生活又几乎没有——旅店里,这样的电视从早到晚开着,过路住店的人无所事事,就一直盯着看,谋杀时间,也谋杀意识。

听到这儿,桑姆发言了。她的话让我们大为吃惊——在这个问题上,桑姆的看法"跟新闻联播一模一样",连用词都一样——她就像小学生在背诵老师要求背的课文,而且因为背得好,桑姆的语气中有一种"优秀学生"的优越感和不容置疑,对"淘气捣蛋学生"加措和贡布所说的那些观点表示不屑一驳。

作为一个内地人,我也聊起中国发生的一些事,并非我们看到的那样。桑姆一边慢慢摇晃着身体、很认真地听着,一边开始困惑。她沉默了一阵子,似乎不知道该怎么反应,然后说:"就算这些事情都是真的,但是我本人当个好人,只办好事,总不会错吧?"她说,"离太远的事儿,不知道咋回事儿,也不知道谁对谁错,那我就在工作中帮助需要我帮助的人,我自己做个好人,不管别人干什么,这不管啥时候都是正理吧?"我们看桑姆这么认真,也不好再进行更复杂的讨论,都被她面有忧色又努力找到态度的样子打动,对她的问话纷纷点头称是。

夜幕降临,我们再一次聚在牛肉面馆里。大话题告一段落,一面喝着汤,困在聂拉木这个眼前的小麻烦又再次成为核心话题。

"如果不是等曲珍姐姐从拉萨过来,我前两天就下去了。"桑姆说。

"前天早上,我从拉萨过来,在日喀则拦越野车想搭车,也奇怪了,一天一辆都没搭上,我要是那天早到点儿,那天的班车也能赶上,可又没到那么早,结果就只能坐昨天这班。"加措说。最后,大家异口同声说:"这就是缘分啦,要是我们都早下去樟木,雪赶不上,人也碰不上了。"

四

第三天一早，雪停了。但是什么时候推土机来推？又是一个新问题。有人说，不给点钱他们估计不能这么快推；有的说等有交通部门的领导从日喀则上来，他们就会给领导推；有的说，估计过年前不一定推了。

到下午，推土机可算是出发了，那轰轰的声音听上去从来没有如此振奋人心。推土机出了门，大家心都稍安。贡布拿出他的笔记本电脑给我看照片。他家里八个小孩，大姐在北京工作，一个哥哥去寺里当了喇嘛。他指着阿坝一次重大法会上他哥哥拍的照片说，哥哥当了喇嘛以后变傻了，原来很聪明的。问贡布:变傻了不好？贡布想了想，说:也没什么不好，和尚嘛，是要傻一点。

贡布的哥哥修行刻苦，每年有好几个月闭关，家里就派人送糌粑去。在西藏，修行的喇嘛寺里是不管生活的，都是家里供养。贡布说，在阿坝，很多家庭都会有一个孩子去做喇嘛，哪个去做，由家里人一起商量决定。烤火房里的灰尘很大，很快贡布的电脑上就落了一层。他又找出很多藏语歌放给大家听，又打开一个视频文件，是藏人在印度举行的一次晚会，其中有一首歌，曲子是小刚的《黄昏》，词是藏语。贡布说，在西藏，很多人一听这首歌就流泪。

两个穿着军装的大兵走进烤火房，贡布立刻调低音量，关了文件，打开另一首藏语情歌播起来。边境一带有很多兵，这两个兵是管"边境安全"的，但进来不是为了打探消息，而是找个暖和的地方发短信，找烤火房的女孩子聊天。

傍晚时候，推土机轰隆隆开回来，人们议论纷纷，猜测今天推了多少公里，抱怨推土机开回来得太早。然后有消息传来：雪太厚，今天只推到加油站，连县城都没出。

听了这个消息，正在用贡布的电脑学打扑克的加措一边目不转睛盯着屏幕，一边乐呵呵地说："在这儿过年了要！"

随后几天，每天早上听到推土机轰隆隆经过窗前的街道，成了我们早晨醒来唯一的指望，真的眼瞅要过年了。

这些天里，一些出发更晚、被大雪困在日喀则到聂拉木中途山路上的车辆，也陆续到了镇上。有的是开卡车没水没食物被困一天一夜；有的是开丰田吉普，从被困地点背着包走四五个小时、凌晨到达镇上。渐渐地，雪域宾馆、镇上其他宾馆都住满了人，唯一的一条小马路上，总能见到来来回回去加油站打听情况的卡车司机、全副武装穿鲜艳冲锋衣准备去尼泊尔的内地游客，还有几个从拉萨一路骑行到此的外国人。

人一多，吃饭成了问题，几乎每个本地小餐馆都只有一个厨子，如今一到饭点儿呼啦啦挤满了食客，而且那些慢惯了的厨子像加措说的"光做第一桌的饭，就要一个多小时"。内地来的游客们习惯了点菜，点菜令厨房的上菜极其缓慢。我们依旧在牛肉面馆解决三餐。

大雪封山让这个平时几乎没有多少人落脚的镇子一下子热闹非凡，甜茶馆里装满了北京口音侃大山的游客；小卖店的积压食品都畅销起来；保暖的棉鞋毛袜手套墨镜成了受欢迎的商品，从聂拉木打往尼泊尔的电话那么贵，但是还经常需要排队。

人越来越多的另一个大问题是上厕所。聂拉木只有一座公厕，女厕几乎无法下脚，所有男女都只使用男厕，然后男厕也迅速积满,肮脏程度无法形容。

雪域宾馆烤火房的人也多了。几个青海来的卡车司机夜晚睡在车里、白天过来烤火；一对穿着警服的年轻男女,浓眉大眼很有夫妻相,但贡布说他们不是夫妻,男的有老婆小孩,两个都是樟木人；另外一对父子、一对父女,看起来都是在国营单位工作、生活条件不错、一定程度汉化了的藏人。这些还都是住店客,烤火房还常来一些没事到处转的当地藏人、和服务员姑娘聊天的男人、跑来看电视的小孩、听说这里能烤火来蹭烤火的游客以及把烤火房当成茶馆来点单的游客。

有一次,两个内地游客推门进来,看到人人都在喝茶,于是直接奔到靠火炉的位子坐下,接着对卓嘎说:"服务员,两杯酥油茶。"在内地餐馆习惯了的这种顾客对服务员的态度,弄得卓嘎态度有点冷淡,她说:"这儿不是茶馆,没有酥油茶。"误打误撞进来的内地游客往往一开口,虽毫无恶意,却总不自觉流露出了优越感、戒备心,和藏人之间自然地有了种屏障。烤火房的火炉不总是很热,挨炉子的位子有限,不管哪里的游客进来蹭烤火,炉前的藏人总是让出好位子给对方,管事的旅馆服务员卓嘎也会叫着阿姨、叔叔递上酥油茶,但是接下去就没人知道该说什么了,都只在火前默默地坐着。藏人感到了这个屏障,游客也感到了这个屏障,一有游客在,烤火房的气氛就变得既安静又客气。等到游客坐不住走了,屋里的气氛才松驰下来,大家慢慢又闲扯起来。

我们五个是第一群困在雪域宾馆的旅客,随着人越来越多,无论在烤火房还是其他地方,我们都自命"元老旅客",遇到新来的、对情况不明的旅客,就把封山以来每天的进展向对方讲解一番；介绍镇上能吃能住、能打电话的地方；提供保暖、防晒方面的建议。我是内地人，比较容易和内地人沟通；桑姆曾经有一年带着学生下雪时徒步从聂拉木走下樟木，所以熟悉下雪时的道路情况；加措在樟木做过多年的生意，对什么路况能通车、什么车能过、要多长时间有多大风险比较清楚；温和的贡布负责一边听一边点头，并补充更多细节及安抚对方不要着急。

每天的热水也越来越不够用，被困在路上好不容易赶到聂拉木的住店客人，总是哗啦啦像见到亲人一样倒炉子烧出来的热水来洗脸刷牙，我们先到的五个人不约而同没舍得跟他们一起争用这洗脸刷牙的热水。也许因为如此，服务员姑娘们对我们几个元老就格外亲切些。

晚上，房间总是冻得无法入睡。卓嘎想到了一个办法，用矿泉水瓶给我和桑姆、曲珍两位阿姨各灌一瓶热水放在脚下，虽然只能装半瓶，但脚一暖和周身舒服，睡觉也不像之前那么痛苦了。早上，尚有一丁点儿余温的半瓶水还可以洗脸刷牙，一举两得。

过小年那一天，终于传来消息：到目前为止，推土车只推了五公里，而且难保接下去是否还会变天、再下一场雪，所以，如果要等路推通，至少还要一个星期。这个令人沮丧的消息传开，所有人都发出一声感叹：看来，这个年真的要在聂拉木过了。

五

农历二十九，藏历新年吃"咕嘟"。晚饭时间，卓嘎在一个大铝盆里放上青稞面、和上水、开始捏面团,这边桑姆在一个一个小纸条上写字:"糌粑、盐、纸、辣椒、火炭、羊毛、羊粪、瓷",每样东西代表一个意思。然后把这些字条放进其中一些面团里。"咕嘟"的煮法接近疙瘩汤:面团揪好,往下了牦牛肉块的开水里一丢,边煮边搅,开锅就可以吃了。

卓嘎给烤火房里坐着的每个人都满满盛上一碗,看谁的碗里有纸条。藏人讲究"三",特别是农历二十九,"咕嘟"要吃三碗。头一碗还蛮香,第二碗就有点儿顶,第三碗下肚脖子里都是青稞糊糊,好在第三碗按习俗要留下一点,倒在一个大碗里表示年年有余,最后糊糊才不至于从鼻孔溢出来。加措三碗吃到两个纸条,一个是"瓷",表示好吃懒做,一个是"火炭",表示不爱动。每天在固定位置上一坐一天、全神贯注打电脑扑克的加措不好意思地摸摸头说:"都对。"

桑姆吃出了"羊毛",这表示心好,另外一对藏人父子中的儿子吃出了"羊粪",表示黑心。看到我这个唯一的汉人啥也没吃到,给我装第三碗的时候几个服务员特意在锅里挑来挑去,装了好几个大的面块,在他们的"安排"下,我终于吃出了一个纸条,表示"能让别人听自己的话"。

藏人的食物粗糙简单,主要就是牦牛肉、青稞和土豆。聂拉木的土豆格外好吃,服务员用大锅放在炉子上焖出来的土豆又软又沙,带一点点咸味,我们常常吃到不好意思再吃,才缩回手。桑姆说,附近都知道聂拉木的土豆好吃,到了樟木,土豆就不行了。除了土豆,聂拉木的菜几乎都是从樟木运过来的,价格高、不新鲜,特别是下雪路一封,就更不新鲜了。随着受困的人越来越多,菜越来越少,越来越贵。这并没有挡住我第二天大年三十请大家吃一顿"汉族年夜饭"的计划——既然下山没希望，不如既来之则安之，这样的春节也算是难得。

三十下午，我和桑姆出发采购，桑姆负责买饮料和糖，我买肉、米和菜。瓜子和可乐是不可少的，特别是瓜子，烤火房整屋子的人经常无所事事、无精打采，但只要谁打开一袋瓜子给大家分，气氛立刻变得生机勃勃、其乐融融。

我们采购了足够十几个人吃的材料，虽然一共没几样，但分量足足。回到烤火房立刻开火，卓嘎主灶，其他两个姑娘帮忙，屋子里很快充满了炖肉的香味。到晚上8点半，大盆大盆的年夜饭上桌了：主菜是咖喱土豆胡萝卜炖肉，这个最受大家欢迎；还有炒豌豆尖，罐头凤尾鱼、西红柿炒鸡蛋、鸡蛋羹。花色有限，但胜在量大。在我的要求和强迫下，卓嘎才做了鸡蛋羹这道菜，表示以前从来没有舍得把七个鸡蛋用到一道从来没见过没听过的菜里，非常不愿冒这个险。

虽然美中不足，但以吃客的反应来看，这仍旧算作一桌"极为成功"的年夜饭。我们五个、服务员姑娘们和一直待在烤火房里的其他六个住客，一共十四个人，全部吃得无声无息，彼此连端起碗致意一下、说句祝福的话都没有来得及，直到大盆小盆里的东西迅速光底，贡布才第一个放下筷子，诚实地说："吃得太快，没来得及反应就饱了。"

西藏的娱乐不如内地，三十晚上春晚和中央台的节目是唯一选择。腊月二十八播出的西藏台春节晚会比春晚还春晚——穿着藏袍的主持人们除了有个藏族名字，表情、手势、皮笑肉不笑的脸等一切其他元素都是90年代新闻节目的山寨物，嗓门大又亮、话语假大空。

我和加措、贡布一再让其他人把那近似嚎叫的音量调下来，打开电脑看租来的影碟。桑姆忠心耿耿、满怀期待地看了几个小时后，突然跑过来跟我们说："今年的晚会办得真的不太好看。"我和贡布、加措都笑了："瞧您说的，就跟去年好看似的！"

忽然，有人在外面放起了烟火。寒冷清澈的高原夜空，并不高级的烟花在洁白的雪地上显得非常明亮美丽。不知哪里蹿起的巨大烟花，一朵一朵，绽放在放连珠炮的我们的头上，美艳逼近，比周围的雪山还近，绽放，然后凋谢，又一朵升上来，继续绽放。我久久地仰着头，因为看到了这样连续不断的大颗烟花，过去七天种种的郁闷，瞬间化成烟消失在这高原的夜色上空。

明天是新的一年。前一天，我对贡布说，之所以年尾困在聂拉木，大概是霉运还剩一点没完，为了不让我们把霉运带到新一年，老天爷才安排我们最后几天留在聂拉木，把霉运统统消干净。贡布像往常那样，一边听一边和气地点头，说："嗯，嗯，就是，就是。"

没想到话真的说中，新年一到，我们果然转运了。

六

大年初一下午，桑姆悄悄对我说："苦力下去走了，说到樟木走得通了，问我要不要雇他们背包和踩路，把咱们领下樟木。"

聂拉木的苦力，就是内地人说的"扛活的"，靠出卖体力赚钱。因为积雪太深而且要一步一个脚印踩出雪窝子来往前走，聂拉木的苦力们商量出了一个办法：派几个苦力走最前面，负责踩出雪窝子，后面一个苦力带一个客人的背包跟着，最后才是客人。走到樟木大概九个小时，天亮出发，下午就能到。

桑姆说，带上水和干粮，每个人付苦力三百块。

我们几个都没有问题，加措连扑克也关了，下地转圈走。桑姆说再去找苦力的头儿，敲定明天一早就出发。困了这么久，桑姆这句话来得突然，有点像做梦。

桑姆出去预订苦力，我和加措一边收拾东西一边讨论路上带什么吃喝，加措的大保温杯可以装热酥油茶，再带五张烤饼，我们五个人一人一小杯热茶配烤饼吃。卓嘎说可以早起在灶上把烤饼给我们烤得热热的，拿报纸和棉衣厚厚包起来。"饼嘛，就揣怀里好了，"加措说，"冷了不好吃。"

雪域宾馆住的其他人听说我们准备头一批下去，都说要下一批走，说既然初一都过完了，那就不急了。"头一批贵，路不好走，苦力肯定要多收一百嘛。"他们比我们到聂拉木晚，打算等后面过两天便宜点了再走，不管怎么说，下山的话题让烤火房的气氛和前两天完全不一样了，大伙的精神头儿都找了回来，说话声音大了，手势比比划划，笑声也哈哈响，烤火房从避难所又变回了烤火房。

正热闹，啪的棉门帘子一掀，进来一高大个儿，穿着宝蓝镶红纹的亮料冲锋衣，是个汉人，表情严肃还有点儿傲慢。撂下门帘子还没站定就说："你们这儿，谁是负责的？"

我加措贡布互相看了看，加措答："这就是烤火房，没啥负责的嘛。烤火房的姑娘是负责的。"

亮蓝料冲锋衣两腿一叉，站在火炉旁的砖地当间儿："我说找苦力下山,谁是负责的。我们是××地理协会的,找负责的人谈。"语气居高临下。

这时桑姆也回来了。加措贡布正好懒得搭理大高个儿,立刻介绍桑姆,然后搓着手坐在炉边上听他们对话。

"你们多少苦力?我们要的人多。"亮蓝料和桑姆在炉子边坐下,仍是上级领导的口气。

"全镇大概二十多个,不超过三十个。平时大部分在外面做苦力,过年了凑得比较齐也不到三十个。"桑姆像对上级汇报,既礼貌又大声向亮蓝料介绍。

"那跟他们说,苦力我们包了,价格得下来。"亮蓝料板着脸喝一口酥油茶,眼也不抬一下看腰杆笔直的桑姆。

"全包了不行。镇上已经有人预订了,我们也有五个人预订了,大概还剩十个苦力,他们还要留几个在前面踩路,踩路的苦力就不能背包了。"

亮蓝料听了皱眉露出厌烦的神色:"包团比散客好多了吧?把散客退了明天先我们走,我们十五个雇他们二十个,背包,剩下的在前面踩路。"

我和加措贡布互相看了看,悄悄撇了撇嘴。没等桑姆回话,温和的贡布说了一句:"我们就是散客。"

亮蓝料扫了一眼他,转冲桑姆:"你们五个,可以跟我们下去。你们一伙儿的吧。"

"不是跟你们下去,是大家跟苦力下去。"我听不顺耳,故意呛他一句。

亮蓝料往我这儿看看,发现是汉人便眼皮一耷:"你个小姑娘,懂什么?别跟着瞎掺和!"

贡布、加措和我都听出了他的弦外之音，我一个汉人站藏人那头瞎吆喝什么？

"先预订的人，就先预订了，苦力不管散客不散客，大家都一样的。你们人多，我问问他们还有没有更多苦力。不是很大的包，他们一个人还可以背两个。"

"这样就得便宜，"亮蓝料听桑姆这么讲，立刻说，"你们一个人付多少钱？光我们一队就十五个人，得便宜。"

"我们雇一个苦力背包三百块，自己带水和干粮，大包他们背，水和干粮还有现金啥的自己带着。到樟木路上走九个小时，苦力在前面走，人在后面跟着，"桑姆说："踩路的不用给钱，回去他们苦力自己分。"

"三百是给我们汉人报的价吧？"大高个儿立刻说，"你们藏人给多少？"

"我们也是三百。"桑姆老老实实回答，一点儿都不生气。"他们苦力，一年就靠大雪封山这几天赚这几百块，是辛苦钱。"

"三百不贵嘛，早点下去早点好嘛，在聂拉木吃住一天也要两三百，下去了该办事办事，困这里也着急嘛。"加措虽然一脸不高兴，还是口气缓和地劝了亮蓝料几句。"就是，就是。"贡布也附和说。他们似乎对汉人这副样子已经很习惯了。

大家的好言相劝，似乎倒让亮蓝料起了疑心，他忽然站了起来，冷笑一声："藏人肯定帮藏人说话了，我不信他们跟你们也收三百。行，那先这样吧！我再去别地方问问。聂拉木，苦力也不是就你们认识那几个。"说完，转身掀门帘子大步走出去了。

贡布加措和我又互相看了一眼，面面相觑，嘴也懒得撇，起来伸伸腿脚继续收拾各自的东西。

风雪聂拉木

"苦力真就是我认识的这几个,"桑姆还有点遗憾,"这又不是拉萨,聂拉木一共有多大嘛。""问完就知道了,最好快点回来,要不十个苦力也没有了。"

晚上10点半,五个人安排停当、准备休息。亮蓝料再一次"呼"地掀了门帘进来。一站下就说:"按你说的,三百,明天我们团队的人先走,你赶紧跟苦力说。"

"没有苦力了。"桑姆说,"明天一共二十个客人要下去。苦力一共二十七个,五个踩路的,二十个背包的,就还有两个闲的。"还是那副标准普通话,清晰、大声,一点情绪都没有。

"那不行。你赶紧去跟他们说,哪有放着钱不赚的!让他们叫人,我们明天必须下去。"

桑姆真的去了。

我们四个默默坐在炉边等,没人跟亮蓝料搭话。

"你们真是一个人三百?"忽然,亮蓝料冲着我说。

"啊。"我答。他不知道我是五个人里最不想跟他搭话的。

大家继续沉默。

11点多,桑姆回来了。苦力喊了几个小伙子帮忙,但也只凑够了八个人背包。

"那不行,"亮蓝料听罢表示:"我们十五个人,到尼泊尔有重要工作等着呢!差七个下不去不行!"

"我们这个妹妹的背包轻,"桑姆指指我,"我找个苦力的老婆帮她背,我们的苦力再匀给你们一个。你们就先九个下去,六个后天再走,也就差一天"。

"哪是一天?"亮蓝料不屑地冷笑:"苦力都下去了,后天其他人还怎么走?"

"明天送我们到了樟木，苦力就回来了嘛，后天再下去。很多人都后天下去，他们还要背的嘛。"桑姆还是一字一句说。

"明天当天返回？走九个小时？"亮蓝料显然有些意外。

"不背包不用九个小时。六七个小时就回到聂拉木。其他客人等着看我们明天下不下得到樟木，才定后天雇不雇苦力下去。他们要赶回来嘛。"

"当天往返。哦。那还真是辛苦钱。"亮蓝料声音低下来，有点像个正常人似的说了一句。

"就说，三百不贵嘛。"加措趁机，"我们藏人你们汉人都是想早点下去办事，都是雇人背东西，不会多收你们汉人钱嘛。"

"就是，就是。"贡布附和。

七

天蒙蒙亮，在齐大腿的深雪中，一队人哼哧哼哧往高原下走，没有人说话，也没有人喊累。天渐渐亮了，雪也慢慢下降到膝盖以下的高度，最前面的苦力们踩过之后脚窝已经很宽大，不负重的我们走起来并没有想象的那么累。阳光照在四周的山岭上，景色很美，但是没人抬头看，集中精力一言不发地走，在这种情况下是最节省精力的。

11点左右，我们停下来吃掉了还温乎的烤饼，喝掉了还热乎的酥油茶，桑姆的老公已经准备好了小货车等在樟木城外，只等我们一到，就可以上车，少走一个小时的路。这个消息和肚里的午饭让我们精神振作，而且越往下雪越浅，路好走得大家又时不时聊起天来。

下午3点钟,我们和桑姆老公汇合,以最快的速度钻进小货车,一溜烟冲向县城。"苦力会把我们的包送到家里来的,他们都认识。"桑姆说,出发前已经和苦力打好了招呼,并商量好加措跟着贡布,我跟着桑姆,去他们家里吃饭和借住一晚,然后明天我再和加措一起出发过境去加德满都。

不仅吃了饭,还洗了一个热水澡,眼看着天要黑了,我的背包却没有送到。桑姆老公决定带着我去路上找找帮我背包的那个女苦力。樟木县城很小,主街道只有一条,我们在路上走了十分钟,就见到几个已经完成任务的苦力嘻嘻哈哈地走过,桑姆老公上去问了一下,说是苦力们都聚到常去的馆子准备吃晚饭,吃完还要赶回聂拉木去。

桑姆老公带着我脚步匆匆地到馆子里,却没有发现那个女苦力,其他苦力说,没看见她下来城里,我们听了都着急起来,但只好继续在街上寻找。忽然,走在我前面一路跟人打听的桑姆老公腰带断了,他甚至来不及尴尬,立刻用一只手捏住那皮带的断处,另一只手捏了裤腰,喊住路过的一位熟人,提着裤子问着对方关于女苦力的问题。

"一般找不到你们家的话,他们都会回到通车那里等着。"那位熟人低头看了一眼桑姆老公断掉的腰带,说,"车就在边上,我开车带你们去上面看一下,你这样提着裤子也不是办法。"

于是我们上了车,重新往县城外面开。路上,我开始后悔放心把东西交给完全不认识的苦力,焦虑地推算着丢了电脑等之后要处理的麻烦。

在几乎完全黑下来的郊外高坡上,车子慢慢爬升着,渐渐地,远处的大石头出现了一个剪影,直着身子坐着望着前方,一动不动,因为暗几乎快要看不见了。但我还是一下子就认了出来,那正是我的女苦力,望着暮气沉沉的天空,一手搭在身边那只躺倒的大背包上。

《正午》团队

谢丁：
正午负责人。记者十年，减肥十年，都未成功。

郭玉洁：
正午编辑，关注社会变革，喜欢人的故事，现实主义的信徒。

叶三：
正午编辑，喜欢猫、食物和好艺术的虚无主义者。

朱墨：
正午视觉编辑。文艺王。

陈晓舒：
记者八年，曾就职于《中国新闻周刊》、《财经》杂志。爱好是"宅"和"出门玩"，分裂的天秤座。

王琛：
历任正午记者、微信编辑。曾是打牌时运气最好的人，史称"掼蛋王"。初入正午时，误以为自己是一名作家。

李纯：
毕业于盛产美女和非直男的五角场文秘技术学院，学了6年新闻，有种被坑惨的后知后觉。曾供职于《南都周刊》，现在是正午记者。相信人们听故事的渴望和人类一样古老。

黄昕宇：
正午记者。我特别害怕认识停滞，因此寄望于写作，希望它能带我走得更远。

本期其他作者：

曹海丽：
前纽约时报中文网执行主编，财新传媒记者。

赋格：
闲逛者，写作者，曾出版《上海不插电》、《无酒精旅行》。

韩松：
科幻作家。

吴琦：
《单读》主编，前《ACROSS穿越》、《南方人物周刊》记者。

李媚玲：
界面驻纽约主笔。记者十年。

胡月：
前杂志人，现自由人，旅居西南。

图书在版编目（CIP）数据

正午002：此地不宜久留 / 正午故事著. — 北京：台海出版社，2016.5（2016.6重印）
ISBN 978-7-5168-1001-9
Ⅰ.①正… Ⅱ.①正… Ⅲ.①故事—作品集—中国—当代
Ⅳ.①I247.8

中国版本图书馆CIP数据核字(2016)第093209号

正午002：此地不宜久留

著　　者：正午故事	
责任编辑：刘　峰	执行编辑：罗丹妮
装帧设计：方旦坦	内文制作：陈基胜
责任印制：蔡旭	

出版发行	台海出版社
地　　址	北京市朝阳区劲松南路1号，邮政编码：100021
电　　话	010-64041652（发行，邮购）
传　　真	010-84045799（总编室）
网　　址	www.taimeng.org.cn/thcbs/default.htm
E-mail	thcbs@126.com
经　　销	全国各地新华书店
印　　刷	山东鸿君杰文化发展有限公司

本书如有破损、缺页、装订错误，请与本社联系调换

开　　本：1168mm×850mm　1/32	
字　　数：130千字	印　张：9.5
版　　次：2016年5月第1版	印　次：2016年6月第2次印刷
书　　号：ISBN 978-7-5168-1001-9	
定　　价：36.00元	

版权所有　翻印必究